Karl-Heinz Göttert ist Professor für Germanistik an der Universität Köln. Er hat zahlreiche Bücher geschrieben, darunter eines über die Stimme, aus dem schon sein erster Kriminalroman im Emons Verlag schöpfte: »Die Stimme des Mörders«. In seinem zweiten Krimi, der wiederum viel Authentisches verwertet, ist ebenfalls ein Kapitel Wissenschaft in spannende Handlung verwandelt.

Karl-Heinz Göttert

Das Ohr des Teufels

Emons Verlag

Umschlaggestaltung: Atelier Schaller, Köln
Umschlagzeichnung: Heribert Stragholz
Umschlaglithografie: Media Cologne GmbH, Köln
Druck und Bindung: Clausen & Bosse GmbH, Leck
Printed in Germany 2003
ISBN 3-89705-314-4

www.emons-verlag.de

Meinem alten Nippeser Gymnasium gewidmet,
das es an Würde mit dem *Tricoronatum* nicht
aufnehmen kann, aber in diesem Jahr immerhin
seinen hundertsten Geburtstag feiert.

PROLOG

Als der Körper endgültig den Halt verloren hatte und der Verstand den unausweichlichen Fall begriff, begann ein kurzer Kampf in der Luft. Der Rücken streckte sich nicht länger vorwärts, um die Arme so weit wie möglich ausgreifen zu lassen, weil eine Drehung drohte, die den Kopf nach unten gedrückt hätte – zu einem Aufschlag auf diesen wichtigsten und ungeschütztesten Körperteil. So erfolgte eine ruckartige Bewegung, die den Kopf in den Nacken riss und damit eine Lage erzwang, die den Rumpf insgesamt aufrichtete, für einen Augenblick eine Stellung einnehmen ließ, die dem Gehen ähnelt, wenn der Fuß gegen ein Hindernis stößt und ein kleines Straucheln verursacht. Aber das jähe Hinabsausen machte den Körper leicht wie sonst allenfalls unter Wasser. So suchte sich der Körper die günstigste, die vermutlich am wenigsten schmerzhafte Aufprallhaltung. Dabei geriet er für einen winzigen Augenblick in Rücklage, was zum Aufschlagen mit dem Hinterkopf geführt hätte, und entschied sich dann – wenn man hier von Entscheidung sprechen will – für eine kleine Beugung nach vorn, die den Rücken rundete, die Beine leicht anwinkelte und den Kopf wie in eine Höhle legte, um einen zwar zwecklosen, aber zumindest kleinen Schutz aufzubauen, wenn denn der Boden erreicht sein würde. Aber die Leichtigkeit der Bewegung führte in diesem völlig ungewohnten Fallzustand zu einer geringfügigen Übersteuerung, die eine Drehung nach vorn verursachte und den Kopf wie schon zu Beginn wieder nach unten drückte. Eine Korrektur war jedoch nicht mehr möglich, der Aufprall da. Das Gewicht des Körpers übernahm allein die allerletzten Regungen. Die Kugel, die sich gebildet hatte, verwandelte sich in ein Häuflein Fleisch und Knochen, das einen schweren Laut erzeugte und wie mit einem letzten dumpfen Paukenschlag den markerschütternden Schrei während des Falls ersetzte. Für einen Moment waren beide Geräusche aufgrund des langen Nachhalls noch miteinander verbunden. Dann trat Stille ein. Am Boden der Jesuitenkirche Sankt Mariä Himmelfahrt in der Kölner Marzellenstraße lag der leblose Körper des Baumeisters dieses noch unvollendeten Gotteshauses.

ERSTES KAPITEL *In dem der Architekt Johann Münch tot aufgefunden wird und nach der Entdeckung des Unglücks die Witwe an den Ort des Geschehens geholt wird.*

Um die Mittagsstunde öffnete Pater Contzen die Tür der Sakristei und lugte ins Kirchenschiff, um nachzusehen, wie weit die Ausmalung der Decke gediehen war. Weil er beim raschen Blick den Eindruck gewann, dass es beim gestrigen Stand geblieben und auch hoch oben auf dem Gerüst niemand zu sehen war, wollte er die Tür bereits wieder schließen. Im letzten Augenblick fiel ihm jedoch eine Art Bündel auf, das am Fuße des Gerüsts lag, wo sich gestern noch nichts befunden hatte. Er glaubte, es handele sich um irgendeinen Gegenstand, den jemand vergessen hatte, verzog missmutig das knochige Gesicht und machte sich noch missmutiger auf den Weg, um ihn einzusammeln. Aber schon beim zweiten, dritten Schritt, kaum dass er die Tür hinter sich gelassen hatte, kam ihm der unerhörte Verdacht, dass dieses vermeintliche Bündel ein Mensch sein könnte. Entsetzt hielt er inne, schaute nach oben, maß mit dem Blick einen möglichen Fall ab und sah sich in seinem Verdacht bestätigt. Da niemand sonst in der Nähe war, den er um Hilfe hätte bitten können, beschloss Pater Contzen, all sein Widerstreben zu überwinden und näher zu treten.

In weiteren drei, vier Schritten war er am Ort der Tragödie. Er hockte sich nieder, schlug das Kreuzzeichen und streckte die Hand aus, um das Bündel so weit zu drehen, dass erkennbar würde, wer es sei. Aber dann scheute er sich doch, den zerschmetterten Körper zu berühren, und starrte hilflos auf den Toten. Nur der Hinterkopf war sichtbar, das Gesicht vom linken Arm verdeckt. Schließlich fasste sich Pater Contzen ein Herz, suchte die Hand zu greifen, um wenigstens den Arm wegzuziehen, war aber von der Ungelenkheit des Körperteils so bestürzt, dass er wieder losließ. Freilich nahm er dabei die merkliche Wärme wahr und schloss auf die Tatsache, dass der Tod noch nicht lange eingetreten sein konnte. So erhob er sich aus der Hocke und eilte zurück, um Hilfe zu holen. Mittlerweile glaubte er den Verunglückten an der Kleidung erkannt zu haben. Das hellbraune Wams, über dem ein Koller zwar nicht aus Spitzen, aber doch aus feinem Batist lag, die dunkelbraunen langen Hosen, die weit über die Knie reichten und mit kräftigen schwarzen Bändern über den Stiefeln geschnürt waren, trug kein Pater und auch keiner der Laienbrüder, noch weniger die einfachen Handwerker, die in dieser Kirche beschäftigt waren. Es konnte sich nur um den Architekten Johann Münch, den Baumeister ihrer Kirche, handeln.

Kurz darauf standen fünf Jesuitenpatres um die Leiche, ohne im ersten Augenblick mehr zu tun, als auf sie hinabzusehen. Pater Contzen hatte zwei Mitbrüder getroffen, die gerade aus dem Gymnasium kamen und den Mittagsgottesdienst nach dem Schulmorgen vorbereiten wollten: den noch jungen Pater Heimbach und seinen älteren Mitbruder Pater Weidenfeld. Auf die unfassbare Nachricht hin hatte Pater Weidenfeld darauf gedrungen, dass der Leiter des Kollegs, Regens Kasen, verständigt werden müsse. Pater Heimbach hatte dies im Laufschritt übernommen und nicht viele Worte machen müssen, als er seinen Vorgesetzten in dessen Dienstzimmer zusammen mit seinem Sekretär, Pater Kritsraed, antraf. Zu dritt waren sie in die Kirche geeilt und schweigend von den beiden anderen Patres empfangen worden.

Regens Kasen schaute längere Zeit wie erstarrt auf den toten Baumeister. Da in weniger als einer Stunde die Messe beginnen sollte, musste etwas geschehen. Nachdem sein Sekretär ihn mehrfach fragend angeblickt hatte, fasste er sich, verstand und sagte beinahe gedankenverloren:

»Pater Kritsraed, wir müssen die Messfeier nach Sankt Andreas verlegen. Seid so gut und geht ins Gymnasium zurück, um alles zu regeln.«

Dann beugte sich Regens Kasen nieder und forderte seine zurückgebliebenen Mitbrüder auf, ihm dabei behilflich zu sein, den Körper des Toten vorsichtig aus der Blutlache näher an das Gerüst zu ziehen und die Glieder auf würdige Weise fürs Erste zur Ruhe zu betten. Mit wenigen Griffen, die sämtlichen Beteiligten schwer genug fielen, war die Aufgabe bald so weit erledigt, dass die Gestalt des unglücklichen

Architekten die Form eines friedlich Dahingeschiedenen annahm. Pater Contzen wusch mit Wasser und einem wollenen Tuch, das er aus der Sakristei besorgt hatte, wenigstens notdürftig das Blut am Kopf des Toten ab, wobei er ihn so zur Seite drehte, dass die zerschmetterte Hälfte verdeckt wurde. Nur die Blutlache am Boden, an der Stelle des Aufschlags, hinterließ trotz aller Mühen deutliche Spuren und kündete so weiterhin von dem schrecklichen Ereignis. Regens Kasen sprach ein kurzes Gebet und segnete den Toten. Pater Contzen sowie die beiden anderen Geistlichen, Pater Heimbach und Pater Weidenfeld, hatten die Köpfe tief gesenkt und verharrten noch eine Weile schweigend, ehe der Regens wieder das Wort ergriff.

»Ein entsetzliches Unglück! Wie hat es nur geschehen können?«

Dabei schaute er hinauf zum obersten Boden des Gerüsts, wo alle Stangen gut befestigt schienen, sich keinerlei Lücken für den Sturz ausmachen ließen.

»Es muss beim Begutachten der Ausmalung passiert sein«, meinte Pater Weidenfeld. »Wenn man vom Punkt des Aufschlags eine Linie nach oben zieht, kommt man an die Stelle, die dem Ende der Ausmalung genau gegenüberliegt. Vielleicht hat er mit der Hand hinübergelangt, um zu prüfen, ob die Farbe schon angetrocknet ist.«

Die Patres nickten, während sie den Blick wieder auf die Leiche richteten.

»Lange kann es nicht her sein, aber es ist auch nicht vor wenigen Augenblicken geschehen«, sagte Pater Contzen. »Der Körper fühlt sich noch warm an, aber er hat nicht mehr die Wärme eines Lebenden. Ein, zwei Stunden sind seit dem Unfall sicher verstrichen. Es muss also beim üblichen Kontrollgang am Vormittag geschehen sein.«

»Ja, am späteren Vormittag, bei vollem Tageslicht«, bestätigte Pater Weidenfeld. »Jetzt, zu Anfang Oktober, konnte er nicht zu früh seine Arbeit erledigen. Aber wieso hat es niemand bemerkt, wo waren die Maler?«

»Wir hatten doch letzte Woche den Wasserschaden im Dach des Hauptgebäudes«, erklärte Pater Contzen. »Johann Münch hatte die Maler für heute dorthin bestellt. Sie werden im Augenblick Mittagspause machen. Niemand ahnt, was hier geschehen ist.«

»Vor allem seine Frau nicht«, schob Regens Kasen ein. »Um Gottes willen, seine Frau! Seine Witwe! Pater Heimbach, es kommt auf Euch zu, Ihr kennt sie, glaube ich, am besten. Ihr habt doch ihren Sohn in der Klasse.«

Pater Heimbach, der bislang erschüttert geschwiegen hatte, erhob die Hände zur Abwehr und wollte alles Erdenkliche anbringen, um seine mangelnde Eignung unter Beweis zu stellen. Aber Regens Kasen ließ keine Widerrede zu.

»Ihr werdet in die Stolkgasse gehen – es ist gleich das zweite Haus auf der rechten Seite, wenn Ihr vom Stift Sankt Ursula herkommt. Wir erwarten Euch hier wieder. Und sagt es nicht gleich im ersten Satz.«

Pater Heimbach schaute versteinert seinen Vorgesetzten an, wusste, dass jeder Einwand zwecklos war, und machte sich auf den Weg.

***

Geistesabwesend lief Pater Heimbach die Marzellenstraße entlang, ohne Grüße zu erwidern, die ihm zuteil wurden, bog bei Sankt Ursula links ab in die Ursulastraße, dann gleich noch einmal links in die Stolkgasse und stand vor dem Haus des Baumeisters Münch. Es lag direkt gegenüber einem Gemüsefeld, das dem Ursulastift gehörte und der Gegend mitten in der Stadt einen ländlichen Charakter verlieh. Einen kurzen Augenblick verweilte er, wünschte sich, niemanden anzutreffen, vor allem nicht die Witwe.

Wie um Zeit zu gewinnen, ließ er den Blick über die Fassade schweifen, versenkte sich in jedes Detail des Gebäudes, das auf einen mittleren Vermögensstand deutete: weder hochaufragend noch in die Breite gezogen, auch kein schlichtes Zinshaus, von denen mehrere unter einem durchlaufenden Dach vereint waren. Vielmehr handelte es sich um ein schmales Reihenhaus mit der Straße zugekehrtem spitzem Giebel, noch nicht in der neuartigen geschweiften Form, die sich ansonsten in der Stadt ausbreitete. Das Erdgeschoss bestand aus festem Mauerwerk, das leicht vorkragende Obergeschoss aus Fachwerk, dessen Fächer freilich mit Ziegeln ausgefüllt und verschlemmt waren. Die ockergelben Flächen leuchteten selbst im trüben spätherbstlichen Wetter zwischen den tiefschwarzen Balken. Ins Innere führte eine Tür in der Hausmitte, zwei Stufen hoch und zwischen Fenstern rechts und links gelegen, die wie die Fenster im oberen Stockwerk und auch im Dachgeschoss dunkelrot gestrichene Läden besaßen. Im Erdgeschoss waren die Fenster größer, die in Bleiruten gefassten Rautenmuster und runden Elemente schmuckvoller. Als Besonderheit hatte Johann Münch eine antikisierende Maske über der Haustür angebracht, die wohl als Erkennungszeichen eines Künstlers dienen sollte und umso prachtvoller wirkte, als die Haustür selbst edle Profile trug, die vor allem im Bereich des Oberlichts besonders fein ausgearbeitet waren. Drei Schornsteine ragten aus dem schiefergedeckten Dach, einer für den Küchenherd, die beiden anderen wohl für die Kamine in den Stuben im Erd- und Obergeschoss – mehr Räume wurden nicht geheizt. Der Zustand deutete insgesamt auf viel Pflege hin. Ein Architekt, der auf Aufträge bedacht war, konnte sich etwas anderes kaum leisten.

Nachdem Pater Heimbach so ins Betrachten versunken war und dabei hoffnungsvoll bemerkte, dass sich hinter den Scheiben keinerlei Bewegung zeigte, entschloss er sich endlich doch, den kräftigen Schlagring an der Haustür zu bedienen. Nach Ewigkeiten öffnete eine Magd, verwunderte sich über den Gast, den sie nach knappem Gruß ansprach, als wisse sie, worum es sich handele: »Meister Münch ist noch in der Kirche, er muss jeden Augenblick hier sein.«

Pater Heimbach ließ die Bemerkung unbeantwortet und sprach den Wunsch aus, die Frau des Hauses zu sprechen. Irritiert führte die Magd den Pater ins Innere, ging voran durch die geräumige Eingangshalle, vorbei an einer zur Straße gelegenen Stube, zwischen Wendeltreppe auf der Linken und Küche auf der Rechten in den zur Hofseite hin gelegenen Saal. Sie bat den Gast, einen Augenblick zu warten, und verschwand. Lange Zeit verging, während Pater Heimbach wiederum der Ablenkung wegen die durchaus edle Einrichtung betrachtete: den großen Tisch mit den Stühlen in der Mitte, alle aus schwerer Eiche, genau wie der große Schrank an der Längswand, in dem wohl das Tafelgeschirr aufbewahrt waren. Er schaute zur Decke mit ihren bemalten Balken und den ebenfalls bemalten Dielenbrettern, die den Boden zum oberen Stockwerk abgaben, war mittlerweile beim Zwillingsfenster mit seinen hübsch in Blei gefassten Glasscheiben angelangt, die auch bunte Elemente enthielten.

Dann hörte er leichte Tritte auf den Holzdielen, wandte den Blick ab von seiner Umgebung und nahm eine besonders straffe Haltung ein, als wollte er um jeden Preis vermeiden, im nächsten Augenblick zusammenzusacken. In der Tür grüßte freundlich Agnes Münch, die

Gattin des Baumeisters Johann Münch, Mutter zweier Kinder, von denen der zehnjährige Sohn das Dreikönigsgymnasium der Jesuiten, das Gymnasium Tricoronatum, besuchte.

»Guten Tag, Pater Heimbach, Ihr einmal hier bei uns?«, klang es fröhlich. Dabei stellte sie ihr Töchterchen, das sich verlegen in die Falten ihres Kleides geflüchtet hatte, vor sich. Als Pater Heimbach in seiner Erstarrung verblieb, die sie gleich bemerkt, aber der ungewohnten Situation zugeschrieben haben musste, sprach sie den Gast noch einmal an.

»Habt Ihr schlechte Nachrichten, Pater? Lernt unser Filius, der kleine Johann, nicht eifrig genug? Er ist doch noch recht jung, mit dem Latein wird es schon werden.«

»Nein, nein, er lernt rasch und ist auch sonst ein prächtiger Bursche. Es geht nicht um Euren Sohn.«

»Aber irgendetwas habt Ihr doch auf dem Herzen. Heraus mit der Sprache!«

Pater Heimbach erkannte, dass kein Entrinnen möglich war, sah das heitere Gesicht der Mutter, schaute noch einmal nach dem zappeligen Töchterchen, dem die Begegnung schon viel zu lange dauerte, und sammelte alle Kräfte, um die Botschaft zu überbringen: »Es geht um Euren Gatten. Er ist gestürzt.«

Weil die Worte viel zu langsam hervorkamen, unterbrach ihn Agnes Münch, nun ernst geworden, aber immer noch nicht wirklich besorgt.

»Gestürzt? Er hat sich etwas gebrochen? Das wäre das erste Mal, irgendwann geschieht es auch dem Vorsichtigsten. Bringt ihn mir nur her, ich werde ihn wieder gesund pflegen.«

»Ihr versteht nicht«, sagte der Pater schleppend. »Es ist schlimmer, viel schlimmer, als Ihr denkt.«

Agnes Münch schaute Pater Heimbach fest an, verstand diesmal augenblicklich, rief nach der Magd, um ihr die Tochter anzuvertrauen, und ließ sich langsam auf einen der Stühle am Tisch niedersinken.

»Mein Johann ist also verunglückt. Ist er tot?«

Pater Heimbach war zu keiner Regung fähig, aber sein Schweigen war Antwort genug.

»Ich werde kommen. Lasst mich einen Augenblick allein. Liegt er in der Kirche?«

Der Pater nickte, bemerkte, dass sie ihn nicht ansah, und bejahte die Frage. Er wagte nicht, sich zu rühren, erinnerte sich dann an ihre Bitte, allein gelassen zu werden, drehte sich langsam um und ging zur Tür. Er schaute noch einmal zurück, sah den starren Blick von Agnes Münch und raffte sich auf zu einer tröstenden Bemerkung: »Es tut uns so Leid, so unermesslich Leid. Wir werden alles tun ...«

»Habt Dank, Pater Heimbach, aber geht nur. Ich komme nach, sobald ich kann.«

***

Pater Heimbach machte sich nach wortlosem Abschied auf den Weg zurück, beschleunigte immer mehr seine Schritte, erreichte Sankt Mariä Himmelfahrt und unterrichtete den Regens sowie die anderen Patres, die an der Leiche Wache gehalten hatten. Niemand verließ die Kirche. Pater Contzen war niedergekniet, ordnete noch einmal die Kleidung des Toten, um den Anblick so erträglich wie möglich zu machen. Regens Kasen lief in sich gekehrt auf und ab, sank für einen Augenblick auf den Stufen des Hauptaltars nieder und blickte zum Gemälde mit der triumphalen Auffahrt Mariens in den Himmel empor, als wolle er die Gegenwart mit ihren Zumutungen vergessen machen. Pater Heimbach ging wiederholt zum Eingang der Kirche, weil er glaubte, das Nahen von Agnes Münch gehört zu haben. Niemand jedoch sprach, kein Wort der Ungeduld fiel. Als alle vier Patres wie Kerzenleuchter um die Leiche standen und noch immer ungläubig den ausgestreckten Körper betrachteten, öffnete sich endlich die Tür, hörte man Schritte sich dem Kirchenschiff nähern. Agnes Münch erschien unter dem Bogen der Empore. Mit einem Ruck flogen zuerst sämtliche Köpfe in Richtung Eingang, dann erwarteten die Patres mit gesenktem Blick die Witwe.

Agnes Münch war nicht allein gekommen, sondern hatte ihre Schwägerin Maria, die Schwester des Toten, mitgebracht, die nur wenige Häuser weiter wohnte. Und so schritten zwei Frauen in schwarzen Kleidern und ebenfalls schwarzen Hüten durch den Mittelgang der Kirche auf die Gruppe der Geistlichen zu, mit einer Festigkeit, dass es diesen den Atem verschlug. Gleichzeitig erreichten sie den Chor. Keine Grüße, sondern nur kurze Blicke der Verständigung. Dann ging Agnes Münch die letzten Schritte allein zu ihrem Mann.

Sie richtete die Augen starr auf den daliegenden Körper, bewahrte ihre Haltung, verlangsamte nur unmerklich ihre Bewegungen und ließ sich in fließendem Übergang auf die Knie sinken, sodass das weite Kleid mit seinen reichen Falten einen großen schwarzen Kreis bildete. Agnes Münch beugte sich über den Toten, berührte den Körper und küsste die Stirn; sie murmelte einige Worte, die wie ein Segen klangen, aber auch eine letzte Liebesbezeigung sein mochten. Sie weinte stumm.

Die Patres waren längst zurückgetreten und beobachteten doch aus einem Augenwinkel die Szene. Agnes Münchs Auftreten machte sie beklommen, erfüllte sie jedoch auch mit einer eigenartigen Neugier auf diese Form von Menschlichkeit, von der sie wenig begriffen. Als die Witwe sich endlich erhob, trat ihre Schwägerin an ihre Stelle, in rascherer Bewegung und mit einem Schmerzenslaut, der alsbald in lautes Schluchzen überging. Erst als Agnes Münch sie sanft am Rücken berührte, beruhigte sie sich und richtete sich auf.

»Ein fürchterliches Unglück«, begann der Regens, als er sah, dass Agnes Münch ihn fragend anblickte. »Wir möchten unser Mitgefühl ausdrücken. Es ist uns unbegreiflich. Wir werden selbstverständlich alles Nötige veranlassen.«

Agnes Münch antwortete nicht, nickte nur leicht mit dem Kopf, um anzudeuten, dass sie die Worte gehört hatte, ließ sich noch einmal nieder auf die Knie. Zur unendlichen Verwunderung der geistlichen Herren blickte sie diesmal nach oben, zum obersten Boden des Gerüsts, verharrte einen Augenblick prüfend, sah wieder hinab zuerst zu ihrem Mann, dann zu den Spuren der Blutlache neben ihm, und stellte fast ausdruckslos die Frage: »Ihr habt ihn offenbar hierher gezogen, um ihn zur Ruhe zu betten – wo genau hat er nach dem Sturz gelegen?«

Wie vom Donner gerührt standen die vier Herren stumm. Erst auf einen Blick von Regens Kasen gab Pater Contzen stammelnd Auskunft: »Gezogen schon, aber eigentlich mehr gedreht.« Und als er den unverwandten Blick der Witwe bemerkte, fuhr er fort: »Er lag dort, noch etwas mehr der Mitte zu. Wir wollten die Blutlache entfernen, die sich gebildet hatte. Wie Ihr seht, ist es in der Eile nicht ganz gelungen.«

Wieder schaute Agnes Münch nach oben, wieder maß sie mit dem Blick gleichsam den Fallweg ab, vergewisserte sich der genauen Stelle, die Pater Contzen angegeben hatte: »Also dort. Wirklich so weit vom Fuß des Gerüsts entfernt?«

Pater Contzen erstarrte, war nicht fähig, sich präziser auszudrücken, sodass das Gespräch in diesem Punkt nicht mehr weiterkam. Regens Kasen bot darauf noch einmal seine Hilfe an und fügte hinzu, er werde Pater Heimbach schicken, um die Einzelheiten der Aufbahrung und der anschließenden Exequien zu regeln. Agnes Münch bedankte sich, nahm ihre Schwägerin in den Arm, die wieder lauter schluchzte, und verließ mit ihr die Kirche. Sie blickte sich nicht um, bemerkte nicht, dass die vier Geistlichen unbeweglich verharrten. Noch viel weniger bemerkte sie, dass eine erstaunliche Unruhe entstand, als die Tür ins Schloss fiel, und am allerwenigsten, dass danach ein sehr lebendiges Gespräch einsetzte.

»Habt Ihr diese Blicke beobachtet?«, begann Pater Contzen. »Als wenn sie nicht an einen Unfall glaubte.«

»Warum musstet Ihr der Witwe sagen, dass er zur Mitte hin lag?«, fragte ihn Regens Kasen spitz. »Als wenn es nicht Unglück genug wäre!«

»Aber sie hätte doch jede Lüge bemerkt! Außerdem ist ja wohl an einem Unfall nicht zu zweifeln. Wer weiß schon, wieso die Leiche so weit weg vom Gerüst lag.«

»Selbstverständlich war es ein Unfall«, sagte der Regens. »Aber auch ein Unfall kann Verdacht erregen. Und das sollte vermieden werden.«

»Aber sie hat doch keinerlei Verdacht geäußert«, meldete sich Pater Heimbach zu Wort. »Sie hat sich lediglich den Hergang des Unfalls ansehen wollen. Sie wollte wissen, wie es geschehen ist. Sie hat schon zu Hause, bei der ersten Mitteilung, ungewöhnlich sachlich reagiert.«

»Und diese Bemerkung über die Lage?«, wandte Pater Contzen ein. »Warum fragt sie nach dem genauen Ort des Aufschlags?«

»Sie will es eben wissen«, erklärte Pater Weidenfeld mit einem Blick auf die Leiche. »Es ist ihr Mann. Sie will sich verabschieden und sich ein Bild von diesem letzten Augenblick seines Lebens machen. Wir alle verstehen schließlich nichts von einer Frau, die ihren Mann liebt. Habt Ihr diesen Kniefall und diesen Kuss gesehen? Es gibt Regungen der Seele, von denen niemand von uns eine Ahnung hat, auch ich nicht mit meinen fast siebzig Jahren.«

»Trotzdem beunruhigt mich die Frage«, gestand Regens Kasen. »Wir werden das im Auge behalten. Wenn Ihr wieder zu ihr geht, Pater Heimbach, solltet Ihr ganz genau darlegen, welch gutes Verhältnis wir zu Johann Münch hatten. Dass dieser Architekt mehr konnte, als Kirchen zu bauen, braucht dabei keine Rolle zu spielen. Es geht um unser uneingeschränktes und unerschütterliches Vertrauensverhältnis. Es scheint mir absurd, an die Möglichkeit eines Streits mit der Folge eines solchen Anschlags zu glauben. Aber ich möchte es ausschließen, überzeugend ausschließen, auch für die Witwe überzeugend. Wir sind ihr das schuldig. Johann Münchs Verdienste machen jede Anstrengung erforderlich.«

Regens Kasen befahl Pater Contzen, für die nächste Zeit Totenwache zu halten, während er selbst unverzüglich für eine würdige Aufbahrung und alle sonstigen Notwendigkeiten sorgen wollte. Die Kirche wurde verschlossen, sämtliche Arbeiter bis auf Weiteres anderenorts beschäftigt. Die Schulgottesdienste der nächsten Tage sollten in Sankt Andreas stattfinden.

»Ich hoffe, die Stiftsherren können uns noch einmal eine Weile aushelfen«, sagte Regens Kasen. »Es ist ja nicht das erste Mal, dass man uns die Kirche als Ausweichquartier überlässt. Die plötzliche Verlegung ist ohne Schwierigkeiten verlaufen. Dass sich niemand hierher verirrt hat, zeigt jedenfalls, dass Pater Kritsraed die Sache im Griff hat und Ordnung herrscht. Und ich hoffe vor allem, es fällt kein unbedachtes Wort. Der Architekt ist verunglückt, tödlich verunglückt, bei einem Sturz vom Gerüst, wie es bei Architekten eben nichts völlig Ungewöhnliches ist. Einzelheiten sollten nicht mitgeteilt werden. Wir können sagen, dass dies mit Rücksicht auf die Witwe geschieht. Das Leben im Konvent muss jedenfalls wie gewohnt weitergehen.«

ZWEITES KAPITEL *In dem Agnes Münch nach der Beerdigung ihres Mannes der Familie etwas eröffnet, was größte Bestürzung hervorruft.*

Agnes Münch war an jenem unglücklichen Oktobertag des Jahres 1652, der ihr Leben so sehr verändern sollte, gerade einunddreißig Jahre alt. Sie war eine zierliche Frau, auch trotz der mehrfachen Röcke, die man übereinander trug, eine schlanke Erscheinung. In ihren Kindertagen hatte sie als hübsch gegolten, ein quirliger Krauskopf mit viel zu großen Augen, die niemals still zu stehen schienen. Aber eine Schönheit war sie dann doch nicht geworden, eher verfügte sie über das, was gemeinhin Anmut oder Liebreiz genannt wird und sich in der Bewegung statt in der Form an sich zeigt. Agnes war mit anderen Worten geschmeidig, aber nicht wie eine Katze, die ihren Körper jedem Hindernis anpasst, sondern sie zeigte diese Geschmeidigkeit auch dann, wenn sie nicht notwendig war, zum Beispiel um ihre Gewogenheit auszudrücken oder auch nur, um den Kindern ihre Hilfsbereitschaft anzudeuten. Sogar bei der Verrichtung ihrer Hausarbeit, von der sie vieles trotz der Magd selbst erledigte, konnte ein Beobachter ins Sinnen verfallen, wie dieser zarte Körper so tatkräftig war, ohne dass es nach Anstrengung aussah. Aber das Gesicht, auf das bei der Zuschreibung von Schönheit immer am ehesten geachtet wird, hatte sich nach der Kindheit in die Länge gezogen, besaß eine leichte Schiefheit, die sich besonders deshalb bemerkbar machte, weil auch die etwas nahe bei der Nasenwurzel liegenden Augen nicht völlig gerade blickten. Dieser Fehler, wenn man denn von einem Fehler sprechen darf, wo die Natur allein und nicht der Wille am Ausgangspunkt steht, wurde jedoch wettgemacht durch ein körperliches Merkmal, das jeden Beobachter ohnehin zuallererst in den Bann schlug: Aus dem verspielten krausen Schopf war fülliges kastanienbraunes Haar geworden, das, da die Damen längst keine Hauben mehr trugen, unter dem Hut wie eine Kaskade hervorquoll und ihre schmalen Schultern fast völlig bedeckte.

Vielleicht war dieses Haar sogar ein Heiratsgrund gewesen. Als Johann Münch sich zu verehelichen gedachte, konnte er durchaus nach einer ansehnlichen Frau Ausschau halten. Aus begütertem Hause stammend, brauchte er nicht auf das Vermögen der Zukünftigen zu achten, auch wenn der große Krieg seit Jahrzehnten in Deutschland wütete und selbst die Bewohner im gut befestigten Köln ängstigte und zu immer neuen Abgaben zwang, um Schlimmeres zu verhüten. Münch war Architekt geworden wie schon der Vater, aber Münch liebte vor allem die schönen Künste, und er liebte unter allem Schönen besonders das Ungewöhnliche. Als er Agnes zum ersten Mal sah, war dies beim Tanz gewesen, als ihr Haar sich bei einer raschen Drehung wie ein Schirm aufspannte und sich dann wieder, zum Schopf zusammenfallend, auf die Schultern senkte – Münch wusste augenblicklich, dass dies die Frau war, die er einmal heiraten wollte; selbst als Agnes ihm das Gesicht zuwandte und er zuerst die graugrün funkelnden Augen und den nicht ganz geraden Blick bemerkte. Obwohl es noch mehr als ein Jahr bis zum förmlichen Antrag dauerte, änderte er seinen Sinn nicht mehr.

Kurz, es war eine Liebesheirat geworden, denn auch Agnes vergaffte sich in den stattlichen Burschen, der ihr damals stürmisch den Hof zu machen begann. Zwar handelten die Väter die Bedingungen aus, Agnes hätte schwerlich nein sagen können angesichts der guten Aussichten, aber in diesem Fall kamen die praktischen Erwägungen und die Neigungen des Herzens zur Deckung. Es folgte eine kurze Phase des Überschwangs, dann wandelten sich die Gefühle unmerklich in die der Elternrolle, des Aufbaus eines Hausstandes, in dem die alte Generation ihre Versorgung und die neue ihre Erziehung erhalten sollte. Vier Kinder kamen zur Welt, von denen zwei die Geburt nicht überlebten, Pestjahre mussten überstanden werden, Agnes' Eltern, die zuletzt mit im Hause gelebt hatten, starben. Die Zeit brachte immer neue Aufgaben, ohne dass die Beziehung der beiden Ehepartner unerträglichen Belastungsproben ausgesetzt gewesen wäre. Dass Johann Münch in den letzten Jahren immer häufiger unterwegs war, dass er zwei größere Reisen machte, von denen ihn eine bis nach Sizilien führte, hatte Agnes als notwendig hingenommen. Nur in der letzten Zeit glaubte sie bemerkt zu haben, dass ihr Mann sich mit Gedanken plagte und am meisten damit, dass er diese offenbar für sich behalten musste. Als Agnes einmal in ihn drang, sein Haupt erst unter ihrem Haar begrub und ihn dann fragte, ob er nicht reden wolle, hatte er verzweifelt abgewehrt. Nein, nicht jetzt, später ganz gewiss, und sie brauche sich keine Sorgen zu machen, im Gegenteil. Sie werde noch einmal stolz auf ihn sein. Dann kam der Sturz.

Als Agnes verstanden hatte, dass sie nun mit ihren Kindern allein war, nahm sie ihr Schicksal augenblicklich an. Nur des Nachts ließ sie ihrem Kummer freien Lauf, weinte bitterlich und fand kaum Schlaf. Am Tage jedoch ordnete sie ihr neues Leben in einer Weise, dass die ihr Nahestehenden erstaunt, ja fast bestürzt waren. Münchs alter Vater bot zwar seine Hilfe an, und auch von den Jesuiten, für die Johann Münch so lange gearbeitet hatte, wurde ihr jede Unterstützung zuteil. Aber Agnes erledigte alles Notwendige selbst. Sie besprach ihre wirtschaftliche Lage mit dem Schwiegervater, ließ sich erklären, welche Mietzinsen aus den Häusern flossen, die ihr Mann in der Kupfergasse gebaut hatte, war sehr rasch im Bilde über die Renten, die ihr zustanden, und verringerte alsbald den Hausstand, indem sie den Knecht entließ und sich mit der Magd begnügte. Dass der vermögende ältere Bruder ihres Mannes, ein im Fernhandel tätiger Kaufmann, als Pate für die Ausbildung ihres Sohnes am Gymnasium Tricoronatum sorgen wollte, erleichterte sie am meisten. Das Töchterchen mit seinen zwei Jahren fiel noch kaum ins Gewicht und würde auch später weniger Aufwand erzwingen. Sie selbst beschloss, alle Ausgaben auf das Nötigste zu beschränken. Für die Ernährung der Familie sollte mehr als zuvor auf den Garten zurückgegriffen werden, an der Kleidung konnte man sparen, indem die Hosen des Jungen ebenso gewendet wurden wie ihre eigenen Röcke und Kleider. Nur war dies für die Zukunft geplant. Zuvor galt es, die Beerdigung ihres Mannes ohne Abstriche zu begehen.

Bei den Exequien in Sankt Mariä Himmelfahrt brauchte sich Agnes freilich um nichts zu kümmern. Das Unglück war an einem Freitag geschehen, man hatte den Sonntag verstreichen lassen und die Trauerfeier auf den Montag verlegt. Die Patres organisierten für Johann Münch, der seit der Amtsniederlegung des ersten Architekten, Christoph Wamser, für die Weiterführung der Arbeiten verantwortlich gewesen war, eine würdige Feier. Die Kirche bot einen prächtigen Rahmen, der nur wenig beeinträchtigt war vom Baugerüst im Chorraum, das man für die Ausmalung benötigte, aber so schmal wie möglich hielt und lieber immer wieder niederlegte und im nächsten Abschnitt neu errichtete. Zwar war auch der Fußboden noch nicht fertig, die Marmorplatten nicht verlegt. Dafür erstrahlte der Hauptaltar schon wie die Kanzel in Gold, die Beichtstühle auf der Galerie wirkten in ihrem massiven Eichenholz wie eine Häuserzeile für sich im Raum. Regens Kasen, der Leiter des Konvents – in einem traditionellen Kloster wäre er der Abt gewesen –, zelebrierte selbst das Amt unter Mitwirkung von zwei weiteren Patres. Das »Dies irae« erklang aus geübten Kehlen, zahllose Kerzen erhellten die Kirche, die Schar von Messdienern aus dem Gymnasium bot einen prachtvollen Anblick. In der Predigt zeichnete der Regens ein Bild dieses tatkräftigen und aufopferungsvollen Architekten, mit dem man seit Jahren aufs Beste zusammengearbeitet hatte. Er sprach von der besonderen Begabung, von der menschlichen Wärme, von dem unbegreiflichen Unglück, konnte freilich nicht sehen, dass Agnes unter ihrem Schleier versteinert dasaß, ihre Kinder fest an sich drückte und die Worte an sich vorüberrinnen ließ, ohne ihnen den Trost abzugewinnen, der offenbar mit ihnen verbunden sein sollte.

Wiederholt starrte Agnes zum Gerüst, das noch immer an seinem Platz stand, maß die Bahn des Sturzes ab, sah vor ihrem inneren Auge den leblosen Körper ihres geliebten Mannes viel zu weit weg liegen und versank in ohnmächtiger Trauer. Erst nach den Feierlichkeiten, nach der ebenfalls von den Jesuiten vorgenommenen Beerdigung auf dem Kirchhof von Sankt Maria Ablass, zu deren Pfarrei die Familie Münch gehörte, legte Agnes äußerlich die Trauer ab. Sie widmete sich im Hause der Bewirtung ihrer Gäste: den Eltern ihres Mannes, seinen beiden Brüdern und seiner Schwester nebst Familienanhang, ihrem eigenen Bruder und ihrer Schwester, die beide ebenfalls verheiratet waren, den vielen Kindern, den engsten Nachbarn. Bis auf die Schwiegereltern, ihre Schwägerin Maria und ihren Bruder Joseph waren die Verwandten von weit her gekommen. Im sonst durchaus geräumigen Saal war es eng, Tische und Bänke aus der Nachbarschaft mussten in der Eingangshalle aufgestellt werden, die Tür zum Saal hatte man entfernt, um für bessere Verständigung zu sorgen. Die Kinder machten sich sehr bald im oberen Stockwerk selbstständig und mussten mehrfach von der Magd ermahnt werden, den Lärm nicht zu groß werden zu lassen.

Das Gespräch der Erwachsenen drehte sich um die Ereignisse in Köln, um die Folgen des Krieges, um die Pest, die zurzeit glücklicherweise nicht mehr mit der Gewalt zurückzukehren schien wie 1630 und in den anschließenden Jahren. Erst als die Nachbarn gegangen waren und die Familie im Saal zusammensaß, kam das Unglück zur Sprache.

»Ich habe mir das Gerüst angesehen«, sagte der Schwiegervater, Hermann Münch, dessen Wort als Baumeister in diesem Fall besonderes Gewicht hatte, »es ist untadelig. Die Leitern standen fest, ich habe es mir zeigen lassen. Natürlich fehlte es wie immer an Querstreben, was schon zu meiner Zeit für manchen Unfall gesorgt hat. Aber Johann arbeitete nicht auf dem Gerüst, er inspizierte nur. Er konnte sich immer festhalten, und er war ein geschickter Mann. Es müssen mehrere unglückliche Umstände zusammengekommen sein.«

»Er hat sich einfach zu sehr auf sich selbst verlassen«, wandte Johann Münchs älterer Bruder Heinrich ein, »er schreckte doch schon immer vor keiner Gefahr zurück.«

»Aber nicht vor unnötigen«, entgegnete Georg, der jüngere Münchsohn, »unser Bruder war kein Heißsporn. Es muss ein unglaublicher Zufall gewesen sein. Allein, wie er auf dem Gerüst war, hat er sich dort von irgendetwas ablenken lassen, hat einen Augenblick nicht aufgepasst.«

»Ich habe einen Arbeiter nachsehen lassen, ob Farbe oder sonst eine Flüssigkeit ausgelaufen ist«, berichtete der Schwiegervater. »Aber die Bretter waren trocken, staubtrocken. Ausgerutscht ist er kaum, eher gestolpert. Aber über was? Es hat sich auch kein Eimer oder sonst etwas gefunden.«

So ging es eine Weile unter den Männern hin und her, während die Frauen schweigend am unteren, dem Fensterpaar abgewandten Ende des Tisches saßen und Agnes zusammen mit der Magd die Reste des Mahles abtrug. Sie nahm Teller und Schüsseln entgegen, reichte dafür Brot nach und schenkte Bier ein. Mitten in diese Mutmaßungen über die Ursache des Unfalls meldete sich Agnes unerwartet zu Wort, nachdem sie gerade einen Krug gefüllt hatte und noch mit dem Oberkörper in der ihr eigenen Art leicht über den Tisch gebeugt war:

»Johann ist weder ausgerutscht noch gestolpert. Er ist hinuntergestoßen worden.«

Sämtliche Anwesende waren verblüfft und für eine Weile sprachlos. Alle schauten auf den Schwiegervater, dem die Autorität zukam und dessen Reaktion jeder atemlos erwartete. Der richtete sich auf, soweit es das Alter zuließ, und fuhr seine Schwiegertochter barsch an: »Ich denke, du solltest dich mit derartigen Äußerungen zurückhalten. Seit wann kann eine Frau, die von dieser Arbeit nichts versteht, beurteilen, ob ein Unfall oder ein Mord vorliegt? Und wer soll hier Mordabsichten gehabt haben?«

Heinrich Münch konnte nicht an sich halten und fügte mit errötetem Gesicht hinzu: »Wenn du solche Anschuldigungen in der Öffentlichkeit vorbringst, bringst du dich und uns alle um unseren Ruf.«

Während die Frauen entsetzt schwiegen, überschlugen sich die Männer in Bekundungen des Unmuts über den Verdacht, der, wie auch immer man ihn in Gedanken ausspann, nur auf die Jesuiten fallen konnte.

»Willst du damit sagen, dass Regens Kasen seine Hände im Spiel hatte?«, brachte Agnes' eigener Bruder Joseph keuchend hervor.

»Ich will gar nichts sagen«, antwortete Agnes in einer Unerbittlichkeit, die alle erschreckte, »außer, dass es kein Unfall war. Es war Mord.«

»Und worauf stützt du diese ungeheuerliche Vermutung?«, fragte der Schwiegervater, der merkte, dass mit bloßem Druck nicht weiterzukommen war.

»Ich habe ihn gesehen, als er erst wenige Stunden tot war. Johann lag zu weit weg vom Fuß des Gerüsts.«

»Um Gottes willen, Agnes«, sagte Joseph, »sag das niemandem. Wie willst du den geringsten Beweis führen? Und das gegen Patres, mit denen Johann jahrelang so gut zusammengearbeitet hat? Wie haben sie sich gerade jetzt um alles gekümmert!«

Als Agnes schwieg und alle merkten, dass sie mehr zu wissen schien, als sie vorgebracht hatte, begann noch einmal Hermann Münch: »Dein Bruder hat ganz Recht. Wenn du diesen Verdacht äußerst, bringst du die Patres in eine Verlegenheit, die sie zum Äußersten zwingt. Sie werden deinen Sohn von der Schule ausschließen, dich selbst um deinen Ruf bringen. Du weißt, wie die Jesuiten in Köln auf ihr Ansehen bedacht sind. Noch niemand hat sie verdächtigt, mit einem Mord in Verbindung zu stehen, gar einen Mörder gedungen zu haben oder die Tat zu decken. Sie können nicht anders, als mit Gegenwehr zu reagieren. Aber was begründet überhaupt deinen Verdacht? Die Lage Johanns allein kann es unmöglich sein. Wie willst du beurteilen, wie weit genau ein Mensch bei einem solchen Sturz fliegt?«

»Die Patres haben seine Lage verändert«, antwortete Agnes. »Sie haben ihn zum Gerüst gezogen, ich nehme an, weil auch ihnen aufgefallen war, dass etwas nicht stimmte. Ich habe sie sofort darauf angesprochen.«

Wenn die Betroffenheit bei der ersten Äußerung schon groß gewesen war, so trat nun eine nochmalige Steigerung ein.

»Du hast was?«, fragte der Schwiegervater in so erregtem Ton, dass jeder glaubte, er werde im nächsten Moment die Fassung verlieren.

»Als sie mich vom Unglück benachrichtigt hatten, bin ich mit Maria in die Kirche gegangen. Vier Patres, darunter Regens Kasen und Pater Heimbach, standen bei Johanns Leiche und kondolierten mir – Regens Kasen an der Spitze. Die Situation war ihnen mehr als peinlich. Am peinlichsten aber war ihnen, als ich nach dem genauen Ort des Aufpralls fragte. Man konnte sehen, dass Johann in eine gewisse würdige Lage gebracht worden war. Und man konnte vor allem auch sehen, dass er weiter zur Mitte hin gefallen sein musste. Die Blutspur war eindeutig. Als ich sie darauf ansprach, gab einer der Patres eine Auskunft, die in Stammeln überging. Ich sah auch, dass Regens Kasen deshalb verärgert reagierte. Und ich erhielt letztlich keine Antwort. Ist dies nicht Begründung genug für meinen Verdacht? Im Übrigen war Johann in der letzten Zeit verändert. Er trug etwas mit sich herum, was ihn ängstigte. Er wollte es mir noch sagen, aber nun ist es zu spät. Ich werde es trotzdem herausfinden.«

Dies war die dritte Steigerung, die diesmal keinen neuen Grad an Betroffenheit hervorrufen konnte. Alle Anwesenden, besonders die Frauen, waren wie gelähmt.

»Herausfinden?«, stöhnte der Schwiegervater. »Du willst es herausfinden?«

»Ja, herausfinden«, antwortete Agnes, indem sie den nächsten geleerten Krug füllte, nachdem sie während des gesamten Gesprächs mit der Kanne dagestanden hatte. »Es gibt verschiedene Möglichkeiten, ich habe einige Wege durchdacht, aber ich werde nichts überstürzen. Vor allem werde ich keinen Verdacht äußern. Ich werde den Täter suchen und schließlich finden. Ich hoffe, ihr werdet mich dann verstehen.«

Entgeistert sahen sich die Männer an. Sie alle kannten Agnes, ihr Vater und ihr Bruder am längsten und besten. Niemals hatte sie jemand so erlebt. Aber alle spürten, dass Agnes ihre Worte nicht daherredete. Eine seltsame Spannung hatte diesen sonst so geschmeidigen Körper erfasst, eine entschlossene Haltung, eine Unbeugsamkeit, die man besser nicht herausforderte. Das Versprechen, keinen Verdacht zu äußern, sorgte zunächst für eine gewisse Erleichterung, vor allem bei den Frauen, die schon befürchtet hatten, dass man mit dem Finger auf sie weisen würde. An Agnes selbst wagte sich jedoch niemand mehr zu wenden, nicht einmal der alte Münch.

So trat äußerlich zwar Beruhigung ein, doch die Ankündigung von Agnes hing wie eine schwarze Gewitterwolke über der Familie, die wohl geglaubt hatte, dass das schwere Unglück überwunden, jedenfalls abgefangen sei durch die Tatkraft ihrer Mitglieder und nicht zuletzt durch Agnes selbst. Jetzt drohte sich ein neuer Abgrund zu öffnen, schien ein noch tieferer Sturz bevorzustehen. Während man sich über Belangloses unterhielt, festigte sich der Eindruck, dass Agnes zu allem entschlossen war. Es blieb lediglich die Hoffnung, dass sie sich täuschte, dass ihr Verdacht sich verflüchtigte. So löste sich denn die Versammlung auf. Die Schwiegereltern gingen in ihr Haus in der Johannisstraße und nahmen die Familien von Heinrich und Georg mit, ihr eigener Bruder wohnte mit den Seinigen gleich nebenan auf dem Hunnenrücken, und auch ihre Schwägerin Maria hatte es nicht weit. Nur ihre Schwester war mit Mann und Kindern im oberen Stockwerk untergebracht, wo alle zusammenrücken mussten.

Um Mitternacht war Agnes allein. Sie schuf noch etwas Ordnung und legte sich dann zur Ruhe. Es war die vierte Nacht nach dem Tod des geliebten Ehemannes. Innerlich schrie sie nach ihm.

DRITTES KAPITEL *In dem Agnes Münch zuerst in Briefen, dann in Büchern ihres Mannes nach Spuren sucht, die das Verbrechen erklären könnten, und dabei auf unerwartete Schwierigkeiten stößt.*

In den nächsten Tagen wollte Agnes das ganze Haus durchsuchen. Zuerst erinnerte sie sich an die Briefe, die ihr Mann ihr auf seinen Reisen geschickt hatte. Als die Kinder am Abend zu Bett gebracht waren, ging sie ins Schlafzimmer und öffnete die Schatulle, in der allerlei Erinnerungen aufbewahrt waren. Ein ganzes Bündel von Briefen hatte sich unter sonstigem Schriftwerk wie Geburtstagsgedichten und Totenzetteln angesammelt. Sie blickte auf die Anfangszeilen der Briefe, legte Unbedeutendes beiseite und entfaltete dann mit einem Lächeln einen umfangreichen Brief, der von einer Schweizer Reise vor gut dreieinhalb Jahren stammte. Sie hatte ihn damals mit Tränen in den Augen gelesen, weil sie ihren Mann leibhaftig vor sich zu sehen glaubte – so sehr passten die Zeilen zu seinem Wesen. Obwohl sie eigentlich nach Verdächtigem suchte, nach Fingerzeigen, die das schreckliche Ereignis erklärten, entfaltete sie das scheinbar harmlose Papier und las sich hinein, bis ihr die Freudentränen wieder aus den Augen quollen:

4. Januar 1649

Sing, Burre, sing – da staunst du, Agnes! Burren kennst du nicht, singende Burren noch viel weniger. Burre, murre, surre: Was surrst du nur so schön, du Burre! Gezurrte Burre, nun murre oder surre, nein: lieber surre als murre, denn wir brauchen dich, Burre. Hei, Agnes, reit mit mir auf der Burre! Schussfahrt aus Bergeshöhn, hinab ins Tal, dass es flirre, dass es sirre, dass es klirre. Hei, Agnes, tanz mit mir! Wir haben sie, die schönste Burre, die tönende, singende, springende Burre, dass niemand murre. Hei, Agnes –

Du weißt nicht, was eine Burre ist? Frag doch den Kater, dass er es herausmurre! Oder die Gans, die kann's! Die Maus, aus der hol's raus! Na, Kater, Gans und Maus: Sagt Agnes, was eine Burre ist, damit sie nicht mehr murre und euch zurre. Johann will's nicht sagen, der Murrkopf, Surrkopf, Knurrkopf. O Kater, Gans und Maus: Ihr wisst es selbst nicht, gebt's zu. Ich weiß, wer's weiß: die Gämse und der Adler, keine dumme Gans und kein schwarzer Kater, auch keine kleine Maus, aber vielleicht das Murmeltier, wenn es nicht schläft in seinem Winterquartier. Hei, Agnes –

Nun warte doch, ich werd es ja der Reihe nach erzählen. Wir sind in der Schweiz, im Gebirge, beim Sankt Gotthard, um Holz auszuwählen für unsere Sänger, deren Töne bis in den letzten Winkel hörbar sein, sich nicht überschlagen oder stumpf werden sollen. Aber alles Holz nutzt nichts, wenn du totes Holz hast. Nur Holz, das vom Himmel gekostet, die Sphärenklänge in sich aufgenommen hat, nur solches Holz kann auch klingen. Man findet es an den einsamsten Plätzen, hoch oben im Gebirge, den Wolken nah.

Ich war selbst dabei, als sie jetzt, mitten im Winter, die Stämme auswählten, die seit dem Herbst geschlagen und entastet warteten: eben die Burren, glatt und rund, aber selbst für Elefanten zu schwer mit ihren mindestens dreißig Schuh Länge. Niemand brächte sie herab, wenn man ihnen nicht vorher Straßen gebaut hätte, kunstvolle Vorrichtungen aus Holz wie aufgeschnittene Röhren, endlose Bottiche. Ganz oben schmiegen sie sich dem abfallenden Berg an, dann geht's über die Klüfte und Abgründe, immer gleichmäßig, dass die Schussfahrt nicht stocke, aber auch nicht so schnell werde, dass die Burre ihr Geleit zerstört, ihre »Reise«, wie die Gebirgler sagen. Die Biegungen sind die gefährlichsten Stellen. Der Winkel darf nicht zu groß sein, aber auch bei kleinem braucht es Vorsorge. Man füttert sie mit Eis und Schnee aus und lenkt zuletzt noch Wasser darauf, um alles glatt zusammenfrieren zu lassen, damit die Burren nur ja nicht aus der Bahn kommen. Unterwegs stehen die Helfer, die mit ihren langen Stangen zustoßen, wenn trotz allem ein Verhaken droht. Nur im Winter, bei anhaltendem Frost, geht es überhaupt, nur dann kann man den Burren ihr Bett bereiten. Aber zur Vorsicht muss man die Nacht nutzen, damit bei den Erschütterungen keine Lawinen niedergehen und alles zerschmettern.

Wenn alles fertig ist, steigt die Helferschar in den Berg, fast hundert kräftige Männer, verteilt sich auf die Stellen, die zuvor ausgemacht sind.

Man zündet Feuer, die die »Reise« erhellen, aber auch die Abgründe ahnen lassen und einem den Schauer über den Rücken jagen ob all der Grässlichkeiten. Raue Befehle tönen durchs Tal, dass das Echo außer Atem kommt. Schon schießt die erste Burre herab, die sich noch verkeilt und frei gemacht werden muss, bis das Geleit den letzten Schliff hat. Dann kommt der ersehnte Augenblick. Herunter geht die Fahrt, und an jeder Schrunde klingt es auf, ein hohler Schlag, ein fahler Knall, herab, herab. Kein Gießbach ist mehr zu hören, kein Waldesrauschen, nur donnernde Schussfahrt in unentwirrbarer Mehrstimmigkeit, wenn die Burren in die Kurven gehen oder sich trotz aller Vorsorge gegenseitig treffen, zu kurz hintereinander geraten und im Doppelschlag in die Biegung hineinrasen.

Und endlich kommt unter all den Burren diejenige, auf die du gewartet hast. Plötzlich klingt es anders, es schlägt nicht nur mit langem hohlem Klang, sondern du hörst einen helleren und festeren Ton. Schon siehst du die Burre um die Biegung schießen, siehst ihr Hüpfen und hörst das lange Wimmern, das noch in den nächsten Hüpfer hineinklingt, als wollte es den Gesang niemals unterbrechen. Da kommt eine ganze Melodie herab, die die wimmerwüchsige Burre vorträgt wie das »Jubilate« in der Weihnachtsnacht. Die erste singende Burre, der erste Sänger ist da und gehört dir, wie es zuvor besprochen wurde. Auf springst du und eilst an die Wegesstelle, wo die Fahrt sich verlangsamt und die Markierung angebracht werden kann.

Vier solcher Burren haben wir ausgewählt, die zweite kam schon bald nach der ersten. Was werden wir aus diesem Holz machen! Es wird die Stimmen veredeln, ihnen einen samtenen Klang geben, der in die Herzen der Menschen strömt. Agnes, du wirst es hören, als Erste, deine Ohren werden liebkost werden von nie gehörtem Laut. Bald bin ich zurück, noch vor dem Holz. Ach, Agnes!

Ja, das war ihr Mann gewesen, ihr Johann, der sie liebte, der ihr alles anvertraute, der nicht warten konnte mit dem Erzählen – warum nur das eigenartige Schweigen zuletzt? *»Na, Kater, Gans und Maus: Sagt Agnes, was eine Burre ist, damit sie nicht mehr murre und euch zurre …«* Wieder und wieder überflog sie die Zeilen, ließ die Tränen kullern und riss sich zuletzt los von den Erinnerungen, um weiterzusuchen.

Als sie den Brief schon zurückgelegt hatte, kam ihr jedoch ein Gedanke. Sie nahm ihn noch einmal zur Hand und suchte die Stelle: »*Was werden wir aus diesem Holz machen!*« Ja, was hat er denn daraus gemacht? Niemals nach seiner Rückkehr war von Holz die Rede gewesen. »*Es wird die Stimmen veredeln ... Agnes, du wirst es hören, als Erste ...*« Wieso Stimmen veredeln? Und warum war sie dann doch nicht die Erste gewesen, es zu hören? Warum hatte sie ihn nie daran erinnert? Gerade dieser Brief war ihr wie ein Schatz vorgekommen, ein Spiegelbild ihres Mannes, seiner Leidenschaftlichkeit, seiner Begeisterungsfähigkeit, seiner Fröhlichkeit. Immer wieder war ihr der »Murrkopf, Surrkopf, Knurrkopf« eingefallen – oft hatte sie ihn damit geneckt, wenn er selbst mürrisch war wegen irgendwelcher Belanglosigkeiten. Nein, er hatte sie *nicht* als Erste hören lassen. Nach dem Januar dieses Jahres 1649 musste ihr Mann Grund gehabt haben, sich in Schweigen zu hüllen. So viel also stand fest. In dieser Zeit musste etwas geschehen sein.

Wieder begann Agnes zu suchen, diesmal mit etwas klarerem Ziel. In einem Brief aus dem Jahre 1648 fand sie detaillierte Berichte über die Jesuitenkirchen in Wien und Prag, zusammen mit kritischen Anmerkungen und Plänen: von Plänen, die er ihr stolz mitteilte, zusammen mit Träumen von einer erfolgreichen Zukunft gemeinsam mit ihr. In »*Ach, Agnes!*« fand sie den Stoßseufzer ihrer Gemeinsamkeit. Schlagartig verlor sich all dies nach dem Januar 1649. Von der Italienreise im Sommer 1650 kamen trockene Anmerkungen zur Reiseroute, Berichte über ein Zimmer voller Flöhe, von Freundlichkeit und Unfreundlichkeit der Leute. Keine einzige Notiz über seine Ziele, nichts zu Bauten. Agnes las, diesmal mit ganz anderen Tränen in den Augen – mit Tränen der Trauer. Warum hatte sie es nie bemerkt? Dann fasste sie sich und ordnete fast mechanisch die Briefe nach ihrer zeitlichen Reihenfolge. Wieder überflog sie den Inhalt und hielt sich diesmal an die genannten Orte: Mailand, Mantua, Rom, die Überfahrt nach Sizilien mit dem Besuch in Syrakus, dann die Rückkehr in größtmöglicher Eile. Also Syrakus das weiteste Ziel! Syrakus? Agnes konnte sich wenig unter diesem für sie sagenumwobenen fernen Ort vorstellen. Johann hatte nie viel von der Reise erzählt, gerade von Syrakus am wenigsten. Aber Syrakus musste doch ein wichtiges Ziel gewesen sein, sonst wäre er früher umgekehrt. Agnes nahm sich vor, den Schwiegervater zu fragen, was es in Syrakus zu sehen gebe. Zuvor wollte sie unter den Büchern und Papieren von Johann nach weiteren Hinweisen suchen – am nächsten Abend.

***

Die Nacht hatte Agnes in Unruhe verbracht, Erinnerungen an Johann waren zurückgekehrt und mit ihnen die Tränen. Am nächsten Tag war viel zu erledigen gewesen, darunter der Gang zu den Jesuiten, um sich für die Exequien und die Beerdigung zu bedanken. Im Konvent traf sie nur Pater Kritsraed an, während sich der Regens entschuldigen ließ. Die Unterhaltung blieb förmlich, ja angespannt. Später suchte sie Geschäftsleute auf, um Rechnungen zu begleichen, auch bei den Schwiegereltern sah sie kurz vorbei. Dann war endlich der Abend da.

Agnes stand diesmal im Arbeitszimmer ihres Mannes. Ein eigenartiges Gefühl beschlich sie, beinahe Scham. Nie hatte sie hier etwas berührt, nie etwas zur Hand genommen. Ob es ihm recht gewesen wäre? Zweifelnd schaute sie zum Schreibtisch, zum Regal. Wo anfangen? Agnes entschied sich für den Schreibtisch, blätterte in Papieren, die sich dort türmten, aber nichts Verdächtiges enthielten – immer wieder Schriftstücke mit ausführlichen Angaben zu Planung und Ausführung der Bauvorhaben in der Kirche. In der Schublade dasselbe, nur dass sich hier Mappen mit seltsamen Zeichnungen, Räumen voller Trichter und Rohre, fanden. Darauf wandte sie sich dem Regal mit den Büchern zu. Fast alle handelten von Architektur – die meisten in lateinischer und italienischer Sprache, von denen sie weder die eine noch die andere beherrschte. Geläufig waren ihr zwar unzusammenhängende lateinische Vokabeln, soweit sie sich an das erinnern konnte, was beim Abhören ihres Sohnes haften geblieben war. Doch hier half es wenig, weil es um Architektur ging, während ihr Sohn Schlachtbeschreibungen bei Caesar las oder Briefe, die Cicero an seine Freunde geschickt hatte.

»I quattro libri dell'architettura« von Andrea Palladio, las sie, dann »L'idea della architettura universale« von Vincenzo Scamozzi. Auch Deutsches fand sie: Hans Blums »Von den fünff Sülen, Grundtlicher Bericht« und vom selben Autor »Architectura antiqua, das ist Wahrhafte und eigentliche Contrafacturen ettlicher alter und schönen Gebeuwen«. Von Joseph Furttenbach, der ein Deutscher sein musste, aber in Latein schrieb, fiel ihr die »Architectura civilis« sowie die »Architectura navalis« in die Hände, beide aus der Zeit um 1630, auch ein etwas jüngeres deutsches »Newes Itinerarium Italiae«. Beim Herausnehmen und Durchblättern der Bücher stieß sie auf Gewölbekonstruktionen, Säulenordnungen. In einem Winkel fand sie schließlich ein Werk, das sie besonders neugierig machte. Sein Titel lautete: »Musurgia universalis sive Ars Magna Consoni et Dissoni« von einem Autor namens Athanasius Kircher, erschienen in Rom im Jahre 1650. Gleich daneben stand ein zweibändiges Werk mit dem Titel »Harmonie universelle« von Marin Mersenne, Paris 1636 und 1637. Agnes griff das Buch von Kircher heraus, setzte sich auf den Schreibtischstuhl und schlug es auf. Nichts von Baukunst, dafür augenscheinlich etwas über Musik, jedenfalls über Töne, Harmonien. Töne? Agnes erinnerte sich an den Brief vom gestrigen Abend, in dem Johann von klingendem Holz berichtet hatte. Aber er hatte sich doch niemals für Musik interessiert!

Agnes blätterte. Sie fand merkwürdige geometrische Figuren, Noten, Trompeten in verschiedensten Formen. Dann stutzte sie. In all dem Latein, das sie so gut wie nicht verstand, glaubte sie ein Wort erkannt

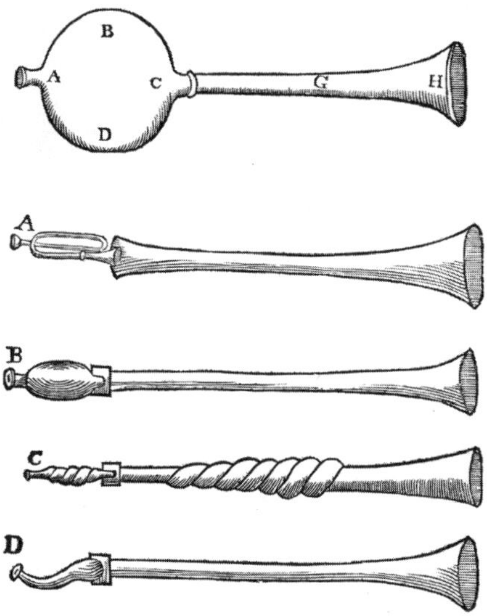

zu haben – das Wort »Syrakus«. Agnes durchzuckte es wie ein Schlag. Wieder und wieder las sie die Textüberschrift: »De Dionysii auri, quae visitari potest in Syracusis«. Das zugehörige Bild zeigte ein Schloss auf einem Berg, an dessen Fuß sich ein weiteres Gebäude von befremdlicher Art zeigte: ein fensterloses Gemäuer. Zwischen Schloss und Gemäuer waren zwei sich leicht krümmende oder windende Bänder gemalt, die wie Röhren aussahen, viel zu steil, um als Weg benutzt werden zu können. Den Beschreibungen konnte Agnes nichts entnehmen.

Aber Syrakus! Zu allem Überfluss war deutlich, dass diese Seite öfters aufgeschlagen gewesen sein musste. Die obere Ecke des Blattes zeigte Gebrauchsspuren, Fettreste von blätternden Fingern und einen leichten Knick, ein regelrechtes Eselsohr. Zwei Seiten weiter war wieder eine Stadt genannt: Mantua. Vier Seiten davor fand sie Mailand, in Rom war das Buch erschienen. Insgesamt die Reiseroute ihres Mannes!

Agnes legte den schweren Folianten auf den Schreibtisch und sackte auf dem Stuhl zusammen. Wieder und wieder versuchte sie, ihre Gedanken zu ordnen. Sie war also auf Hinweise gestoßen, dass ihr Mann große Reisen auf sich genommen hatte, um in irgendeiner Form über Musik zu forschen, die ihn zu Hause nicht interessierte. Vor einigen Jahren war dieses Interesse in einer Form entstanden, die es offensichtlich nicht nötig gemacht hatte, daraus ein Geheimnis zu machen. Dann wurde daraus ein Geheimnis, ein so gut gehütetes, dass sie bei engstem Zusammenleben nicht das Mindeste bemerkt hatte. Und dann der vorgebliche Unfall, der ein heimtückischer Anschlag gewesen sein musste. Johann war womöglich für ein Wissen gestorben, das jemandem gefährlich wurde. Für ein Wissen über Musik. Zu unwahrscheinlich, zu widersinnig! Wieso sollte Wissen über Musik gefährlich sein? Aber wer reiste nach dem fernen Syrakus, wenn dort nicht etwas Wichtiges zu finden war? Und nicht nur wichtig musste es sein, sondern auch geheimnisumwittert. Dem Schwiegervater war rein gar nichts eingefallen, als sie ihn nach der Stadt gefragt hatte.

Agnes wusste, dass sie so nicht weiterkommen konnte. Einen Augenblick überlegte sie, Latein zu lernen, um die fraglichen Bücher zu verstehen – vielleicht zusammen mit ihrem Sohn, dem sie den Grund nicht anzugeben brauchte. Aber dies würde viel zu viel Zeit kosten, Zeit, in der die Spuren des Anschlags auf ihren Mann längst getilgt sein würden. Nein, nicht selbst lernen. Sie musste jemanden hinzuziehen, der ihr die Texte übersetzte, wenigstens die wesentlichen Stellen. Den Schwiegervater? Der kam nicht in Frage. Er war gegen ihre Pläne. Auch ihrem Bruder Joseph, der die Elementarschule durchlaufen hatte und eine Zeit lang auf dem Gymnasium gewesen war, traute sie nicht. Er würde Fragen stellen und sehr rasch Nachforschungen beenden, die ihm absurd vorkommen mussten.

Da fiel Agnes eine Person ein, die ihr helfen konnte: Pater Felix Heimbach, der Lateinlehrer ihres Sohnes aus dem Gymnasium Tricoronatum. Er hatte ihr die Trauerbotschaft gebracht, hatte auch die Gestaltung der Exequien mit ihr besprochen. Vor allem hatte sie sich mit ihm schon früher mehr als einmal über die Fortschritte ihres Sohnes beraten und war immer freundlich aufgenommen worden, selbst wenn sie sich über allzu viel Strenge beklagte. Pater Heimbach mochte sie, daran gab es keinen Zweifel. Sie würde sich ihm freilich anvertrauen, den Verdacht aussprechen müssen. Wie würde der Pater reagieren, wenn klar war, dass die Jesuiten selbst vom Verdacht nicht ausgeschlossen waren, ja, dass er sie als Allererste betraf? Würde Pater Heimbach die Belastung aushalten? Oder würde er sie als überspannt zurückweisen, so wie es ihre Verwandten taten? Aber welche Wahl hatte sie? Nein, sie musste es wagen. Agnes stellte das Buch, das sie durchgeblättert hatte, ins Regal zurück – nicht ohne noch einmal die Abbildung zu betrachten, die den Felsen mit Kammern zeigte, der sich in Syrakus befinden sollte. Dann verließ sie das Arbeitszimmer ihres Mannes mit einem traurigen Blick und begab sich zur Ruhe. Auch in dieser Nacht fand sie kaum Schlaf.

VIERTES KAPITEL *In dem sich Regens Kasen mit seinem Sekretär über das Gymnasium Tricoronatum unterhält und zum Schluss jemand auftaucht, mit dem er ganz und gar nicht gerechnet hat.*

Am frühen Morgen stand Regens Adam Kasen wie so oft am Fenster seines Arbeitszimmers im Swolgianum, dem ehemaligen Jesuitengymnasium in der Straße An den Dominikanern, Ecke Marzellenstraße, das seit langem nur noch Verwaltungszwecken diente. Er blickte auf den Schwarm der Schüler hinab, die gleich nebenan dem Neubau zustrebten, alle in vorschriftsmäßiger Kleidung: mit Mantel und breitkrempigem Hut. Wie die beiden anderen Gymnasien der Stadt, das Montanum und das Laurentianum, war auch das Tricoronatum aus den Bursen entstanden, die einst zur Artistenfakultät gehörten, der Eingangsstufe der Universität, auf die dann die drei »höheren« Fakultäten aufbauten –Theologie, Jurisprudenz und Medizin. Das Gymnasium besuchte man vom Elternhaus aus oder von entsprechenden Unterkünften, wenn man von außerhalb kam. Eine erste Vorbereitung in einer Elementarschule mit Lateinunterricht hatte man schon hinter sich, trat ins Gymnasium etwa mit zehn Jahren ein. Dann schlug man sich von Klasse zu Klasse durch, wobei Wiederholungen das Übliche waren. In der Infima, der untersten Klasse, konnten auch noch Zwanzigjährige sitzen. Die Philosophenklasse, die oberste überhaupt, erreichten nicht allzu viele. Wer hielt es schon aus, dieses ewige Auswendiglernen, ob es sich nun um lateinische Grammatik, um Mathematik oder den Katechismus handelte? Entsprechend galt: Wer ein Gymnasium durchlaufen hatte, war studierreif, brachte es meistens auch zu etwas.

Adam Kasen leitete das Gymnasium Tricoronatum in diesem Spätherbst 1652 seit nunmehr sechsundzwanzig Jahren. Er hatte seine Anbefohlenen durch die Zeiten des Dreißigjährigen Krieges geführt, hatte verheerende Pestwellen durchgestanden, an der immer neuen Anpassung des Ordens an die Bedürfnisse der Zeit gearbeitet, die großen Bauvorhaben geleitet, speziell den Neubau des Konvents und der Kirche Sankt Mariä Himmelfahrt unmittelbar nebeneinander in der Marzellenstraße. Er fühlte sich längst wie eine Verkörperung des Konvents einschließlich seines Gymnasiums, mit der Führung der Stadt ebenso vertraut wie mit der Universität, an der er dreimal das Amt des Dekans der Artistenfakultät inne hatte.

Regens Kasen war ein kräftiger Mann, fast ein Hüne von Gestalt, mit mittlerweile dünnem eisgrauem Haar und einem wesentlich kräftigeren, aber ebenfalls eisgrauen Bart, den er kurz hielt, um nicht zu ungehobelt auszusehen neben den Ratsherren und sonstigen Honoratioren, die anfingen Perücken zu tragen und mit stoffreichen und farbenprächtigen Röcken, den Schauben, glänzten. Kasen trug als Geistlicher auf ausdrücklichen Befehl der kirchlichen Autoritäten seit dem Tridentinischen Konzil eine schwarze Soutane, eng anliegend über einem tunikaähnlichen Untergewand mit engem Halsausschnitt, aus dem nur der kurze weiße Kragen hervorleuchtete. Dazu statt eines federgeschmückten Baretts das schwarze und etwas steif wirkende Birett, dessen vordere Spitze in seinem Fall so genau in der Mitte des Kopfes, direkt über der Nase, saß, als handele es sich um ein zielgenau eingestelltes Vermessungsgerät.

Der Regens war eine Respektsperson und musste es sein im Verkehr mit dem Konvent, mit der Stadt, mit dem Erzbischof und sogar dem päpstlichen Nuntius, die das Gymnasium hoch schätzten. Aber auch ein Regens bedurfte der Hilfe. Und die hatte er an seinem langjährigen Sekretär Pater Kritsraed, der wie immer im großen Arbeitszimmer am Schreibtisch saß. Mehrere Kerzen beleuchteten den Arbeitsplatz voller Akten, Kritsraed schrieb gerade das Protokoll einer Sitzung von der vergangenen Woche ins Reine und hob erst den Kopf, als er seinen Vorgesetzten mehr zu sich selbst als zu ihm sprechen hörte.

»Wir haben wirklich viel geschafft in den letzten Jahren. Wenn man an die Anfänge denkt! Im Jahre 1540 hat unser großer Vater, Ignatius von Loyola, den Jesuitenorden gegründet, um der Reformation eine geistliche Armee entgegenzustellen, die den alten Glauben zurückgewinnen und erneuern sollte. Gut, es ist nicht ganz geglückt. Nordeuropa ist heute protestantisch, sogar die Niederlande sind es, aber gerade dort hat man es auch falsch angefasst: mit militärischen statt mit geistlichen Mitteln. Ich bin in Utrecht geboren, ich weiß, wovon ich spreche. Unser heiliges Köln ist jedoch heute so katholisch wie vor tausend Jahren. Und das nicht zuletzt mit unserer Hilfe.«

»Erziehung ist immer das richtige Mittel«, flocht Pater Kritsraed ein, der den Regens nur zu gut kannte und wusste, dass ihm gelegentlich Zweifel kamen und er der Bestärkung bedurfte, obwohl man ihm dies äußerlich kaum ansah. »Aber«, so fügte Pater Kritsraed noch hinzu, »man darf auch nicht all das andere vergessen. Wir missionieren in den verschiedensten Weltgegenden, versorgen Kranke und haben uns auch in Pestzeiten nicht gedrückt.«

Pater Kritsraed hatte dies routinemäßig vorgetragen, so wie er überhaupt die Verkörperung der Routine darstellte, was für einen Sekretär durchaus eine begrüßenswerte Eigenschaft sein konnte. Aber Regens Kasen bemerkte die Bemühtheit und sah sich herausgefordert: »Ja, die Mission und der Krankendienst! Das haben auch die alten Orden schon geleistet, wenn man nicht gerade an die hochmütigen Dominikaner denkt, die immer glauben, nichts gehe über Studieren und noch einmal Studieren – kein Wunder, dass wir in dieser Nachbarschaft nur Ärger haben. Nein, es geht wirklich in erster Linie um Erziehung, und zwar um die richtige Erziehung. Die Wahrheit zu finden, ist schön, manchmal auch schwer, aber wir haben schon reichlich davon, es bedarf keiner weiteren Anhäufung oder Vertiefung. Die Wahrheit zu verbreiten und anzuwenden – dafür sind wir da. Und wir hier in Köln sind nicht die Schlechtesten gewesen bei der Umsetzung dieses Zieles, wie jeder schon an den Schülerzahlen ablesen kann. Wie viele genau sind es im Augenblick?«

Pater Kritsraed brauchte nicht nachzuschlagen, um sofort zu antworten: »Knappe tausend, ich glaube: genau neunhundertachtzig. Ins Montanergymnasium nebenan gehen zurzeit weniger als achthundert und ins Laurentianum noch weniger. Wir haben seit Jahren die höchsten Zahlen.«

»Und das, obwohl uns unser Ordensgründer ausdrücklich verboten hat, Schulgeld anzunehmen.« Regens Kasen schaute immer noch zur Straße, um aus dem Anblick der ins Gymnasium einziehenden Schüler Kraft zu schöpfen, und fuhr dann fort: »Wir erhalten natürlich auf andere Weise Unterstützung, vor allem von den Stadtvätern und dem Erzbischof, obwohl diese beiden Seiten untereinander alles andere als einig sind. Aber die Unterstützung ist uns mittlerweile sicher. Man darf gar nicht mehr daran denken, wie hier einst Johannes Rethius, mein allererster Vorgänger im Amt des Regens, angefangen hat. Zumindest hat ihm Bürgermeister Lyskirchen die Schlüssel zum Gymnasium schon feierlich übergeben und große Erwartungen an die Zukunft geknüpft.«

»Dass Rethius nur von diesem wahnsinnigen Mitbruder Gerhard Pesch ermordet wurde!«, fiel Pater Kritsraed ein und verstummte sofort, als er sah, wie sich Regens Kasen zu ihm drehte und ihn wütend anblickte.

»Ermordet! Ja, der ist wirklich ermordet worden und muss wohl jetzt den Beweis dafür abgeben, dass bei uns das Morden üblich ist. Ich verbitte mir ausdrücklich, im Augenblick allzu viel von Rethius und seinem Schicksal zu sprechen.«

Als Pater Kritsraed betroffen schwieg, nahm Regens Kasen nach einer Weile endlich den Faden wieder auf, als sei die Zwischenbemerkung seines Sekretärs nicht gefallen: »In der Maximinenstraße hat alles begonnen, dort entstand unser Gymnasium Tricoronatum, und zwar bis zum Jahre 1598. Damals erfolgte der Umzug hier ins Swolgianum, das dann auch rasch zu eng wurde und den Neubau nebenan nötig machte. Wenn das der alte Rethius erlebt hätte oder auch der große Petrus Canisius, der sich damals ebenfalls sehr um den Aufbau gekümmert hat, übrigens zusammen mit den Kartäusern, ohne deren Unterstützung wir gar nicht erst auf die Beine gekommen wären. Nach 1598 ging es erst recht weiter bergauf, trotz alsbald ausbrechendem großem Krieg, dem Dreißigjährigen, den wir Gott sei Dank endlich überstanden haben. Und das mit dem Neubau unseres Konvents und der neuen Kirche Sankt Mariä Himmelfahrt in der Marzellenstraße.«

»Wird denn die Einweihung endlich im nächsten Jahr möglich sein?«, fragte Pater Kritsraed. »Die Gerüste für die Ausmalung werden schließlich bald verschwinden. Aber im Westen ist nicht einmal der Fußboden fertig. Habt Ihr einen Nachfolger für Johann Münch in Aussicht? Ohne Architekt geht es bei den Handwerkern drunter und drüber. Jacob Boerhave wäre der Richtige, als Münchs Adlatus hat er immer sein Bestes getan. Wie ich hörte, vollbringt er wahre Wunder, und das anhand von flüchtig angefertigten Entwürfen. Aber ein ehemaliger Gehilfe kann so gut sein, wie er will: Er gewinnt nie Autorität.«

Kasen wandte seinen Blick wieder zur Straße und antwortete offenbar ungern: »Ja, ein Architekt – wir brauchen einen Nachfolger. Aber wie sollen wir Münch ersetzen? Das Wichtigste wird liegen bleiben. Dafür könnte die Kirche schneller fertig werden, was aber durchaus Nachteile hat. Unsere Theaterstücke sind von Jahr zu Jahr erfolgreicher. Wenn die Kirche endgültig geweiht ist, müssen wir uns einen anderen Raum für die Aufführungen suchen.«

»Dafür ist es auch so höchste Zeit«, antwortete Kritsraed. »Die Dominikaner werfen uns schon lange vor, dass wir in einer ungeweihten Kirche das Messopfer feiern –«

»In einer noch nicht ganz geweihten Kirche – der Altar ist geweiht«, berichtigte Kasen ärgerlich.

»Gewiss, aber Ihr müsstet einmal den Prior der Dominikaner hören, wenn er die Eltern des Viertels aufhetzt, um ihre Kinder fürs Montanergymnasium zu gewinnen.«

Kasen drehte sich energisch herum. »Ihr habt doch nicht im Ernst Sorgen vor Abwanderung? Wartet auf die nächste Aufführung: auf den ›Rusticus imperans‹ von unserem Ordensbruder Jacob Masen. Der päpstliche Nuntius, der halbe Stadtrat, die Bürgermeister – wie sie wieder unsere Kulissen bewundern werden! Münchs Kulissen übrigens – das hat er noch geschafft. Er wird nur nicht mehr erfahren, wie seine Vorrichtungen zur akustischen Verbesserung wirken, die er von Sankt Severin übernommen hat.«

»Immer diese Schallexperimente! Ich war nie überzeugt. Die Kulissen wirken mehr. Die Augen sind wichtiger als die Ohren. Platon hat nicht umsonst die Augen an die Spitze der Sinnesorgane gestellt. Und Aristoteles ist ihm darin gefolgt, alle anderen ernsthaften Philosophen natürlich auch.«

»Natürlich – immer heißt es: natürlich! Eines meiner meist gehassten Wörter, wie Ihr eigentlich wissen müsstet. Nichts ist natürlich. Und wir Jesuiten sind Ohrenmenschen oder halten die Menschen für solche, jedenfalls in erster Linie. Wir wirken durch das Wort. Unsere Schüler lernen alles, was mit Sprache und Sprechen zu tun hat. Die höchste Klasse widmet sich der Rhetorik. Und da redet Ihr von den Augen. Nein, die Botschaft des Glaubens geht durchs Ohr. Es ist eine

Lehre, die wir verkündigen – verkündigen! IHS ist unser Wappen, das über dem Gymnasium genauso prangt wie über dem Eingang zum Konvent und schon eine ganze Weile auch über dem Hauptaltar unserer Kirche. IHS, die beiden Anfangsbuchstaben und der Endbuchstabe des Wortes ›Jesus‹ wenn man es auf Griechisch schreibt, aber auch deutbar als Abkürzung von *in hoc signo*, ›in diesem Zeichen‹ – und jeder in Köln weiß, wie es weitergeht: ›In diesem Zeichen wirst du siegen‹, das war das Motto, das sich einst an Kaiser Philipp II. richtete. Nicht mit Feuer und Schwert, sondern mit dem Kreuz – gepredigt aus unseren Mündern. Wir haben das Programm umgesetzt, wir haben gesiegt. Köln ist katholisch, ganze deutsche Landschaften sind wieder katholisch – zurückgewonnen durch das Wort. Aber man muss dem Wort nachhelfen.«

»Durch Bilder«, warf Kritsraed ein, obwohl er sich denken konnte, wie wenig er damit bei seinem Regens ausrichtete.

»Auch, Pater Kritsraed, auch! Aber insgesamt ist das der alte Weg, der Weg von Gregor dem Großen aus dem 6. Jahrhundert. Bilder für die Analphabeten! Habt Ihr schon einmal einen Analphabeten gesehen, der das Wurzel-Jesse-Fenster im Kölner Dom verstanden hat? Selbst wir Theologen müssen uns mühsam die Details zusammensuchen. Ergänzung ja, aber nicht Ersatz! Nein, viel direkter als die Ergänzung des Wortes ist die Steigerung des Wortes. Wisst Ihr, warum Gregor der Große das anders gesehen hat? Weil es im 6. Jahrhundert keine Wissenschaft gab! Sie hatten keine Ahnung von Steigerungsmöglichkeiten hinsichtlich des Wortes. Wir haben diese Ahnung. Und wir werden sie umsetzen.«

»Ob das nach Münch noch einer anpackt? Sein Adlatus wohl nicht.«

»Warum denn nicht? Münch hat sich doch auch eingearbeitet. Warum soll sich ein anderer nicht ebenfalls einarbeiten?«

Für einen Moment stockte das Gespräch. Kritsraed formulierte an seinem Protokoll, Kasen schaute wieder dem Schwarm der Schüler zu, die in sein Gymnasium einzogen. Beim Nachwuchs gab es in der Tat kaum ein Problem. Auf die Polemik der Dominikaner gaben die Kölner nicht viel, weil sie wussten, dass sich diese mit den Jesuiten ohnehin nicht vertrugen. Man stritt sich über die unbefleckte Empfängnis Mariens und noch mehr über die Gnadenlehre. Aber die Kölner kümmerten sich nicht um theologische Spitzfindigkeiten, fanden eine übernatürlich-unbefleckte Empfängnis der Gottesmutter passender als eine menschlich-natürliche, genauso wie sie eine Erlösung dank eigener Anstrengung beruhigender fanden als dank unerfindlicher Gnade von oben, wie es im Übrigen die Protestanten lehrten. Nein, es gab keine Sorgen.

Eben wollte sich der Regens noch einmal seinem Sekretär zuwenden, als er stutzte und ganz genau zur Straße hinabblickte. Er glaubte, eine Person erkannt zu haben, die er am frühen Morgen vor seinem Gymnasium nicht erwartete. War es wirklich Agnes Münch gewesen?

»Ich glaube, Witwe Münch besucht uns«, murmelte er, sichtlich irritiert. »Wir haben doch alles getan, was wir konnten. Weitere Forderungen kann sie eigentlich nicht an uns richten.«

»Es wird wohl um irgendwelche Fragen nach dem Tod ihres Mannes gehen«, meinte Pater Kritsraed. »Oder sie erkundigt sich wieder einmal nach den Fortschritten ihres Sohnes. Dann geht sie zu Pater Heimbach.«

»Um diese Zeit? Merkwürdig, wie ihr ganzes Verhalten merkwürdig ist. Sie weiß nichts von den Dingen, die ihr Mann für uns getan hat, und sie braucht es auch nicht zu erfahren. Irgendwie habe ich den Eindruck, dass sie etwas wissen will. Schon in der Kirche, an der Leiche, hat sie sich eigenartig verhalten. Im Grunde hat sie uns unterstellt, dass an diesem Tod ihres Mannes etwas nicht geklärt ist. Wir werden sie beobachten müssen. Fragt auf jeden Fall Pater Heimbach, ob Witwe Münch ihn wirklich besucht hat. Und fragt vor allem, was sie wollte. War noch etwas, was wir besprechen müssen?«

Pater Kritsraed verneinte und fügte hinzu: »Alles andere hat Zeit. Ihr müsst ins Kolleg, die neuen Lehrkräfte vom Paderborner Konvent warten. Und denkt an die Nachfolge für Münch. Übrigens wolltet Ihr eine Aussprache im kleinen Kreis zu den leidigen Fragen über die Fortsetzung der Schallexperimente von Johann Münch haben. Soll ich das vorbereiten?«

Schon im Gehen bejahte der Regens die Frage seines Sekretärs, zuckte beim Stichwort Schallexperimente kurz zusammen, aber äußerte sich nicht mehr. Die hohe Tür des repräsentativen Zimmers schlug ins Schloss, ohne dass ein weiteres Wort gefallen wäre.

FÜNFTES KAPITEL *In dem Agnes Pater Heimbach um Hilfe bittet und dieser sie in ihrem Haus aufsucht, um lateinische Texte zu übersetzen, die von Akustik und einem seltsamen Bauwerk handeln.*

»Ich weiß, dass ich jetzt störe, Pater Heimbach. Aber es ist dringend, sehr dringend. Kann ich Euch einen Augenblick unter vier Augen sprechen?«

Agnes hatte mitten im Gedränge der Schüler auf den Fluren des Gymnasiums Tricoronatum den Lehrer ihres Sohnes entdeckt und ihn angesprochen. Pater Heimbach war überrascht, befreite sich von zwei Burschen, die auf ihn aufgelaufen waren und für einen Moment regelrecht an ihm klebten, und nahm erst am Ende der Worte wahr, dass es sich um die Witwe des Baumeisters handelte. Der junge Pater, der schon die Priesterweihe empfangen hatte, aber noch nicht zum Professor berufen war und deshalb nur die unterste Klasse unterrichten durfte, schaute die Fragestellerin an, ohne sogleich zu einer Antwort fähig zu sein.

»Ihr wisst, dass der Unterricht gleich beginnt«, kam es endlich.

»Ja, ich weiß«, antwortete Agnes, wobei ihre Worte im Lärmen der Schüler fast untergingen. Gerade marschierte fast eine komplette Klasse in Reih und Glied an den beiden Erwachsenen vorbei, die wie Felsen in der Brandung wirkten. Pater Heimbach hatte sich endlich gefasst, den flehenden Unterton in den Worten erkannt und drückte zwei Schritte weiter die Tür zu seinem Klassenzimmer auf, wohin er ohnehin wollte.

»Ich glaube, hier haben wir einen Augenblick Ruhe, aber nur einen Augenblick.«

Dankbar folgte ihm Agnes, dann standen sich die beiden in dem leeren Klassenzimmer gegenüber.

Agnes Münch wäre auf der Straße nicht aufgefallen in ihrer Witwentracht, dem schwarzen Mantel und dem schwarzen Kleid, über dem der schwarze Hut die Farbe der Trauer gewissermaßen nach oben verlängerte. Nur das kastanienbraune Haar durchbrach dieses Schwarz, obwohl es unter einem Netz in einem Knoten gebändigt war. In dieser rein männlichen Umgebung nahm sich die weibliche Gestalt freilich höchst ungewöhnlich aus, auch in diesem Klassenzimmer, wo im Augenblick nur Pater Heimbach die männliche Umgebung vertrat. Dabei harmonierte die schwarze Priestertracht durchaus mit dem Gewand von Agnes Münch, auch wenn eine Soutane glatter am Körper herabhängt als übereinander getragene Röcke. Pater Heimbach war eine hochgewachsene Erscheinung, die fast alle seine Mitbrüder deutlich überragte. Das blonde Haar wurde vom Birett nur teilweise verdeckt, den Bart trug er wie fast alle Patres kurz, mit deutlicher Spitze am Kinn, was der Gestalt insgesamt etwas Stilisiertes, ja Künstlerisches verlieh. Dazu passte ein längliches Gesicht mit scharfen Falten um den schmalen Mund, auch eine durch und durch beherrschte Körperhaltung, die sich dieser junge Mann wohl mühevoll anerzogen hatte. Pater Heimbach verband auf eigenartige Weise einen federnden Schritt, eine wendige Gestalt, eine insgesamt beinahe athletische Erscheinung mit Würde. Auch in diesem Augenblick, der für ihn ebenso überraschend wie unangenehm war, schaute er sein eher aufgeregtes Gegenüber ruhig und beherrscht an.

»Pater Heimbach«, begann Agnes, »ich brauche Eure Hilfe. Es geht um meinen Mann. Ich habe den Verdacht, dass der angebliche Unfall in Wirklichkeit ein Anschlag war. Die Begründung liegt vermutlich in seinem Arbeitszimmer, in seinen Büchern. Aber ich kann diese Bücher nicht lesen, jedenfalls nicht verstehen. Sie sind auf Latein geschrieben. Könntet Ihr mir nicht etwas übersetzen?«

Bis hierher hatte sich Agnes jedes Wort zurechtgelegt. Nun war es heraus, und sie war darauf vorbereitet, dass Pater Heimbach mit Unverständnis antworten würde. Tatsächlich war die Reaktion eher schlimmer. Zwar bewahrte er seine Haltung, drehte lediglich den Kopf zur Tür, um sich zu vergewissern, dass niemand hereingetreten war, und schaute dann wortlos Agnes Münch an. Er erinnerte sich an den Moment, in dem er ihr die schlimme Botschaft vom Tod ihres Mannes gebracht hatte, dachte an ihre damalige Gefasstheit und schloss aus ihrer augenblicklichen Aufgeregtheit, dass es tatsächlich um Wichtiges gehen musste. Aber ein solcher Verdacht! Und als einziger Beweis Bücher! Lateinische Bücher! Der erste Impuls war Ablehnung, Beendigung eines Ansinnens, ehe irgendein Unglück eintreten konnte. Er merkte selbst, wie sein eisiges Schweigen wirkte, dass Agnes Münch ihm seine Antwort am Gesicht ablesen konnte. Aber so wollte er das Gespräch denn doch nicht beenden, nicht bei dieser Frau, die ihm mit ihrer ganzen Art Eindruck machte. Er musste eine Antwort geben, ihre Bitte zurückweisen oder annehmen, jedenfalls irgendetwas sagen – die Zeit verrann.

»Übersetzen!«, kam es endlich reichlich abweisend. »Was denn übersetzen?«

»Könnt Ihr am Mittag, zwischen Vormittags- und Nachmittagsunterricht, während des Silentiums kommen? Eine Stunde genügt. Kommt Ihr?«

»Ihr meint, es war kein Unfall?«

An der Tür hörte man Stimmen von Schülern, die offenbar stehen geblieben waren. Jeden Augenblick würde die Klinke herabgedrückt werden. Agnes Münch wollte wohl verhindern, überrascht zu werden, griff geistesgegenwärtig selbst zur Klinke und öffnete.

»Also heute Mittag. Und vielen Dank für die Bereitschaft.«

Den letzten Satz hatte sie bei bereits geöffneter Tür gesprochen, während die Schüler verwundert die beiden musterten. Pater Heimbach nickte erst, fügte einen Abschiedsgruß hinzu, um den Eindruck zu erwecken, dass er gerade dabei gewesen war, Agnes Münch hinauszugeleiten. Die Schüler wichen zurück, es gab eine Äußerung, dass die Dame öfter erscheinen könne. Dann strömten sie in die Klasse, unter den letzten auch Agnes' eigener Sohn, einer der Jüngsten hier. Er hatte sich einem älteren Mitschüler angeschlossen, mit dem er so sehr ins Gespräch vertieft war, dass er seine Mutter nicht sah. Erst die neckende Bemerkung eines Klassenkameraden ließ ihn aufschauen, dann leicht erröten. Agnes strich ihrem Sohn aufmunternd über den Krauskopf und eilte über den Flur. Pater Heimbach ging zum Pult und schlug das Lateinbuch auf. Er wartete noch einen Augenblick, bis alle Platz genommen hatten, suchte dann nach der Stelle, an der er am Tag zuvor stehen geblieben war, und begann den Unterricht.

***

Um die Mittagszeit öffnete Agnes Münch in ihrem Haus in der Stolkgasse eigenhändig einem Pater die Tür, dem das Unangenehme der Begegnung geradezu im Gesicht geschrieben stand. Die Stille im Haus, das Gefühl, mit der fast gleichaltrigen Witwe allein zu sein, verunsicherte ihn. Pater Heimbach hatte immer nur Warnungen vor dem weiblichen Geschlecht gehört und jede Phantasie zu unterdrücken gelernt. Die Weichheit der Bewegungen, die helle Stimme, das fließende Kleid, obwohl es den Körper kaum betonte, die herrlichen Haare: All das verwirrte ihn mit einem Zauber, dessen Genuss er sich verweigern zu müssen glaubte.

Am meisten aber befürchtete er Verwicklungen, die von dem unerhörten Verdacht ausgingen. Während er am Morgen in Caesars »De bello gallico« die Schlacht von Alesia durchgegangen war und die Schüler sich fortwährend wunderten, wie milde ihre Übersetzungen beurteilt wurden, hatte er über diesen Verdacht nachgedacht. Kein Unfall? Ein Anschlag? Gegen den Architekten der Jesuiten? Von wem nur? In seinem Kopf schien sich ein Mühlrad zu drehen. Dass er schließlich hierher gekommen war, verdankte sich dem Entschluss, auf Agnes Münch einzuwirken, den entsetzlichen Verdacht fallen zu lassen. Er mochte diese Frau, die er kaum kannte, er fühlte sich verpflichtet, sie zu retten, sie zurückzureißen vor dem Absturz in Schmach und Unglück. Vor wenigen Tagen hatte er ihr die furchtbare Botschaft gebracht, sie glücklicherweise stark gefunden. Wie konnte es zu dieser schlimmen Wende kommen? Warum nur dieser Verdacht?

»Hier, diese Wendeltreppe hinauf. Das Arbeitszimmer meines Mannes liegt oben.«

Pater Heimbach hatte sich auf das Gespräch gut vorbereitet, aber er brachte kein einziges Wort hervor. Stattdessen stieg er hinter Agnes Münch die Treppe empor, befand sich für einen Augenblick in ziemlichem Dunkel, ehe eine Tür geöffnet wurde und ein großzügiges Zimmer freigab. Pater Heimbach trat ein und sah sich um. Er nahm einen Raum wahr, der aufs Zweckmäßigste eingerichtet schien. In der Mitte stand ein großer Schreibtisch mit Lehnstuhl, der den Eindruck machte, als habe sein Besitzer nur kurz das Zimmer verlassen. Zur Rechten und Linken stapelten sich Papiere, am Kopf warteten Tintenfass und Feder nebst einer großen Anzahl von Zeichengeräten auf Arbeit. Der Platz lag jetzt zu Mittag in hellem Licht, das sich dem großzügigen Fenster direkt gegenüber verdankte. Im Sommer, bei geöffnetem Zustand, strömte wohl noch mehr Licht hinein. Im Winter oder am Abend musste die Kerze zur Erhellung dienen, die griffbereit neben dem Schreibgerät stand.

Um diesen Arbeitsplatz herum gab es nur wenig Mobiliar. An der Wand zur Rechten stand ein Regal, das mit Büchern dicht besetzt war, aber in einer auffällig guten Ordnung: keine Stapel, keine Lücken, sondern alle Bücher Rücken an Rücken. An der Wand zur Linken befand sich ein Kamin mit hübschem Sims, aber sonst ohne besonderen Schmuck, rechts und links davon hingen Risse und Zeichnungen, darunter gut erkennbar solche, die für Sankt Mariä Himmelfahrt bestimmt sein mussten. Neben der Tür, ebenfalls zur Linken, waren auf einem für diesen Zweck etwas zu niedrigen Podest einige Gipsabdrücke antiker Büsten aufgestellt. Pater Heimbach konnte auf Anhieb keine einzige identifizieren, nahm nur wahr, dass es sich wohl um Philosophen oder Dichter handelte – jedenfalls keine Heiligen. Vor diesem Podest stand ein Sessel, der für einen kurzen Schlummer bestimmt war und nicht etwa zum Lesen, weil auf dieser Seite des Zimmers das Licht dazu fehlte. Während er gerade den Sessel betrachtete, begann Agnes Münch, die ihn offenbar beobachtet hatte: »Wollt Ihr Euch einen Augenblick dort hinsetzen? Ich weiß, dass wir sehr wenig Zeit haben.«

Dabei trat sie selbst ans Bücherregal, suchte nach der richtigen Stelle, wandte sich aber noch einmal ihrem Gast zu: »Glaubt mir, es ist mir genauso wenig wohl wie vermutlich Euch. Ich bin umso dankbarer, dass Ihr gekommen seid.« Damit nahm sie den Band der »Musurgia universalis« aus dem Regal und drückte das schwere Buch gegen ihre Brust. »Ich rede in völligem Vertrauen auf Eure Diskretion. Was ich jetzt ausführe, halte ich für begründet. Wenn sich jedoch etwas als falsch herausstellen sollte, werde ich es bedauern und bei Euch Abbitte leisten. Darf ich?«

Pater Heimbach ergab sich in sein Schicksal. Er nickte.

Agnes Münch sprach weiter: »Als Ihr mich vom Tod meines Mannes benachrichtigt hattet, ging ich in die Kirche – Ihr wart dabei. Mir fiel bei all dem Grauen sofort auf, dass man Johann von der Stelle, wo der Körper aufgeschlagen sein musste, fortgezogen hatte. Diese Stelle aber lag weit weg vom Gerüst, als wäre er nicht gefallen, sondern gestoßen worden. Ich habe in der Kirche nachgefragt, was Euren Regens augenscheinlich irritiert hat. Was ich dabei nicht gesagt habe, ist dieses: Mein Mann hatte seit etwa drei Jahren ein Geheimnis. Er hat Reisen unternommen, über deren Zweck er mir nichts anvertraute. Zuletzt lebte er in Unruhe, er litt. Ich glaube, er wollte mir etwas sagen. Aber es war zu spät. Ich habe nun damit begonnen, im Leben Johanns nachzuforschen. Ich habe seine Briefe an mich noch einmal gelesen. Und ich habe hier in seinem Arbeitszimmer gesucht. Dabei ist mir etwas aufgefallen. Seine letzte große Reise führte ihn nach Sizilien. Er hat mir Briefe aus mehreren Städten geschickt: aus Mailand, Mantua, Rom, Syrakus. Ich habe ein Buch gefunden, in dem genau diese Orte auf nur wenigen Seiten genannt werden. Aber das Buch ist lateinisch geschrieben, ich verstehe nicht, worum es geht. Hier ist es, die Städte findet Ihr mithilfe der kleinen Lesezeichen, die ich hineingelegt habe.«

Damit reichte Agnes Münch das Buch Pater Heimbach. Der legte es flach auf seine Knie, um so viel Licht wie möglich vom Fenster her darauf fallen zu lassen, schlug zuerst den Titel auf und murmelte geistesabwesend die Übersetzung: »Universelle Musikkunde oder Große Kunst des Konsonierens und Dissonierens, von Athanasius Kircher.«

Erfreut blickte Pater Heimbach auf. »Das ist nichts Gefährliches. Es ist eines der vielen Bücher aus der Feder des im Augenblick fleißigsten unserer Ordensbrüder. Er lebt in Rom, ist aber ein Deutscher, geboren in Geisa an der Rhön, der seine Ausbildung am Paderborner Kolleg genossen hat und dann in Würzburg Professor wurde. Wie so viele floh er im Dreißigjährigen Krieg vor den heranrückenden schwedischen Truppen unter Gustav Adolf, war kurze Zeit sogar hier in Köln als Lehrer tätig. Er kam dann auf Umwegen nach Avignon, sollte eigentlich zu Kaiser Ferdinand II. nach Wien gehen, bekam aber noch vorher die Berufung ans Collegio Romano in Rom, unserer Zentrale. Dort sitzt er noch heute und schreibt Foliant nach Foliant. Dieses Buch hier wird Euer verstorbener Mann von Regens Kasen bekommen haben –«

»Ich bitte um Entschuldigung, Pater Heimbach«, fiel ihm Agnes Münch ins Wort. »Schaut doch nach den Lesezeichen, besonders nach dem zweiten, wo von Syrakus die Rede ist.«

Pater Heimbach schlug die Stelle auf, fand das Bild des Schlosses auf einem Berg und des fensterlosen Gemäuers an dessen Fuß und übersetzte wiederum mechanisch: »›Das Haus des Dionysios, das in Syrakus zu sehen ist‹ – einen Augenblick, ich überfliege einmal den Text –«

»Bitte nicht«, unterbrach ihn Agnes Münch erneut, »übersetzt doch gleich Wort für Wort.« Damit trat sie neben ihn und sah ihm über die Schulter, wie er ohne zu stocken vorlas.

»Dieses berühmte Werk und Gebäude ist noch bis auf den heutigen Tag in Syrakus vorhanden. Etliche nennen es das Gefängnis des Königs Dionysios, andere das Ohr des Dionysios, andere geben ihm andere Namen. Es ist mit solcher Kunst errichtet, dass, wenn einer gegenüber der Tür steht, er dasjenige, was er redet, ganz vollkommen, und zwar durch vielfältiges starkes Echo, hört. Weil ich nun hiervon sehr viel, teils von verschiedenen Autoren, teils auch aus mündlichem Bericht, von anderen vernommen habe, bin ich endlich, da ich anno 1638 durch Syrakus kam, selbst an den Ort gegangen, um die Ursache dieses Wunders zu erforschen und zu durchsuchen. Es beschreiben aber dieses Gebäude mit besonderem Fleiß die ›Mirabilia in Ichnographia Syracusana‹. Und es verhält sich so: Es ist ein Ort außerhalb der syrakusanischen Stadtmauern, der insgeheim das Gefängnis des Dionysios genannt wird. Wer die Kunst und Scharfsinnigkeit bei diesem Gebäude und Werk recht betrachtet, der wird finden, dass der König oder Tyrann kein anderes Bestreben hatte, als dass die Gefangenen, die dort eingesperrt worden waren, weder schnaufen noch Atem holen konnten, ohne dass es von dem Kerkermeister oder Turm- und Gefängnishüter nicht hätte gehört werden können. Es ist aber der Ort von diesem Tyrannen ganz nach Art und Weise eines natürlichen Ohrs sehr genau und künstlich erbaut und eingerichtet worden.«

Pater Heimbach schaute auf und erklärte, dass es sich bei diesem Dionysios offenbar um den berüchtigten antiken Tyrannen aus der Zeit Platons, also aus dem 4. Jahrhundert vor Christi Geburt, handelte. Dann fuhr er fort: »Der ganze Bau ist in einen lebendigen harten Felsen eingehauen, der einen Kanal oder ein Hohlrohr auf Schneckenart hat, sich in die Höhe immer mehr zuspitzend, bis er endlich aus FF durch einen engen Hals in dem Zimmer oder Gemach A, wo der Kerkermeister oder Gefängnishüter sich aufgehalten hat und der über den Gefängnissen oben auf dem Felsen erbaut ist, endet. Daher kommt es, dass man auch das subtilste und stilleste Geräusch oder Getön, das in diesem Schneckenwerk geschieht, in der Kammer des Gefängniswächters so vernehmlich hören kann, als ob es allernächst wäre. Weil aber das Gemäuer und Gebäude ziemlich verfallen ist, so bietet dieses Werk heutigen Tags ein gar seltsames und wunderliches Echo, daher es auch heutigen Tags genannt wird: *La Grotta della favella*, ›Märchengrotte‹. Denn sie gibt den Ton oder die Stimme nicht gleichlautend wie andere Echos, sondern auch die subtilste und stillste Stimme hallt als ein lautes Geschrei. Räuspert man sich, so klingt es, als ob es donnerte. Schlägt man auf einen Mantel oder schüttelt denselbigen, so knallt es, als ob man eine Kanone losbrennt. Ja, es vermehrt und stärkt die Stimme nicht allein, sondern wiederholt sie auch etliche Male.«

Damit unterbrach Pater Heimbach seine Übersetzung und zeigte mit dem Finger auf die Stelle, bis zu der er gekommen war: »Hier ist die Beschreibung in Form dieser beiden Zeichnungen fortgesetzt, wozu Kircher genaue Maßangaben in Ellen gibt.«

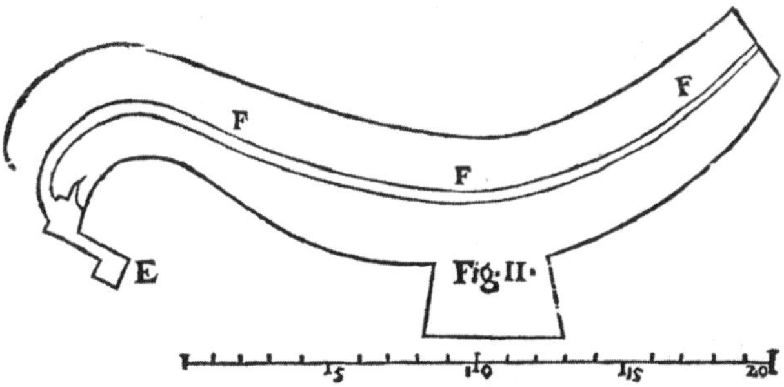

Scala vlnarum quarum vna continet 8 palmos ſiculos.

Quarta pars palmi ſiculi.

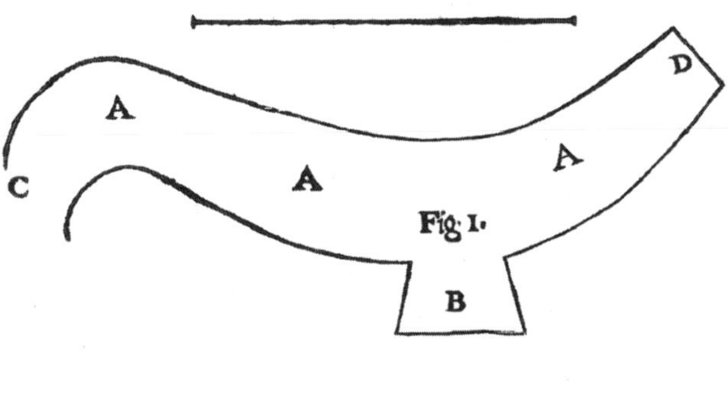

»Bitte übersetzt, das möchte ich ganz genau wissen.«

»Beschreibung der syrakusanischen Höhle des Königs Dionysios, wie dieselbige in einen harten Felsen gehauen und zugerichtet ist.« Nach einem prüfenden Blick, ob Agnes Münch es wirklich so genau wissen wollte, übersetzte Pater Heimbach weiter: »Diesen Abriss haben unsere syrakusanischen Patres mit besonderem Fleiß von dem Felsen abgezeichnet und hierher nach Rom geschickt. A bedeutet die Höhle und die Form derselben oder des Erdbodens. B bedeutet die innere Kammer, die ungefähr 4 Ellen und 4 Handbreit hoch ist, wobei das Loch sich je länger je mehr oben zusammenzieht, und zwar bis auf 1 Elle und 7 Hände. C ist der Eingang in die Höhle oder das Tor. D ist das Ende dieser Höhle, dessen Länge bei 15 Ellen liegt. F ist das Rohr oder der Kanal, 3 Handbreit weit in der oberen Decke der Höhle, durch den Felsen mit höchstem Fleiß ausgehöhlt. Dieses Rohr oder Kanal ist von dem Boden in Figur II 15 Ellen hoch, in der Krümmung wie hier mit FFF bezeichnet. Man muss sich aber merken, dass die erste Figur den Fußboden oder das Pflaster der Höhle bedeutet, denen die andere Figur, was die Krümmung oder Bogen bedeutet, mit ihren Parallelwänden ganz gleich ist, jedoch nicht in der Höhe, indem dieselbige zu Ende oder oben, wie gesagt, eine größere Höhe als zu Anfang hat. E bedeutet das Fenster des Zimmers oder der Wohnung des Dionysios, in welches der Kanal oder das Rohr reicht. Daraus sieht man, dass das Schneckenrohr oder der in dem Felsen ausgehöhlte Kanal mit dem Schneckenbogen der Höhle solche Kraft und Macht hat, die Stimme, so leise und sachte sie daselbst gesprochen worden, vollkommen und verständlich in dem Zimmer oder Gemach E zu Gehör zu bringen.«

Damit war das Ende der Beschreibung erreicht, es folgte nur noch ein Kommentar, den Pater Heimbach murmelnd überflog. Schließlich schaute er Agnes Münch ins Gesicht, das auf eine Weise strahlte, die er sich nicht erklären konnte.

»Nun noch ganz schnell zu Mailand und Mantua – bitte!« Damit griff Agnes Münch ins Buch und schlug die erste Stelle auf.

»Von dem wundersamen Echo des Simonettischen Hofes bei Mailand«, übersetzte Pater Heimbach und schaute danach kopfschüttelnd ein Gebäude an, das offenbar über eine besondere Akustik verfügte. Noch ehe er Genaueres verstanden hatte, griff Agnes Münch wieder

ins Buch, und Pater Heimbach übersetzte: »Von dem Mantuanischen Hof, einem anderen Palast des Herzogs Farnese zu Caprarola, der noch heutigen Tags vorhanden ist, wo die Stimmen wunderbar verstärkt und vermehrt werden.« Die letzte Stelle im Buch zeigte den Petersdom in Rom, der mit einer Abbildung seines Gewölbes im Chorbereich vertreten war.

Agnes Münch triumphierte: »Also Stimmverstärkung! Johann hat sich mit Stimmverstärkung befasst. Davon war auch in einem anderen Brief die Rede. Könnt Ihr Euch vorstellen, was das bedeutet?«

Pater Heimbach konnte es nicht, schüttelte nur den Kopf.

»Wir werden es herausfinden, Pater! Nicht jetzt gleich, ich muss erst nachdenken. Aber ich habe eine leise Ahnung. Das Dunkel lichtet sich. Johann war irgendeiner Sache auf der Spur, über die Regens Kasen nichts sagen wollte. Ihr wisst auch nichts, obwohl Ihr im Konvent lebt. Es gibt also ein streng gehütetes Geheimnis. Wenn wir genauer wissen, was es damit auf sich hat, werden wir weiterkommen. Geht jetzt zurück ins Gymnasium. Niemand soll Verdacht schöpfen. Falls Euch jemand gesehen hat, sagt einfach, ich sei meines Sohnes wegen bei Euch gewesen. Es gibt ja wirklich noch Näheres zu regeln, zum Beispiel, wie mein Schwager künftig die Kosten für Bücher und so fort trägt. Für alles vorläufig meinen herzlichen Dank, meinen allerherzlichsten Dank, Pater. Und nehmt auf jeden Fall das Buch einmal zu näherem Studieren mit. Ihr könntet mir später vielleicht Genaueres sagen. Und passt auf, dass die Lesezeichen nicht herausfallen!«

Damit ging Agnes Münch wie beschwingt zur Tür voran. Sie verließ das Zimmer, verschwand im ersten Bogen der Wendeltreppe, sodass Pater Heimbach kaum nachkam, nahm ihn mit einem bedeutungsvollen Lächeln unten in Empfang und schritt dann durch die Eingangshalle. Sie öffnete die Haustür, trat beiseite und verabschiedete sich. Pater Heimbach blieb für einen kurzen Augenblick verwirrt stehen, nickte etwas steif mit dem Kopf und war aus dem Haus.

Auf der Stolkgasse herrschte wenig Bewegung, lediglich ein paar Frauen tuschelten vor einem weiter entfernten Hauseingang. Auf Pater Heimbach achtete niemand. Kurz darauf bog er in die Straße An den Dominikanern ein und betrat wieder das Gymnasium. Sein Kopf schwirrte.

SECHSTES KAPITEL *In dem Pater Kritsraed Pater Heimbach über die Harmlosigkeit akustischer Experimente aufklärt, dieser den Verdacht von Agnes Münch anzweifelt und sich anschließend trostsuchend in sein Lieblingsbuch vertieft.*

Pater Heimbach! Habt Ihr einen Augenblick Zeit?« Pater Heimbach fühlte sich ertappt, vor allem des Folianten wegen, den er noch etwas tiefer in seinen Mantel schob, und drehte sich überrascht nach Pater Kritsraed um, der ihn angesprochen hatte. Um diese Zeit war das Gymnasium stets wie ausgestorben. Nach der Essensstunde herrschte strenges Silentium, die Schüler wiederholten den Stoff vom Vormittag, die Lehrer führten Aufsicht und bereiteten das Nachmittagspensum vor. Den Sekretär hatte Pater Heimbach noch nie auf dem Gang zu den Klassenzimmern getroffen.

»Natürlich, Pater Kritsraed. Was gibt es denn?«

»Eine kleine Sorge, die Ihr uns nehmen könnt. Wir haben gesehen, dass Witwe Münch Euch heute in der Frühe aufgesucht hat. Wenn wir wüssten, dass es nichts mit dem Tod ihres Mannes zu tun hatte, wäre uns schon geholfen.«

Pater Heimbach erkannte sofort, wer sich hinter diesem »wir« und »uns« verbarg. Also Kasen! War ihm etwa unwohl – dem mächtigen Regens? Obwohl Pater Heimbach noch keine Zeit gehabt hatte, näher über die Äußerungen von Agnes Münch nachzudenken, sah er hier eine Stimmigkeit, eine winzige Form von Bestätigung ihres Verdachts. Im Konvent hatte man Sorgen, irgendetwas war nicht mit rechten Dingen zugegangen beim Tod des Architekten. Schon der Umgang mit der Witwe löste Ängste aus, selbst wenn weder Kritsraed noch Kasen eine Ahnung haben konnten, worum es gegangen war. Sollte er das Gespräch jetzt abstreiten, um Agnes Münch zu schützen? Wo lag eine Ausflucht?

»Es ging um Latein, um eine Übersetzung aus dem Lateinischen«, antwortete Pater Heimbach in einer Gefasstheit, die ihn selbst überraschte. »Witwe Münch hat Ordnung im Hause gemacht und wollte wissen, was es mit den Büchern auf sich hat, die nun nicht mehr gebraucht werden.«

»Ist ihr Schwiegervater nicht auch Baumeister?«, erwiderte Pater Kritsraed. »Warum hat sie nicht ihn gefragt?«

»Sie dachte, es könne sich um Geliehenes handeln. Ich sollte mir einen Überblick verschaffen, was mir allerdings noch nicht gelungen ist. Es scheint übrigens wirklich von uns Ausgeliehenes vorhanden zu sein. Hier dieses Buch von Athanasius Kircher zum Beispiel, die ›Musurgia universalis‹.«

Damit nahm er das Corpus Delicti seines Besuchs bei Agnes Münch unter seinem Mantel hervor und hielt es wie zur Beschwichtigung dem Sekretär hin.

»Zwar ist unser Bibliotheksstempel nicht vorhanden, aber es sieht so aus, dass man das Buch dem Architekten sofort nach Eintreffen ausgehändigt hat. Zu einer förmlichen Aufnahme ist es dann offenbar nicht gekommen, weil der Fall dringend war. Seltsam, bei einem Werk über Musik, findet Ihr nicht auch?«

Pater Heimbach war befriedigt über die Wende, die er dem Verhör gegeben hatte. Mit einem überaus geschickten Schachzug glaubte er, vom Verdächtigten in die Position des Verdächtigers gewechselt zu sein. Aber er sollte sich getäuscht haben, der Gegenstoß erfolgte alsbald.

»Ja, seltsam für jemanden, der sich in sein Latein vergräbt und nicht merkt, was um ihn herum vorgeht. Habt Ihr wirklich nicht mitbekommen, woran wir hier arbeiten? Es geht natürlich nicht um Musik, es geht um Akustik. Kircher ist bei all seiner Gelehrsamkeit kein Musiker geworden, sondern er hat die Gesetze des Schalls erforscht. Was Ihr da in Händen haltet, basiert auf Experimenten mit dem Echo. Unser großer Kircher hat den Nachweis erbracht, dass es im Reich des Schalls die gleichen Gesetze gibt wie im Reich des Lichts – das Echo ist nichts anderes als eine Brechung, die Ihr beim Licht in jedem Spiegel beobachten könnt. Kircher hat das alles an der Stadtmauer von Avignon ausprobiert, als er auf seiner Flucht aus Deutschland zufällig dorthin gelangte. Kircher ist eben ein Praktiker, und wir Jesuiten setzen auf die Praxis. Seine Theorie des Schalls hilft Baumeistern, Kirchen zu bauen, in denen das Wort Gottes bestmöglich verkündigt wird.«

Pater Kritsraed machte eine kurze Pause. Mit Genugtuung schien er die Wirkung seiner Worte am Gesicht von Pater Heimbach abzulesen, das tatsächlich von Satz zu Satz größere Betroffenheit ausdrückte. Auf einer völlig falschen Fährte also war er gewesen, hatte sich von einer in ihrer Trauer düster phantasierenden Frau auf Abwege bringen lassen und war gewillt, mit fliegenden Fahnen zurückzukehren in die Reihen dieser Männer, die das Antlitz der Erde zu verändern versprachen. Der erfahrene Kritsraed musste die Verunsicherung bemerkt haben und suchte den erreichten Vorteil auszubauen.

»Schaut doch einmal an den nächsten Abenden hinein in dieses Buch. Aber Ihr müsst Eure mathematischen Kenntnisse aus dem Studium wiederbeleben.«

Damit nahm er dem verdutzten Pater das Buch aus der Hand, blätterte darin, verwies kurz auf ein Kapitel zum Thema, wie man den Chor einer Kirche so einrichten könne, dass drei Sänger so viel ausrichteten wie sonst hundert, und hielt dann inne bei einer Zeichnung, die in schematischer Form die Schallgesetze unter der parabolischen Krümmung eines Gewölbes ausarbeitete. Kritsraed wies mit dem Fin-

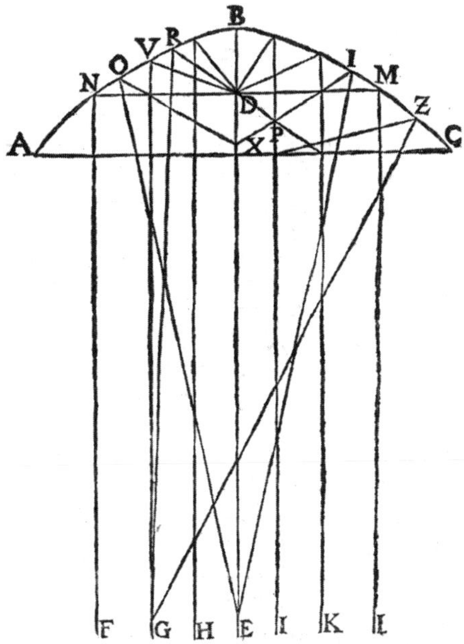

ger darauf und zitierte mitten aus dem Text die Stelle: »›Wir wollen aber die Sache etwas deutlicher und verständlicher vorstellen. Es sei das parabolische oder brennlinienförmige Höhlengewölbe oder der Bogen ABC. Die Mitte oder der Schluss desselbigen sei D. So sage ich, dass die Stimme und der Ton nicht in D strahlen oder fallen werden, es sei denn, dass sie alle gegen die Walzen- oder Mittellinie BDE parallel und gleich geführt werden. Vielmehr wird die Stimme aus E in O und I strahlen beziehungsweise fallen (wie denn auch oben nachgewiesen wurde, dass die Stimme durch keglichte oder sich rund ausbreitende Stimmung fortgeführt werde), und es ist also gewiss, dass nach den oben angeführten Reflexions- und Anschlagregeln die Linien aus E, in O anfallend, nicht in E, sondern X zurückschlagen werden. Denn hierin wird der anfallende Winkel dem reflektierenden oder zurückfallenden gleich. Wiederum, wenn die Stimme, die sich außer der Walze befindet, in der hohlen Fläche anschlägt, so ist zwar wahr, dass ein Strich oder Linie in D reflektieren und zurückfallen wird, die anderen Striche und Linien aber werden aus der Walzen- oder Mittellinie andere Zentren suchen, wie die Linie oder der Stimmstrahl aus G erweist, der in V anfällt und in D reflektiert. Die Stimmlinien aber, die aus G in R und Z strahlen, die werden weder in D noch in X, sondern in P zurückfallen und ihren Winkel machen.‹. – Zitat Ende! Na, wie ist Euch im Kopf? Versteht Ihr das?«

Pater Heimbach hatte keinen Augenblick wirklich mitgedacht, sondern gebannt diese wissenschaftliche Analyse verfolgt, nachdem er festgestellt hatte, dass sich die Stelle dicht neben derjenigen befand, die Agnes Münch mit einem ihrer Lesezeichen markiert hatte. Neben den parabolischen Linien war die Peterskuppel in Rom abgebildet. Pater Heimbach schämte sich immer mehr seines Verdachts, erklärte sich die Reise des Architekten als eine Pilgerschaft zu den akustischen Wunderwerken, mit denen Pater Kircher seine Theorien erläuterte, und nahm sich vor, Agnes Münch gehörig die Leviten zu lesen. Dankbar nahm er das Buch wieder an sich, das ihm nun statt des Unterpfands eines schlimmen Verdachts zum Einstieg in das bisher unbekannte Reich eines neuen Wissens geworden war. Wie zuvor Pater Kritsraed, so blätterte auch er in den Seiten, freilich ohne irgendetwas Bestimmtes zu suchen, und hielt inne, als er das Bild mit dem Ohr des Dionysios plötzlich sah. Zu seiner Überraschung schien Pater Kritsraed zum ersten Mal in der Unterhaltung verunsichert, griff seinerseits wieder ins Buch und blätterte geradezu ruckartig zurück.

»Ach, diese Sachen ... Lest lieber dies hier! Damit hat sich Johann Münch übrigens kurz vor seinem Tod beschäftigt: mit der Akustik in antiken Theatern, wie sie Vitruv, der Architekt des Augustus, einst behandelt hat. Dort ist von Schallgefäßen die Rede, die den Ton der menschlichen Stimme verstärken sollen. Johann Münch hat sich damit näher befasst und außer der Stelle bei Kircher auch das Original, also Vitruv selbst, gelesen. Unser Baumeister kannte dieses wichtigste Lehrbuch der Architektur. Und vor allem hat Münch in Köln eine Anwendung von Vitruv gefunden, die aufs 13. Jahrhundert zurückgeht. Sehr interessant, höchst interessant! Es geht um die Stiftskirche Sankt Severin. Übrigens könnt Ihr diesen Folianten der Witwe Münch wieder zurückbringen. Er ist nicht ausgeliehen, sondern ein Geschenk von Kircher selbst an Münch, als der ihn in Rom besucht hat. Und grüßt mir die Witwe.«

***

Pater Heimbach blieb wie vom Donner gerührt zurück, nachdem Pater Kritsraed sich umgedreht und mit leicht schlurfendem Schritt über den Flur entfernt hatte. Mit einem Verdacht war er gekommen, wie mit einem Blitzstrahl war der Verdacht getroffen und zerstoben, um zuletzt beim Stichwort vom »Ohr des Dionysios« ganz zaghaft zurückzukehren. Vor allem jedoch waren es zu viele Informationen gewesen. Akustische Forschungen also, die Jesuiten an der Spitze einer Wissenschaft, die die Praxis verändern sollte. Aber dann Querverbindungen, die zu schnell aufgetaucht waren, um sie einordnen zu können. Ein antiker Lehrer der Architektur, Vitruv, und eine Anwendung im Stift Sankt Severin. Wie sollte das zusammengehen? Was aber konnte er Agnes Münch sagen? Am liebsten wäre er zurückgekehrt, hätte das Buch ausgehändigt und der Witwe empfohlen, sie solle sich für eine Zeit aufs Land zurückziehen, um die düsteren Gedanken zu verscheuchen. Aber Pater Heimbach musste in den Nachmittagsunterricht.

Schon läutete es die letzten Unterrichtsstunden ein, und Pünktlichkeit war in diesem Hause eine Tugend, die gleich nach den vier Kardinaltugenden kam. Für die nächsten Stunden versank Pater Heimbach zusammen mit seinen Zöglingen in der Welt eines Feldherren, der mitten in Germanien seine Truppen von Schlacht zu Schlacht führte. *Signo dato*, auf das gegebene Zeichen hin erhoben sie sich, diese Römer. Wie gern hätte sich Pater Heimbach erhoben, in einer Feldschlacht mit festen Gegnern und klaren Zielen. Wie einfach war diese Welt des Eroberns und Erobertwerdens doch gewesen. Sieg oder Niederlage, Verrat oder Handstreich – viel mehr gab es nicht. Und er, der junge Jesuitenpater im Köln des Jahres 1652, musste sich Gedanken machen, ob ein Architekt, der sich mit Akustik beschäftigte, womöglich Opfer eines Anschlags geworden war. Wer aber sollte etwas gegen Akustik haben?

Pater Heimbach beschloss, für die nächsten Stunden das Grübeln zu lassen und es für den Abend, die Nacht aufzuheben. Dann wäre wohl schrittweise vorzugehen. Was genau hatte Münch in Köln geplant oder gar gebaut? Womit hatte er sich beschäftigt? Während er diese Gedanken verfolgte, fiel ihm auf, dass ihnen immer noch der Verdacht zugrunde lag, den Agnes Münch ausgesprochen hatte. Aber wieso glaubte er dieser Frau? Er hatte doch diesen Glauben schon fallen gelassen, ihn in den Wind geschlagen. Pater Kritsraed hatte den Verdacht doch zerstört, nur dieses Ohr des Dionysios hatte ihn wieder stutzig gemacht. Das Ohr des Dionysios! Es war Pater Heimbachs letzter Gedanke, während er einem Schüler zuhörte, der sich arg abmühte, seinen Abschnitt zu übersetzen. Mit einer plötzlichen Rüge verwirrte er den armen Kerl so sehr, dass er nicht mehr Tritt fasste. Darauf kam der Primus an die Reihe, der Beste, der zum Zeichen seines Könnens auch in der ersten Bank saß. Der spulte das Kapitel ab, dass Pater Heimbach keinen Grund zum Eingreifen fand. So ging der Nachmittag dahin.

Am Abend verteilten sich die Patres zum stillen Brevierlesen auf ihre Zimmer. Jesuiten verstanden sich nicht als Mönche, für die das gemeinsame Chorgebet den Mittelpunkt des Lebens bildete. Jesuiten waren Geistliche im Dienst der Kirche, Soldaten Christi, wie es Ignatius von Loyola festgelegt hatte. Nicht umsonst stand an ihrer Spitze in Rom ein General. Nur kämpften sie mit geistig-geistlichen Waffen, nicht mit dem Schwert oder der Kugel. Für diesen Kampf bedurfte es dauernder Besinnung, dauernder Konzentration, die jeder Einzelne selbst finden musste. Pater Heimbach liebte dieses Leben, auch wenn Krisen kamen, Niederlagen überstanden werden mussten, Niederlagen gegen sich selbst und diesen Körper mit seinen quälenden Leidenschaften. Erst vor wenigen Wochen war er von den letzten Exerzitien zurückgekehrt, die Ignatius von Loyola für jeden Pater verbindlich gemacht hatte. Vier Wochen Besinnung lagen hinter ihm: Besinnung auf die Schuldverfallenheit des Menschen als Voraussetzung dafür, Gottes Liebe eindringen zu lassen. Die teilnehmende Erinnerung an die Passion Christi im Mittelpunkt, die konkrete Geschichte mit Marter, Blut als Fundament des Glaubens! So war es ihm nahe gebracht worden, so hatte er es erfahren.

Nur kurz war die Anfechtung gewesen, warum es immer dieser Kampf sein musste, weshalb der ständige Hinweis auf den Feind, die »bösen Regungen« ebenso wie die Begierde nach Reichtum, Ehre, Geltung in der Welt. Er selbst fand bei sich nur die »bösen Regungen«, aber nicht immer und auch nicht so als Feind, wie es dargestellt wurde. Ob sich nicht doch auch anderes als nur Böses dahinter verbarg? Und ob nur Askese, der Dornengürtel des Nachts um den nackten Körper oder noch Schlimmeres wie die Selbsterniedrigungen helfen sollten, die darin lagen, vom schmutzigen Boden zu essen, fremde Aborte zu reinigen oder gar zu küssen und all das andere, wovon er gelegentlich mit Schaudern hörte? Er selbst hatte einen anderen Weg beschritten, wenn es um Kampf ging. Pater Heimbach griff bei Anfechtungen zur Poesie, freilich zu einer gleichsam abgesegneten, aus dem Orden stammenden Poesie. Stärkung suchte und fand er in der »Trutz-Nachtigall« seines berühmten Ordensbruders Friedrich Spee, die er in der Ausgabe von 1649 besaß, dem Geschenk seines Onkels zur Priesterweihe.

Auch an diesem Abend griff er danach, als ihm die Augen über dem Buch von Athanasius Kircher zuzufallen begannen. Er schlug das erste Gedicht auf, das er wie so viele andere auswendig konnte und doch immer las, als läge im gedruckten Wort, in der schönen Anordnung der Buchstaben und Strophen, eine eigene Macht. Es war das titelgebende Gedicht, das Gedicht, in dem von den Vögeln, den »flügelreichen Scharen«, die Rede war, die im Frühling Tag und Nacht erklingen und deren süßer Gesang doch noch übertroffen wird von jenem imaginären Vöglein, das Gottes Lob verkündet:

Trutz-Nachtigal man's nennet,
Ist wund von süßem Pfeil:
In Lieb' es lieblich brennet,
Wird nie der Wunden heil.
Geld, Pomp und Pracht auf Erden,
Lust, Freuden es verspott',
Und achtet's für Beschwerden,
Sucht nur den schönen Gott.

Schon im Dahindämmern wurde Pater Heimbach bewusst, dass von diesem »süßen Pfeil«, der eine Seele in Liebe »entbrennen« lässt, auch in ganz anderer Weise die Rede sein könnte, und er prüfte sich, ob er selbst wirklich nur »den schönen Gott« suchte. War es im Augenblick nicht vielleicht doch eher eine schöne Dame, der er Beistand leistete: Beistand im Zweifel über das Schicksal ihres Ehemannes?

Während er gedankenvoll im Text weiterblätterte, stach ihm eine Wendung ins Auge, die ihm sein Leben wundervoll genau zu beschreiben schien:

Zu scharf ist mir dein heißer Brand,
Zu schnell sind deine Flügel:
Darum nur aus Tränen mit Verstand
Dir legte Zaum und Zügel.
Komm nicht zu streng:
Mich nicht verseng:
Nicht brenn mich gar zu Kohlen …

Mit einem Ruck blätterte Pater Heimbach weiter, als wolle er die Gedanken vertreiben, die so unvermutet aufgetaucht waren, schlug seine Lieblingsstelle auf, den »Trauergesang von der Not Christi am Ölberg«, und zitierte, diesmal mit dem Blick übers Buch hinweg ins Halbdunkel seiner Zelle gerichtet, die ersten beiden Strophen, die vom Gottessohn handelten, ohne dass er die dritte Strophe erreichte, die diesen Gottessohn dann als solchen benannte:

Bei stiller Nacht
Zur ersten Wacht

Ein Stimm begann zu klagen.
Ich nahm in Acht,
Was die dann sagt;
Tat hin mit Augen schlagen.

Ein junges Blut
Von Sitten gut
Alleinig ohn' Gefährten
In großer Not
Fast halber tot
Im Garten lag auf Erden …

Pater Heimbachs Kräfte waren damit endgültig aufgezehrt. Er ließ das Buch sinken, löschte die Kerze auf seinem Schreibpult und legte sich zur Ruhe.

SIEBTES KAPITEL *In dem im Konvent der Jesuiten eine Sondersitzung stattfindet, in der es auch um die Nachfolge des Architekten gehen soll, aber einige grundsätzliche Dinge erörtert werden, die im offenen Streit enden.*

Im Konvent war die wöchentliche Sitzung in ungewohnter Eile verlaufen. Regens Kasen hatte über die Planungen beim Kirchenbau berichtet, Rechenschaft über einige Auslagen gegeben und auf Anfrage mitgeteilt, dass die gedruckten Ankündigungen mit den Inhaltsangaben des lateinischen Theaterstücks in Vorbereitung seien. Auch die Querelen um eingeschlagene Fensterscheiben – eine Folge von Auseinandersetzungen der Schüler mit dem verfeindeten Montanergymnasium – wurden abgehakt ohne die sonst üblichen langen Mahnungen, für Frieden und Ordnung zu sorgen. Selbst die Probleme mit der Zulassung zur Prüfungskommission bei Mitgliedern des Konvents, die ihre eigenen Magister- und Doktorgrade nicht in Köln erworben hatten, weckten kaum Anteilnahme. Aber unter den sechzig Patres herrschte Unruhe. Es war durchgesickert, dass im Kreis der Ältesten ernster Streit ausgebrochen war. Fraktionen hatten sich gebildet, die auf den Fluren tuschelten und hin und wieder Stichworte fallen ließen, die nichts Gutes versprachen. Mit dem Tod des Architekten war ein Geheimnis verbunden. Johann Münch hatte nicht nur die Kirche weitergebaut, sondern an irgendetwas anderem gearbeitet, was Regens Kasen befürwortete, aber nicht offen legte. Warum? Und wenn es sich um ein Geheimnis handelte: War der Tod des Architekten vielleicht doch kein Unfall gewesen? Hatte jemand nicht länger zusehen wollen und dem Spiel ein Ende gemacht? Auf jeden Fall gab es eine Sondersitzung. Man wollte offenbar zuerst im kleinen Kreis beraten.

Regens Kasen verabscheute Diskussionen dieser Art. Als junger Mann hatte er die Turbulenzen um Friedrich Spee miterlebt. Er schätzte den Mitbruder, der 1628 Lehrer am Gymnasium Tricoronatum in Köln wurde, dann für zwei Jahre nach Paderborn ging, ehe er 1630 zurückkam. Aber dann war Spees »Cautio criminalis« erschienen, anonym und ohne kirchliche Druckerlaubnis. Gegen dieses Buch, das in erster Linie die Verhörpraxis bei den Hexenprozessen angriff, die grauenhaften Folterungen, war ein Sturm der Entrüstung losgebrochen, auch im eigenen Konvent. Man nahm Spee übel, dass er die Fürsten beschuldigte, sich nicht um die Missstände zu kümmern – Fürsten, auf deren Wohlwollen man angewiesen war. So musste Kasen Spee fallen lassen. Der Konvent wäre zerrissen worden, hätte er der Mehrheit nicht nachgegeben. Damals, 1631, war er erst seit fünf Jahren im Amt gewesen. Aber heute sollten nicht noch einmal die Ankläger siegen. Geschickt hatte der Regens zur Sondersitzung gebeten. Nicht vor aller Ohren wollte er die Lage besprechen, wo der Beifall der Vielen unvorhergesehene Wendungen bewirken kann. Sechs ältere Patres, alle eingeweiht, waren geladen, dazu sein Sekretär Pater Kritsraed und er selbst: ein Meinungsaustausch also im eigenen Hause statt Meldung an den Provinzial mit unweigerlichem Eingriff von außen. Dies hätten auch die Kritiker nicht gewollt.

So verlief sich denn die Vollversammlung im Konvent, und acht schwarze Herren schritten schweigend in einen Nebenraum. Um einen Tisch standen Stühle, ein großer Sessel am Kopfende für den Vorsitzenden, ein freier Raum für den jeweiligen Redner am anderen Ende. Die Herren ließen sich nieder, Regens Kasen sprach stehend eine Begrüßung, in der er auf den Ernst der Lage hinwies und alle Mitglieder der Runde auf strengste Verschwiegenheit verpflichtete. Der Konvent stehe in höchstem Ansehen, den Bauten käme an Repräsentationswert in Köln nichts gleich, besonders die Kirche sei die größte nach dem Dom – all dies könnte in Gefahr kommen. Die Anwesenden warteten geduldig ab, bis ihr Regens seine Lieblingsfloskeln losgeworden war, und rechneten es seiner Unruhe zu, dass er diesmal schneller damit zu Ende kam als gewöhnlich. Kasen ließ sich in seinem Sessel nieder, überflog mit einem Blick noch einmal die Runde und erteilte dem ersten Redner das Wort.

Es war Pater Overbeck, der Älteste in diesem Kreise der Alten, mit bärbeißigem Gesicht und trotz seines runden Rückens mit einer Spannkraft, der man die Angriffslust ansah. Er war ein erfahrener

Kämpfer für die Sache des Ordens, der Härten nicht scheute. Vor allem scheute er sich nicht, seinem Regens selbst entgegenzutreten, wenn er es für richtig hielt. Kasen fürchtete niemanden so sehr wie ihn, weil er sich bei aller Kritik nie im Wort vergriff, sich keine Blößen gab. Er sollte als Erster sprechen, weil Kasen hoffte, damit habe die Runde ihr Pulver verschossen, schlimmer könne es jedenfalls nicht kommen. Vermutlich würde sich Pater Monheim zu Wort melden, der Historiker des Ordens, bei dem es lang werden würde, lang, aber auch langweilig, also nicht unbedingt gefährlich. Bei den anderen hoffte er entweder auf Zurückhaltung oder aber Unterstützung, besonders bei Pater Reiffenberg, der ihm immer beistimmte, aber auch bei Pater Mertens, dem der Orden über alles ging und der sogar seine Mutter verkauft hätte, um irgendeinen Vorteil zu erreichen.

Pater Overbeck rückte also seinen Stuhl zurück, verließ seinen Platz und stellte sich ans gegenüberliegende Ende des Tisches. Für einen Moment ließ er die Augen blitzen wie in Vorfreude auf den kommenden Stoß, wischte sich dann kurz über den Bart, der die Schärfen seines Gesichts etwas abmilderte, und begann:

»Hochwürdigster Regens, verehrte Mitbrüder, ich setze voraus, dass jeder hier weiß, worum es sich handelt. Der Tod unseres Architekten, dessen Seele Gott gnädig sei, hat die Frage der Nachfolge notwendig gemacht, aber es geht nicht nur um die Ersetzung einer Person. Es geht vielmehr um die Frage der Fortführung oder Aufgabe eines Programms. Wir alle hier haben einmal unseren Architekten ermutigt, akustische Experimente anzustellen. Anfangs war die Rede davon, dass es um die Verbesserung der Predigten gehen solle, genauer gesagt: um eine Verbesserung der Verständlichkeit des Predigers. Ich sehe noch Johann Münch, wie er uns sein Anliegen, seine Thesen und Versprechungen vortrug, nachdem er unseren Regens« – Pater Overbeck fixierte seinen Vorgesetzten mit einem eisigen Blick – »als Ersten begeistert hatte. Aber was ist daraus geworden? Johann Münch hat freie Hand erhalten für den Bau von Räumen, in denen er seine Theorien verwirklichen wollte. Man hat ihm das ehemalige Achatiuskloster zur Verfügung gestellt, das nach dem großen Brand im Jahre 1629 als Ruine dasteht. Aber es war nie mehr von Predigten die Rede. Stattdessen sollen Abhörkammern entstanden sein: Räume, in denen jedes gesprochene Wort von außen wahrgenommen werden kann, ohne dass man es innen im Geringsten bemerkt. Uns ist gesagt worden, dass Johann Münch all dies bei unserem berühmten Ordensbruder in Rom, Athanasius Kircher, gefunden habe, es stehe in dessen ›Musurgia universalis‹, die mittlerweile überall in Europa verbreitet ist. Niemand habe allerdings die Idee oder die Möglichkeit gehabt, Kirchers Anlagen wirklich zu bauen. Wir seien also die Ersten. Ich frage mich nur, wen wir hier in Köln abhören wollen –«

»Doch nicht *wir*«, schallte es dazwischen. Pater Reiffenberg war von Bemerkung zu Bemerkung unruhiger geworden und konnte schließlich nicht mehr an sich halten. »Doch nicht wir wollen abhören, sondern solche Anlagen den Stadtvätern zur Verfügung stellen, um uns diese gewogen zu machen.«

»Genau das: Diese ewige Liebedienerei ist unser Verderben«, rief Pater Monheim dazwischen. »Dagegen hättet ihr, Regens Kasen, längst vorgehen sollen. Habt Ihr nicht gemerkt, dass wir uns wieder einmal dazu hergeben, den Mächtigen Werkzeuge der Unterdrückung an die Hand zu geben? Genügen nicht die Erfahrungen mit der Inquisition?«

In diesem Augenblick setzte ein Durcheinanderreden ein, dass Regens Kasen einschreiten musste. »Meine hochwürdigsten Mitbrüder ...«

»Inquisition? Wir sind immer dagegen gewesen!«

»Ja, ganz recht, mit der Inquisition wären wir längst weitergekommen ...«

»Meine hochwürdigsten Mitbrüder«, versuchte es der Regens mit erhobener Stimme und gerötetem Kopf noch einmal, »schämt sich hier niemand dieses Wirrwarrs? Wir wollen Pater Overbeck zu Ende hören. Ich bitte ernstlich um Disziplin!«

Als Ruhe eingetreten war, fuhr der Pater fort: »Ich habe mir den Bau im ehemaligen Achatiuskloster einmal angesehen. Nach dem Brand blieb das Gebäude ja liegen, wie es war, weil dieser unser Neubau gerade fertig wurde. Der Kellerraum, den Johann Münch mit seinem akustischen System zu einem Abhörraum umgebaut hat, entspricht genau dem, was in jeder Stadt als Folterkeller existiert, in Köln bekanntlich im Stadtturm bei Sankt Kunibert. Wenn unsere Stadtväter diese Einrichtung sehen, werden sie Gefangene dorthin verlegen, von Hexenprozessen, die zum Glück im Augenblick aufgehört haben, ganz abgesehen. Man kann dort nicht nur foltern, sondern der Folterung auch noch beiwohnen, ohne Blut zu sehen oder die Qualen der

Opfer an deren Gesicht abzulesen. Johann Münch hat Derartiges vielleicht nicht gewollt, aber er hat es möglich gemacht. Wäre er noch am Leben und würde er weiterbauen, hätten wir alles Elend, von dem wir uns mit Mühe abgekehrt haben, wieder zurück. Ich mahne dringend, bei einer Neubesetzung des Amtes diese Tradition aufzugeben, ja alles bisher Gebaute wieder zu vernichten.«

Lebhafter Beifall auf der einen Seite stand energischem Widerspruch auf der anderen gegenüber. Am meisten erregte sich Pater Mertens, dem Regens Kasen als nächstem Redner das Wort erteilte.

Als sich alle beruhigt hatten, trat dieser ans Tischende, ein etwas fülliger Mann, der auch noch den Oberkörper leicht nach hinten bog, was den Bauch umso deutlicher nach vorn treten ließ. Er war noch neu in Köln, hatte die Streitereien der Vergangenheit jedenfalls nicht selbst miterlebt. Pater Mertens war viel herumgekommen in deutschen Konventen, kannte viele Meinungen und Projekte. Er dankte kurz Regens Kasen für die Erteilung des Wortes, begrüßte die Runde und begann seine Ausführung:

»In einem wichtigen Punkt teile ich die Meinung meines Vorredners. Ich tadele das Vorgehen von Münch, was die Abhörkammern angeht, die er von Kircher übernommen hat. Aber man darf etwas anderes nicht vergessen. Unsere Aufgabe hat sich seit Gründung des Ordens geändert. Wir wollen nach wie vor die Herzen der Menschen gewinnen. Aber dies geht schon lange nicht mehr mit einer Ermunterung zu christlicher Lebensführung allein, auch nicht mit Argumenten in der Kontroverse mit unseren irrenden protestantischen Mitbrüdern. Wir müssen mit Erfolgen in der Wissenschaft glänzen. Genau das hat Kircher vorgemacht, unter vielem anderen mit der Erforschung des Schalls. Dass Jesuiten an der Spitze der Wissenschaft stehen, beeindruckt die Menschen. Hier können wir die alten Ziele des Ordens auf neuem Wege erreichen. In diesem Punkt hat Johann Münch nicht zu viel, er hat eher zu wenig vollbracht. Er hat sich in seinen akustischen Spielereien verloren: sowohl was die Schalltrichter angeht, die angeblich das Predigtwort verstärken sollen, wie noch mehr bei den Abhöranlagen, die übrigens bei Kircher auch einer Beschallung dienen sollen. Kircher wollte musikalische Konzerte von Räumen auf Marktplätze übertragen. Aber noch einmal: Der wissenschaftliche Fortschritt ist das Entscheidende, das, was uns in den Augen der Menschen Autorität einbringt, eine Autorität, die dem Triumph der katholischen Religion zugute kommt. Ich will nicht sagen, dass ich den Tod von Johann Münch begrüße. Aber ich sehe eine gute Möglichkeit, sein Werk wesentlich besser fortzusetzen.«

Für einen Augenblick war eisiges Schweigen eingetreten, als Pater Mertens den Tod von Johann Münch in mehr als plumper Weise ansprach. Selbst Regens Kasen, der sich eigentlich bestätigt fühlen musste, war die Unzufriedenheit anzumerken. Da meldete sich Pater Monheim noch einmal zu Wort, der mit seinem Zwischenruf zur Inquisition zuvor für den Aufruhr gesorgt hatte. Als Historiker ließ sich Pater Monheim ständig über alte und neue Entwicklungen informieren. Er hatte als Einziger ein Buch mitgebracht, nahm es nun und begab sich damit ans Ende des Tisches, wo er sich mit den Armen aufstützte, was bei seiner Körpergröße zu einer leicht gebeugten Haltung mit herausfordernd vorgestrecktem Kopf führte. Er hatte von Natur aus ein Gesicht, das eine gewisse Trockenheit ausstrahlte, und begann nach der förmlichen Anrede in einer etwas hastigen Sprechweise, die zu seinem Charakter eigentlich nicht passte.

»Ich bedaure, dass das Stichwort der Inquisition eben eine solche Konfusion angerichtet hat, und bitte um Ruhe, wenn ich noch einmal darauf zurückkomme. Jeder hier weiß, dass ich dies in historischer Perspektive tue – *sine ira et studio*, ›ohne Zorn und Eifer‹. Aber die Geschichte ist eine große Lehrmeisterin, und es scheint mir im Augenblick die Gelegenheit gekommen, daraus die Konsequenzen zu ziehen. Ich darf kurz in Erinnerung rufen, dass wir alle mit der Inquisition einen Tiefpunkt in der Praxis der Verteidigung unseres Glaubens verbinden. Zwar hat die Kirche schon immer Ketzer verfolgt – Fanatiker behaupten bekanntlich, Gott selbst habe als Erster die Inquisition gegen Adam und Eva angewendet oder wenigstens mit der Sintflut das erste Beispiel gegeben ...«

Pater Monheim hob kurz den Blick, registrierte die missmutige Miene von Regens Kasen und fuhr fort: »Jedenfalls hat Papst Innozenz III. um 1200 die bestehenden Gerichte so ausgebaut, dass sie Ketzerprozesse durchführen konnten. Aber der Höhepunkt kam mit der Einrichtung des Heiligen Officiums durch Papst Paul III. im Jahre 1542 – fast genau zur Zeit der Gründung unseres Ordens –, die Erlaubnis zur Anwendung der Tortur durch Papst Innozenz IV. vollendete das Ganze zehn Jahre später. Als der Papst unseren Orden anerkannte, hat er wohl ausdrücklich an seinen Einsatz dort gedacht, wo die Inquisition nicht nötig oder nicht zweckmäßig schien. Wir waren mit anderen Worten von Anfang an und, von Ausnahmen abgesehen, bis heute die *Alternative* zur Inquisition. Der blutdürstige Kardinal Caraffa, natürlich ein Dominikaner, der der erste Inquisitor des Heiligen Officiums war und dann als Achtzigjähriger Papst Paul IV. wurde, hat sogar unseren Ordensgründer Ignatius von Loyola als Ketzer verfolgt. Während der Medici-Papst Pius IV. zu Reformen bereit war – damals tagte gerade das Tridentinische Konzil –, hat Pius V., der zuvor selbst Großinquisitor war, wieder so gewütet, dass nach seinem Tod das Volk das Heilige Officium in Brand setzte und die Gefangenen befreite. Das war 1572, seither ging es etwas besser, wenn man vom speziellen Fall der Bartholomäusnacht in Paris absieht und auch davon, dass Gregor XIII. zu seinen berüchtigten Autodafés bevorzugt unsere Ordensbrüder heranzog.«

Pater Monheim schaute prüfend in die Runde, nahm wahr, dass die ersten Zuhörer gähnten, und beeilte sich, zur Sache zu kommen.

»Warum sage ich das alles? Ich sage es deshalb, weil wir die Inquisition vielleicht äußerlich überwunden haben – jedenfalls hier bei uns, in Italien sieht es anders aus –, aber stets der Rückfall droht. Ich will es ganz scharf sagen, um es hinterher genauer zu begründen: Johann Münchs Arbeit – nicht Johann Münch selbst, der ein harmloser Mann war – ist gefährlich. Sie führt am Ende zu einer unblutigen, aber nicht weniger gefährlichen Variante der Inquisition. Ich habe den Beweis hier vor mir liegen.«

Damit hob Pater Monheim das mitgebrachte Buch leicht an und ließ den Titel erkennen: »Der Heiligen Spanischen Inquisition etliche entdeckte und öffentlich an den Tag gegebene Ränke und Praktiken«, von Reginaldus Gonsalvius Montanus, in einer deutschen Übersetzung des französischen Originals von 1568, in Heidelberg gedruckt im Jahre 1569.

»Dieses Werk gibt die Praxis der Inquisition wieder, speziell der spanischen, das heißt der von den spanischen Königen praktizierten, die immer viel schlimmer war als die in Italien und im übrigen Europa ausgeübte päpstliche. Das Werk stützt sich auf Zeugen und auf die bekannten Handbücher zur Durchführung der Inquisition, die von den berüchtigten Inquisitoren beziehungsweise Großinquisitoren stammen, die alle Dominikaner waren. Ich nenne nur den Franzosen Bernard Gui mit seinem ›Manuel de l'inquisition‹ und den Spanier Nicolas Eymerich mit dem ›Directorium inquisitorum‹, die Kronzeugen der alten kirchlich-römischen Inquisition im 14. Jahrhundert, der dann die staatlich-spanische Inquisition unter dem Massenschlächter Tomas Torquemada mit seinen an Scheußlichkeiten unübertroffenen ›Instrucciones‹ im 15. Jahrhundert folgte. In all diesen Büchern aber ging es neben der Anwendung der Folter um Methoden, an Informationen zu kommen. Und immer ist es Bespitzelung, die dabei eine Rolle spielt. Teils werden angebliche Mitgefangene eingeschleust, die ihre Opfer aushorchen sollen, teils sollen sich Horcher hinter Türen begeben, um Gespräche mitzuhören ...«

Der Pater schlug das Buch bei einem Lesezeichen auf und sprach weiter: »Hier auf Seite zwei und drei bei Montanus kann man lesen, dass die Delinquenten verwirrt werden sollen, dass man ihnen mit Unterstellungen einen Schrecken einjagt, und dies alles nach Auskünften von Spitzeln, die prinzipiell hinter einem Vorhang verborgen bleiben, damit sie später nicht belangt werden können. Ich lasse einmal all die Winkelzüge beiseite, die darauf beruhen, dass der Delinquent in falscher Hoffnung gewogen wird, er dürfe nur alles frei heraussagen, um dann wegen kleinster Kleinigkeiten zuzuschlagen. Es geht vielmehr um das System des Bespitzelns, des Aushorchens, des Einschleichens. In diesem Buch, auf Seite vierundsiebzig und danach, wird über Spezialisten berichtet, die so genannten ›Mucken‹, die sich den Delinquenten als Vertrauenspersonen andienen und selbst alle Qualen der Einkerkerung erleiden, um auf diese Weise an innerste Geheimnisse zu gelangen. Was diese Verräter dann wirklich oder nur vorgeblich herausbekommen und weitergeben, dient dem Inquisitor als unumstößliche Wahrheit. Wer sieht hier nicht sofort die Parallele zu jenen Abhöranlagen, die Johann Münch gebaut hat oder bauen wollte? Wer wird am Ende der Hörrohre sitzen und was wird sein Bericht wert sein? Wir werden mit der besseren Technik noch mehr Unheil anrichten, ja, zu mehr Unheil anstiften, als unsere Vorgänger angerichtet haben. Und nun eine letzte Bemerkung. Niemand von uns weiß, wie Johann Münch umgekommen ist. Ein Unfall ist so wenig bewiesen wie ein Mord. Aber ich könnte mir vorstellen, dass unter uns jemand ganz ähnliche Gedanken hatte, wie sie mir durch den Kopf gehen. Vielleicht hat er keine Möglichkeit gesehen, sich mit Argumenten durchzusetzen. Vielleicht hat er mit sehr fragwürdigen Mitteln eine gute Tat vollbringen wollen. Wir Jesuiten sind nun einmal im Glauben erzogen, dass der Zweck die Mittel heiligt –«

Pater Monheim kam nicht mehr weiter. Ein Sturm der Entrüstung brach bei diesem Reizwort aus, mit dem nur Gegner den Orden angriffen.

»Dass das jemand aus unseren eigenen Reihen zitiert ...«

»Ihr solltet Euch schämen!«

»Was sollen wir uns noch alles anhören?«

Regens Kasen suchte ganz gegen seine Gewohnheit, die Erregung nicht zu dämpfen, sondern fuhr seinen Mitbruder ebenfalls barsch an: »Eure Ausführungen zur Inquisition, die wir uns jetzt schon zum wer weiß wievielten Male anhören mussten, haben uns genug gequält. Es war völlig unnötig, auch noch unseren Orden zu verunglimpfen.«

Während Pater Monheim, wohl von der Heftigkeit der Reaktion betroffen, wieder seinen Platz einnahm, sprach Regens Kasen weiter: »Ich danke Pater Overbeck und Pater Mertens für ihre Beiträge. Wollt Ihr noch etwas hinzufügen, Pater Reiffenberg? Pater Hartzheim? Oder Ihr, Pater Lichtenauer?«

Die Angesprochenen winkten ab, worauf der Regens, etwas ruhiger geworden, fortfuhr: »Ich denke, es ist alles gesagt. Ich bedaure, dass die Meinungen durchweg kritisch sind. Ich selbst habe Johann Münch stets unterstützt und glaube auch, dass er unserem Haus genützt hat. Die düsteren Farben, in denen Pater Overbeck das Bild seines Tuns zeichnete, scheinen mir übertrieben. Ob seine Experimente in die falsche Richtung gingen und besser nur der Wissenschaft hätten dienen sollen, wie Pater Mertens glaubt, wird sich erst später zeigen. Bis dahin brauchen wir in jedem Fall einen Nachfolger, weil Münchs Adlatus die Handwerker auf Dauer kaum leiten kann – wenigstens nicht ohne das entsprechende Amt. Ich werde also mit den Zuständigen beim Domkapitel und beim Erzbischof sprechen, die uns bislang stets in so wichtigen Dingen unterstützt haben. Auf jeden Fall aber bitte ich noch einmal um Diskretion. Die Diskussion sollte weiter nur unter uns geführt werden, nicht im gesamten Konvent, auch wenn einzelne schon etwas mitbekommen haben. Man sieht ja, was selbst in diesem kleinen Kreise herauskommt.«

ACHTES KAPITEL *In dem zwei Patres auf dem Weg zu den Kartäusern über die vergangene Sitzung im Konvent sprechen und sich höchst unterschiedlich über jesuitische Moral und die Politik ihres Regens unterhalten.*

Hunde durchwühlten die Dreckhaufen der Marzellenstraße und verteilten überall den Unrat – nicht ganz so schlimm wie die Schweine in den ärmeren Vierteln, die für knietiefe Furchen sorgten. Zwei Jesuitenpatres versuchten am frühen Vormittag vergeblich, ihre langen Mäntel unbesudelt zu halten. Sie sprangen über die ärgsten Stellen hinweg und suchten sich ausgetretene Pfade, solange diese nicht mit Regenwasser gefüllt waren oder vor Schlamm starrten. Bis zu den Kartäusern war es noch weit, aber niemand erwartete, dass zu dieser Jahreszeit, bei nasskaltem Wetter, ein Besucher sauber ankommen würde. Eben ließen sie rechts die Straße An den Dominikanern liegen, schritten an Sankt Paul vorbei, das im Schatten des Stifts Sankt Andreas lag, überquerten die Komödienstraße und bogen ein in Unter Fettenhennen, von wo aus es nun lange immer geradeaus gehen würde, fast bis ans andere Ende der Stadt. Dort wollten sie den Mönchen als Beichtväter dienen. Seit der Gründung des Konvents waren die Jesuiten mit den Kartäusern befreundet. Ignatius von Loyola selbst hatte brieflich für den Kontakt mit diesem strengen Orden gesorgt, der ihm einst als Vorbild diente. Und die Kölner Kartause zählte zu den bedeutendsten überhaupt, stammte doch der Ordensgründer, der heilige Bruno, aus Köln. So verstand sich der Beichtdienst, der viel Vertrauen voraussetzte, fast von selbst. Außerdem bedeutete er nur eine geringe Belastung im Vergleich zu all den anderen Tätigkeiten der Jesuiten in der Stadt, speziell zu den vielen Predigten in verschiedenen Kirchen, für die fast so viele Patres abgestellt waren wie für den Unterricht am Gymnasium.

»War das wieder eine Sitzung gestern«, begann Pater Hartzheim, dem die Diskussion des vergangenen Abends schwer auf der Seele lastete. »Irgendwann schlagen sie sich noch die Köpfe ein, wenn nicht schon einer eingeschlagen ist. Ob Johann Münch am Ende ein Opfer dieses ganzen Hin und Her ist, wo keiner mehr weiß, wozu es gut sein soll?«

Die von Regens Kasen auferlegte Schweigepflicht galt nur in Richtung derjenigen Konventsmitglieder, die nicht teilgenommen hatten. Mit Pater Lichtenauer konnte er also reden, und Pater Lichtenauer war ein alter Gesprächspartner, bei dem er ohnehin kein Blatt vor den Mund zu nehmen pflegte.

»Das kann ich mir nicht denken«, antwortete Pater Lichtenauer mit kräftigem Kopfschütteln.

»Und wenn doch?«, fuhr Pater Hartzheim fort. »Viele haben ja Sorge, dass wir unsere Aufgabe nicht gut genug erfüllen. Vielleicht hat jemand den alten Schwung vermisst und wollte Kasen einen Gefallen tun, damit wir schneller weiterkommen.«

»Aber dann müsste ein besserer Baumeister bereitstehen«, meinte Pater Lichtenauer. »Das ist aber höchst unwahrscheinlich, oder wisst Ihr etwas Näheres?«

»Das nicht, außer dass mich diese ewige Rücksicht auf unsere Gönner stört, besonders auf den Rat der Stadt. Kasen wäre zu jedem Unfug bereit, wenn er dafür nur ein freundliches Wort erntete.«

Pater Lichtenauer kannte die Meinung seines Mitbruders und wusste auch, dass dieser seine Meinung kannte. Schon oft hatten sie sich über das Thema unterhalten. Während er einer besonders großen Pfütze auswich und dabei fast auf die gegenüberliegende Seite der Straße geriet, antwortete Pater Lichtenauer mit lauter Stimme, hüllte sich aber in Andeutungen, um nicht von Vorübergehenden verstanden zu werden.

»Vor zehn, zwanzig Jahren hättet Ihr das noch nicht gesagt. Damals waren alle gegen uns, jetzt steht der Konvent in Blüte und kann arbeiten. Ist das nichts?«

Pater Hartzheim wusste, worauf sein Mitbruder anspielte. Tatsächlich hatte der Rat die Jesuiten anfangs mit Argwohn betrachtet. Die Leitung der Schule war bis in die Gegenwart ausschließlich dem Regens persönlich anvertraut, nicht den Jesuiten als Orden. Aber die Erfolge in der Erziehungsarbeit, in der Seelsorge, nicht zuletzt bei der

Betreuung in Pestzeiten, wo alle anderen flohen, wenn sie nur konnten – all das hatte zuerst zur Beruhigung beigetragen und war mittlerweile beständiger Anerkennung gewichen. Kurfürst Maximilian I. von Bayern, der Bruder des Erzbischofs, hatte von Anfang an die Kirche finanziert, wofür sein Wappen von zwei Löwen gehalten direkt über dem Hauptportal der Kirche prangte und im Kircheninneren unübersehbar am Triumphbogen angebracht war. Auch die Stadtherren förderten die Unternehmungen der Jesuiten. Der päpstliche Nuntius ging ein und aus. Ja, der Mitbruder hatte Recht – es war etwas, man hatte es zu etwas gebracht. Aber es war auch etwas auf der Strecke geblieben. Pater Hartzheim, eine knorrige, bäurische Gestalt mit rundem Gesicht und mähnenhaftem Haar, griff zu deutlichen Worten.

»Ja, es ist etwas, wer wollte daran zweifeln? Aber es verdankt sich der Liebedienerei, der Anbiederung. Und dabei ist der Schwung verloren gegangen. Gerade jetzt, nach dem Westfälischen Friedensschluss, müsste ein Aufbruch erfolgen. Stattdessen erleben wir einen Stillstand. Das Reich ist aufgeteilt, jede Region hat ihre Religion. Und wir haben nichts Besseres zu tun, als dem Rat Abhöranlagen zu bauen.«

»Ihr habt doch mitbekommen, worum es eigentlich geht«, erwiderte Pater Lichtenauer, eine insgesamt feinere Gestalt mit hoher Stirn und eher schütterem Haar. »Wir wollen in der Wissenschaft glänzen, die Abhöranlagen sind doch nur Mittel zum Zweck.«

»Glaube ich nicht«, kam es von Pater Hartzheim unter Kopfschütteln. »Ich glaube übrigens an beides nicht: weder an Erfolge in der Wissenschaft noch bei praktischen Anwendungen. Ich glaube überhaupt nicht an Erfolge bei unseren Fürsten oder Stadtherren. Von denen sind wir immer nur missbraucht worden.«

»Missbraucht? Ich bitte Euch!«

»Ja, missbraucht! Denkt doch nur an die Inquisition. Pater Monheim hat uns mit seinen historischen Ausführungen, die jeder von uns bestens kennt, gequält, und die Zitate aus Montanus sind etwas dürftig, weil jeder weiß, dass dieser Montanus ein verfolgter Protestant war, der mit seinen Attacken auf die spanische Inquisition eigentlich nur unsere Kirche treffen wollte. Aber im entscheidenden Punkt hat Pater Monheim Recht. Wir sind wirklich die Alternative gewesen zu jeder Art von gewaltsamer Ketzerverfolgung. Ignatius von Loyola wollte mit dem Wort statt mit dem Schwert siegen. Als es um die großen Auseinandersetzungen mit neuen wissenschaftlichen Ideen ging, hat man sofort uns geholt. Nur haben wir es nicht besser gemacht als unsere Vorgänger. Wer hat denn Giordano Bruno verhört, den großen Astronomen, der als einer der Ersten das neue Weltsystem des Kopernikus verstanden hat? Es war der Jesuitenpater Robert Bellarmin, ehemaliger Professor in Löwen, Inhaber des Lehrstuhls für Kontroverstheologie in Rom und als solcher Inquisitor. Und Bellarmin wusste ganz sicher, dass die Verurteilung von Bruno auf dem Zeugnis von eingeschleusten Informanten nach Eymerich und Konsorten beruhte. Übrigens hat Bellarmin dann auch den Angsthasen Galileo Galilei attackiert und dazu bewegt, seine Lehre von der Mittelpunktstellung der Sonne aufzugeben, was sogar der Papst absurd fand. Aber es ging eben um Macht, um die Frage, wer das Sagen hat: die Welt mit ihrer Wissenschaft oder die Kirche mit ihrem Glauben. Und unsere Leute haben auf unverantwortliche Weise die Macht der Kirche gestützt.«

»Aber diese Zeiten sind doch längst vorbei«, erwiderte Pater Lichtenauer. »Niemand denkt mehr an Inquisition.«

»Vielleicht nicht bei uns. Aber schaut doch nach Italien.«

»Galilei hat man vor zwanzig Jahren begnadigt.«

»Ja, durch die *römische* Inquisition. Die *spanische* Inquisition in Neapel hätte zur gleichen Zeit Campanella auf den Scheiterhaufen gebracht, wäre ihm nicht im letzten Moment die Flucht gelungen.«

»In Italien, alles spielte sich in Italien ab.«

Die Patres hatten unterdessen das Augustinerkloster Sankt Nicolaus auf der Hohe Straße passiert und marschierten die Hohe Pforte entlang, von wo aus man gerade eben Sankt Maria im Kapitol sehen konnte. Pater Hartzheim hatte im Gespräch eine kleine Pause entstehen lassen, weil die Straße wieder zu Schlangenbewegungen zwang, und nahm das Wort erst wieder auf, als er eng neben seinem Mitbruder herging.

»Merkt Ihr denn nicht, worum es hier bei uns geht? Wenn Kasen dem Rat Abhöranlagen baut, liegt das nicht nur ganz auf der Linie dessen, was die damalige Inquisition praktiziert hat. Es führt eine neue Inquisition geradezu herbei – auch darin hatte Pater Monheim Recht. Wenn man so schön und so einfach abhören kann, will man es auch ausprobieren. Ich sage Euch: Wenn der Rat von diesem perfekten System erfährt, wird er Delinquenten auf diese Weise überprüfen. Und man wird nicht nur Leute abhören, die etwas ausgefressen haben, sondern man wird sich Leute *suchen*, die man abhören kann.«

»Ihr übertreibt wie immer«, ereiferte sich Pater Lichtenauer. »Und betrachtet es doch einmal in Ruhe. Bei Abhöranlagen kann der Richter selbst zuhören, Spione werden überflüssig.«

»Und Ihr glaubt, die Richter seien besser als die Spione? Lieber Mitbruder, wir sollten die Inquisition in *jeder* Form aufgeben. Wir sollten uns auf *unsere* Mittel besinnen, und das sind Belehrung und Gebet, wie es uns übrigens die Kartäuser vormachen. Wir brauchen keine Abhöranlagen, wir verfügen über Beichtstühle.«

»Sind das etwa keine Abhöranlagen?«, versuchte es Pater Lichtenauer mit einem kleinen Scherz.

Pater Hartzheim überging den Einwand und suchte sich noch einmal zu sammeln, während man gerade zwischen Mühlenbach und Blaubach zum Waidmarkt ging und bald Sankt Georg und gegenüber das Karmeliterkloster erreichen würde.

»Es spielt noch etwas anderes eine Rolle in diesem unseligen Streit, den wir führen. Wir verfolgen gute Zwecke, aber wir achten wirklich zu wenig auf die Güte der Mittel. Bei der Inquisition ist gesagt worden, ein irrtümlich Hingerichteter zähle im Himmel als Märtyrer. Einmal ganz abgesehen davon, dass es sich bei diesen irrtümlich Hingerichteten nicht um wenige Personen handelt, sondern vermutlich um ganze Heerscharen: Welch ein Wahnsinn liegt in dieser Begründung! Wir bringen Unschuldige um, weil wir sie als Mittel für einen guten Zweck gebrauchen. Was werden uns diese Toten einmal sagen, falls wir sie wirklich wiedersehen? Welches Leid hier auf Erden! Und jetzt geht es wieder weiter in der gleichen Richtung. Wir wollen angeblich den Glauben retten, indem wir Abtrünnige entlarven. Selbst wenn der Rat beschließen sollte, nur Verbrecher auszuhorchen: Wie wird sich dieses Mittel entwickeln? Wer wacht über seine Handhabung zu den angeblich guten Zwecken? Am Ende werden Unbescholtene ausgehorcht, Geheimnisse verbreitet, die niemanden etwas angehen. Nein, die einzige Art, etwas von seinen Mitmenschen zu erfahren, liegt im Gespräch. Man kann es durch Anonymität erleichtern, indem man den anderen durch ein Gitter trennt wie in unseren Beichtstühlen. Aber jeder, der spricht, muss den kennen, der ihn hört. Falls die Wissenschaft anderes möglich macht, führt sie die Menschen auf Abwege. Unser römischer Mitbruder Athanasius Kircher weiß nicht, was er tut. Er mag meinetwegen die akustischen Gesetze erforschen. Ich will aber nicht diese Anwendungen. Nicht für uns, und schon gar nicht für unseren Rat.«

Wieder entstand eine kleine Pause, weil der Weg so morastig wurde, dass die Patres alle Konzentration brauchten, um einigermaßen weiterzukommen. Aber Pater Lichtenauer nutzte die Pause auch zur Vorbereitung auf eine Entgegnung. Sobald sie wieder nebeneinander hergingen, begann er: »Ihr zitiert wie gestern Pater Monheim diesen unseligen Grundsatz vom Zweck, der die Mittel heiligt – er gilt ja schon überall als Inbegriff jesuitischer Moral. Aber Ihr wisst genau, dass kein Jesuit jemals diesen Satz formuliert hat. Das Einzige, was unsere Väter lehren, ist der so genannte Probabilismus, zuerst vertreten von einem unserer Gegner, dem Dominikaner Bartolomé de Medina in einem Kommentar zur ›Summa theologica‹ des Thomas von Aquin. Danach darf man einer wahrscheinlichen Meinung auch dann folgen, wenn ihr Gegenteil wahrscheinlicher ist. Der Sinn dieses merkwürdigen Satzes liegt darin, dass jedem Handelnden ein Freiraum bleibt, sich auch einmal gegen Grundsätze zu entscheiden, die ansonsten anerkannt sind oder sogar sein eigenes Handeln bestimmen. Richtig verstanden, bedeutet der Probabilismus: Wer etwas für sich selbst vernünftig findet, darf dem auch folgen – auch wenn es gegen sonst Geltendes verstößt. Jesuiten haben keine laxe Moral, sondern erkennen Gewissenskonflikte an und wenden sich gegen allzu viel System. Jesuiten unterstützen die Freiheit, nicht die Willkür.«

»Das lässt sich ja herrlich auf unseren Fall Johann Münch anwenden. Könnte es nicht so gewesen sein, dass einer unserer Mitbrüder, der ansonsten ein friedlicher Mensch ist und Mord ablehnt, in diesem besonderen Fall seinem Gewissen gefolgt ist und ein Unternehmen beendet hat, das für ihn nur Unglück bringen würde? Das Leben eines Einzelnen also gegen das Wohlergehen aller.«

»Gar nicht so abwegig«, antwortete Pater Lichtenauer.

»Gar nicht so abwegig«, echote Pater Hartzheim höhnisch, »am Ende eine wundervolle Idee. Was vernünftig ist, bestimmt jeder selbst. Ich bringe meinen Gegner um und sage dem Richter, er habe ja keine Ahnung, welches Unheil dieser Gegner noch angerichtet hätte.«

Pater Lichtenauer antwortete nicht gleich, weil er sich über die Polemik seines Mitbruders ärgerte. Obwohl der Weg gerade ausgesprochen gut begehbar war, trat Schweigen ein. Dann entschloss er sich zum Gegenangriff, als habe er schon lange darauf gewartet, einmal seine tiefste Überzeugung darzulegen: »Ihr sprecht wie immer über all diese Probleme aus der Sicht einer rigorosen Moral, mit der Ihr besser zu den Dominikanern gegangen wäret als zu uns – alles reiner Thomas von Aquin, also theoretische Hirngespinste der feinsten Art ohne Rücksicht auf die Realität. Ihr verkennt einfach, dass die Menschen manchmal zu schlecht sind, um mit den Mitteln der Moral ein würdiges Dasein führen zu können. Wer sich allein auf die Moral verlässt, scheitert nicht nur, sondern fördert gar Elend. Diese Mittel, die Ihr so kritisch seht, mögen unmoralisch sein. Sie führen aber zu Ordnung. Und die Ordnung ist die einzige Garantie für ein menschenwürdiges Dasein. Schon der Kampf gegen die Ketzer war nicht so sehr ein Kampf gegen einen falschen Glauben. Er war eher ein Kampf gegen die Auflösung der Ordnung. Philipp II. mag durch Blut gewatet sein. Am Ende waren seine Bürger einig im Glauben und einig in ihrem Staat. Wir hier im Heiligen Römischen Reich Deutscher Nation haben weniger Inquisition gehabt, dafür am Ende die Auflösung aller Ordnung. An Leichenbergen aber fehlte es auch bei uns nicht. Bei uns gab es eher mehr Tote als in Spanien mit allen seinen Besitzungen zusammen, wenn man einmal von den überseeischen absieht. Über Moral lässt sich trefflich philosophieren, Moral klingt immer gut. Aber ein starker Arm leistet mehr. Deshalb bin ich auch dafür, dass Kasen unser Wissen dem Rat anbietet. Ein überlegener Rat ist ein guter Rat. Und ein dank uns überlegener Rat ist ein noch besserer Rat.«

»Wie entsetzlich!«, stöhnte Pater Hartzheim, als sein Mitbruder endete. »Und damit wäre die Moral etwas für das dumme Volk, ein schöner Predigtinhalt, während ›freie‹ Jesuiten und sonstige Helden munter Macht ansammeln, Macht ausüben und hin und wieder Architekten umbringen, die nicht schnell genug sind, die Macht auszubauen. Nein, lieber Lichtenauer, da ist mir meine geradlinige thomistische Moral doch lieber. Es mordet sich mit ihr weniger leicht, weil diese Moral Mord verbietet – siehe Moses auf seiner unpraktischen, aber eindeutigen Steintafel vom Sinai.«

Pater Lichtenauer schwieg sichtlich beeindruckt, während die beiden die Ulrichgasse erreichten, von wo aus man bereits die Ulrepforte erblicken konnte mit der Windmühle obenauf. Der Anblick brachte Pater Hartzheim auf eine Idee.

»Seht Ihr dort die Mühle oben auf der Ulrepforte? Ihr wisst sicher, dass diese Mühle den Kartäusern gehört. Ihr wisst aber sicher nicht, dass der Müller nicht mehr oben im Turm wohnt, sondern dass man ihm mit viel Geld ein Häuschen am Fuß der Pforte gebaut hat. Und warum? Weil er den Kartäusern von oben geradewegs in ihre Gärtchen sehen konnte. Sie fühlten sich beobachtet und setzten alles in Bewegung, um das abzustellen. Wisst Ihr, was das bedeutet? Ganz einfach: Niemand will beobachtet werden. Und was für das Sehen gilt, gilt auch für das Hören. Niemand will abgehört werden und niemand soll deshalb Abhöranlagen bauen. Für Euch ist das eine Frage der Macht, Ihr habt immer Gründe dafür, dass es besser ist, jemanden abzuhören, weil es sein könnte, dass er schlechter ist, als man denkt. Für mich ist es eine Frage der Moral. Gott hat das Beobachten dem armen Moses am Sinai noch nicht verboten, weil man technisch noch nicht so weit war. Gott begnügte sich damit, dem Volk das Töten zu verbieten. Heute sollte man ihm auch das Abhören verbieten, vielleicht wäre dann ein Mord weniger passiert. Ich glaube nämlich mittlerweile nicht nur, dass Johann Münch wirklich umgebracht worden ist. Ich glaube auch, es könnte jemand gewesen sein wie ich, der das Abhören nicht verbessern, sondern der es verhindern wollte. Ich selbst komme übrigens nicht in Frage: Ich war an diesem Freitagmorgen in der Schule und habe Moral gelehrt. Es muss im Übrigen jemand gewesen sein, der mehr Eurer Moral zuneigt. Wo wart Ihr eigentlich an jenem Freitagmorgen?«

In diesem Augenblick bogen die beiden in die Kartäusergasse ab und standen kurze Zeit später vor dem Kloster. An der Pforte lehnte bereits ein Bruder in seinem naturfarbenen Gewand, der Kukulle mit Kapuze, der die beiden vornehmen schwarzen Patres mit Birett in einer gewissen demonstrativen Gleichgültigkeit erwartete. Er wies ihnen einen gangbaren Weg zwischen den Schlammbergen, die sich vor dem Kloster besonders hoch türmten, und ging selbst unbesorgt um Wasser und Schlamm voran in Richtung Kirche. Beide Jesuitenpatres hörten an diesem Nachmittag die Beichte unkonzentriert. So klar hatte man die Gedanken noch nie ausgetauscht.

NEUNTES KAPITEL *In dem jemand mitten in der Nacht in Agnes Münchs Haus nach Papieren ihres Mannes sucht und diese daraufhin Pater Heimbach eröffnet, dass der Eindringling aus dem Konvent stammen muss.*

Das Geräusch kam eindeutig aus der Richtung des Arbeitszimmers. Agnes war erst hochgefahren, blieb dann aber reglos in ihrem Bett sitzen. Für eine Weile herrschte Ruhe. Als sich ihre Augen an das Dunkel gewöhnt hatten, begannen sich die Gegenstände im Schlafzimmer abzuzeichnen: der Schrank, die Truhe, das Fenster mit den schweren Vorhängen. Am schärfsten beobachtete sie die Tür, die wie immer einen Spalt breit geöffnet war, um die Kinder im Nachbarzimmer hören zu können, falls eines in Nöten erwachen sollte. Der Spalt zeichnete sich ab, aber je länger sie hinsah, umso sicherer war sie, dass ein schwacher Lichtschein die Ursache sein musste. Da die Magd im Dach schlief und im Kinderzimmer niemals eine Kerze vorhanden war, erzitterte Agnes bis ins Innerste. Es war jemand ins Haus eingedrungen.

Während sie die Möglichkeiten des Handelns durchging, hörte sie es wieder. Ein deutliches Knarren. Jemand hatte einen Schritt gemacht. Kein Zweifel, das Geräusch kam nicht von nebenan, es kam von gegenüber, aus dem Arbeitszimmer. Agnes merkte, dass sie trotz der Anspannung in ihrem Nachtgewand fröstelte. Was sollte sie nur tun? In der Truhe auf der anderen Seite des Bettes, wo ihr Mann früher geschlafen hatte, lag obenauf ein Dolch. Aber was hätte ihr ein Dolch genützt? Und schreien? Sie könnte sich auf den Zehenspitzen aus dem Zimmer machen, dann die Treppe hinabstürzen, die Haustür aufreißen und um Hilfe rufen. Wenn die Nachbarn einmal alarmiert waren, würde sie wohl sicher sein. Aber die Kinder? Wenn er sich an den Kindern rächte?

Wieder das Knarren von Dielenbrettern, diesmal mehrmals hintereinander. Der Eindringling verließ offenbar das Zimmer. Agnes sank tiefer unter die Decken, hielt nur den Kopf so hoch, dass sie den Türspalt im Auge behalten konnte. Das Knarren kam bereits aus dem Flur. Der Eindringling musste jetzt genau vor ihrer Tür stehen. Der Spalt zeichnete sich deutlicher ab, eine Kerze warf für einen Augenblick einen Lichtschein in ihr Zimmer, sodass sie zu erkennen gewesen wäre, hätte jemand hineingeschaut. Dann war der Strahl vorüber, das Knarren kam bereits von der Wendeltreppe. Der Eindringling verließ offenbar das Haus. Wieder aufgerichtet, hörte Agnes ins Dunkel. Das letzte Geräusch war die Haustür, die leise ins Schloss fiel. Agnes ließ sich nach hinten ins Kopfkissen sinken, strich sich die Haare ins Gesicht, als wolle sie aus dieser Welt scheiden, und fuhr dann nach wenigen Augenblicken wieder hoch. Sie sprang aus dem Bett und eilte mit langen Schritten ins Nachbarzimmer, um nach den Kindern zu sehen. Aber sie schliefen friedlich, keines der Kinder hatte das Mindeste mitbekommen. Sie eilte ins Arbeitszimmer, stockte an der Tür, öffnete dann beherzt und blickte sich im Halbdunkel um. Als sie sicher war, dass niemand mehr anwesend war, stürzte sie ans Fenster, um zur Straße hinabzublicken. Ein wenig Glanz von den Sternen in wolkenloser, mondheller Nacht ließ die Konturen der Straße mit ihren Schmutzhaufen hervortreten, aber kein menschliches Wesen, keine Bewegung, nicht einmal eine streunende Katze war zu sehen.

Als sich Agnes wieder umwandte, kamen ihr die ersten Gedanken jenseits purer Angst. Wer hatte hier was gesucht? Schon im allerersten Augenblick erkannte sie, dass es nicht um Diebstahl gegangen sein konnte. Die einzigen Wertsachen, ihr Schmuck und vor allem einige Silber- und Goldstücke, lagen in der Truhe im Schlafzimmer. Der Eindringling hatte aber offenbar nur im Arbeitszimmer ihres Mannes gesucht. Natürlich, ihr Verdacht bestätigte sich! Es ging um die rätselhafte Tätigkeit ihres Mannes neben dem Bau der Jesuitenkirche. Es mussten also Unterlagen vorhanden sein, an deren Besitz jemand interessiert war. Agnes suchte nach einer Kerze. Die auf dem Schreibtisch stehende hatte der Eindringling offenbar selbst benutzt und bei seinem Weggang mitgenommen.

Sie ging ins Schlafzimmer, zündete eine Kerze an und kehrte zurück. Sie ließ den Schein der Kerze, die zur Verstärkung einen kleinen Hohlspiegel besaß, über die Wände gleiten: über das Regal, über das

Podest mit den Gipsabdrücken, zuletzt über den Schreibtisch. Tage zuvor noch hatte sie hier gesucht, alle Papiere durchstöbert. Nein, nichts schien zu fehlen. Die wertvollen Bücher standen an ihrem Platz, schienen unberührt. An einer Stelle war sie sich nicht sicher, ob jemand etwas herausgenommen hatte. Eine kleine Unordnung, sie würde bei Tageslicht nachsehen, um welche Bücher es sich handelte. Dann nahm sie noch einmal den Schreibtisch in Augenschein. Ganz offensichtlich! Die auf ihm liegenden Papiere waren durchwühlt worden. Ob etwas fehlte, war nicht auszumachen. Sie schaute in die Schublade, in der sie die Mappen mit den seltsamen Zeichnungen gefunden hatte. Agnes sah es sofort, obwohl sie es nicht glauben wollte und die Schublade weiter und weiter aufzog, bis sie diese in der Hand hielt. Sie war völlig leer.

Der Grund des Besuchs war eindeutig kein Diebstahl, sondern die Suche nach irgendetwas Geheimnisvollem. Ihr Mann hatte an etwas gearbeitet, was nicht entdeckt werden sollte. Sollte es für immer verborgen bleiben, oder wollte jemand es ganz allein besitzen? Agnes ärgerte sich. Warum hatte sie die Papiere nicht Pater Heimbach gezeigt? Warum nicht wenigstens eine der Zeichnungen beiseite gelegt? Sie erinnerte sich, dass ihr der Gedanke in den Sinn gekommen war. Sie hatte die Zeichnungen ihrem Schwiegervater zeigen wollen, ganz nebenbei und ohne Zusammenhang mit ihrem Verdacht. Sieh nur, was sind das für Rohre? Hat Johann das für die Kinder gemacht? Wollte er ihnen Spielzeugtrompeten bauen? Der Schwiegervater hätte sich vielleicht darüber mokiert, was Frauen so alles an Unsinn einfällt, wo es sich doch ganz klar um dies oder das handelte – und sie hätte Bescheid gewusst. Aber dafür war es nun zu spät. Sollte sie nachzeichnen, was ihr in Erinnerung haften geblieben war? Sie verwarf es: Sämtliche Zeichnungen hatten Zahlen enthalten, Maßangaben. Nichts davon hatte sie sich gemerkt.

Da kam Agnes ein ganz anderer Gedanke, der sie zutiefst traf. Die Haustür! Fest auf den Außenlauf der Wendeltreppe gestützt, rannte sie die dunkle Treppe hinunter, stürzte durch die Vorhalle und war im Nu an der Tür. Sie fasste nach der Klinke, versuchte zu öffnen und fand die Tür verschlossen. Da die Kerze beim Herabstürmen verlöscht war, ging sie in die Küche, um sie erneut anzuzünden. An der Haustür zurück, prüfte sie das Schloss. Es waren keinerlei Beschädigungen zu sehen. Aber sie hatte die Tür ins Schloss fallen gehört! Es gab nur eine Lösung: Der Eindringling musste das Haus durch den Eingang nicht nur betreten und verlassen haben, er musste auch noch in aller Ruhe hinter sich abgeschlossen haben.

Agnes ging zurück und sank auf der untersten Treppenstufe zusammen. Jemand konnte also ein- und ausgehen, Schubladen ausräumen, sich ihren Kindern, ihr selbst im Bett nähern, wann er nur wollte. Agnes grauste es. Sie überlegte, ob sie nicht doch noch um Hilfe schreien, die Nachbarn wecken sollte. Aber sie ahnte, dass es nichts mehr genützt hätte. Wer sollte ihr glauben? Ach, diese junge Witwe, die von Alpträumen geplagt wird und nun Gespenster sieht! Dann fasste sie sich und begann wieder ernsthaft nachzudenken. Woher konnte der Schlüssel kommen? Es dauerte nur einen winzigen Augenblick, bis sie die Lösung hatte. Zwei Tage nach dem Sturz, ein Tag vor der Beerdigung, hatte ihr der Adlatus ihres Mannes ein kleines Paket gebracht und stammelnd darauf hingewiesen, dass es sich wohl um den Ausgehrock des Baumeisters handele. Sie hatte sich geistesabwesend bedankt, den Rock ausgepackt und ihn in den Kleiderschrank im Flur gehängt. Sie brauchte nur nachzusehen, ob er die Schlüssel enthielt, die ihr Mann in einer der Taschen aufzubewahren pflegte.

Langsam stieg Agnes die Treppe hinauf, öffnete noch langsamer den Schrank und griff erst in die rechte, dann in die linke Tasche. Sie war sich des Ergebnisses bereits gewiss gewesen und erschrak doch bis ins Innerste. Die Taschen erwiesen sich als leer. Der Eindringling war aus dem Konvent gekommen.

***

»Es tut mir Leid, Pater Heimbach, aber ich muss Euch noch einmal sprechen. Könnt Ihr wieder vorbeikommen wie vorgestern? In großer Unruhe: Agnes Münch.«

Pater Heimbach hatte den Brief überflogen, den ihm der kleine Johann Münch vor Beginn der Lateinstunde mit allen Anzeichen der Beklemmung übergeben hatte. Schon immer war ihm das Erscheinen seiner Mutter unangenehm gewesen, ihr Eintreten für ihn, was die Mitschüler neidisch machte, auch wenn sie es so offen nicht äußerten. Und nun das Überbringen eines Briefes am frühen Morgen – er hatte den Augenblick der Übergabe so günstig wie möglich gewählt, um nicht beobachtet zu werden.

Noch viel unangenehmer aber war die Nachricht für Pater Heimbach selbst. Nach dem Gespräch mit Pater Kritsraed kam ihm ein neuerlicher Besuch ungelegen. Wieder einem Verdacht nachgehen, der widerlegt schien. Wieder dieser Frau gegenüberstehen, die ihn verwirrte, die Bilder verstärkte, die ihn von Zeit zu Zeit in schwere Nöte brachten. Seit er die »Trutz-Nachtigall« vergeblich zur Ablenkung herangezogen hatte, seit jedes Mal, wenn in irgendeinem Gebet von Liebe die Rede war, das Bild dieser Frau vor seinem inneren Auge auftauchte, war er zutiefst verunsichert. Er kannte aus den »Bekenntnissen« des Augustinus dieses Gefühl des Ausgeliefertseins an die Phantasie, die Unfähigkeit zur Kontrolle, wenn die Bilder so wie im Schlaf von innen kommen: ungerufen, unsteuerbar. Und so suchte er Rettung in Vermeidung, möglichst im Vergessen, was zu keiner Zeit gelang. Sogar als im Lateinunterricht in Caesars »De bello gallico« von den rotblonden Germaninnen die Rede war, fühlte es Pater Heimbach in seinem Körper aufsteigen. Er sah Agnes Münch vor sich, und der Text verschwamm ihm vor den Augen, sodass der übersetzende Schüler verdutzt immer weiter vortrug, wo doch sonst stets die Korrektur kam.

Gleich nach dem Vormittagsunterricht, während inzwischen wieder in Sankt Mariä Himmelfahrt die Schulmesse gefeiert wurde, klopfte Pater Heimbach in der Stolkgasse an die Tür des Hauses Münch. Er wollte diesmal das Silentium nicht verpassen und entschuldigte sich lieber für seine Abwesenheit während der Messe. Die Magd öffnete ihm und bat ihn hinein, ohne sich sein Begehr näher anzuhören.

Agnes Münch traf fast gleichzeitig mit ihm im Saal ein. Die Begrüßung war steif, Agnes Münch las es ihrem Gast sicherlich am Gesicht ab, dass er sich überwunden hatte. Aber sie musste mit der Reaktion gerechnet haben, denn sie begann noch im Stehen zu sprechen.

»Pater Heimbach, ich habe Euch nicht ohne Grund benachrichtigt. In dieser Nacht ist ein Einbrecher ins Haus gedrungen. Es ging nicht um Diebstahl, sondern er hat Zeichnungen meines Mannes mitgenommen.«

Als Pater Heimbach etwas sagen wollte, trat sie einen Schritt näher und fuhr fast flehend fort: »Weder dieses Eindringen ist der Grund, mich an Euch zu wenden, noch das Verschwinden der Zeichnungen.

Der Eindringling kam mit einem Schlüssel, mit dem Schlüssel meines Mannes. Man hat mir seinen Ausgehrock zurückgegeben, aber den Schlüssel behalten. Folglich kann es nur jemand von Euch gewesen sein.«

Agnes Münch hatte den letzten Satz so nachdrücklich gesprochen, dass Pater Heimbach alles Widerstreben aufgab. Er hatte ihr klarmachen wollen, dass sie die Arbeit ihres Mannes kaum richtig einschätzte, dass er im Konvent hoch angesehen gewesen sei, dass er zwar an einem Sonderauftrag gearbeitet habe, über den er als kleiner Pater nichts Näheres wisse, der aber mit wissenschaftlichen Problemen zusammenhänge. Nur machte der Schlüssel all dies nun zunichte. Pater Heimbach war bestürzt.

»Es ist einer von uns gewesen? Ihr habt den Schlüssel nicht bekommen? Kann der Eindringling nicht durch die Hintertür gekommen sein?«

»Die hat kein Schloss, sondern ist verriegelt, und der Riegel ist unversehrt.«

»Dann müsst Ihr sofort das Schloss erneuern lassen. Er kann jederzeit wiederkommen.«

Agnes Münch lächelte. »Mein Schwiegervater ist informiert. Er wird gleich einen Schmied holen, der die Änderung vornimmt. Aber ihr versteht immer noch nicht, Pater Heimbach. Es bestätigt den Verdacht, den ich von Anfang an hatte. Man hat meinen Mann beseitigt, weil er im Wege war. Jetzt bringt man sich in den Besitz seiner Arbeiten. Jemand geht sehr systematisch vor. Und dieser Jemand kommt aus dem Konvent. Bis jetzt wissen wir kaum etwas über die Hintergründe. Ich möchte Licht hineinbringen. Werdet Ihr mir noch einmal helfen?«

Pater Heimbach nickte, ehe er verlegen zum Ausdruck brachte, dass er hergekommen sei, um Hilfe dieser Art für die Zukunft abzulehnen. »Ihr müsst bedenken, welche Stellung ich im Konvent habe. Ich möchte gern irgendwann Professor werden ...«

»Ich weiß, was ich verlange, lieber Pater.«

Da war es wieder, dieses Wort, das Pater Heimbach im Innersten traf. Er bäumte sich auf gegen all das, was ihm bevorstehen würde, und machte eine beschwörende Gebärde.

»Nein, nein, es ist nicht so, wie Ihr meint. Ich ängstige mich nicht um meines Fortkommens wegen. Es geht eher um meine innere Verfassung, um meine Stellung im Orden als Priester, der zum Gehorsam und einigem anderen mehr verpflichtet ist – Ihr wisst doch, was ich meine?«

Er ahnte, dass Agnes Münch ihn nicht verstehen konnte, und sagte schließlich: »Man hat im Konvent offenbar seit langem ein Geheimnis um die Tätigkeit Eures Mannes gemacht, aber in der letzten Zeit sickert immer mehr durch. Pater Kritsraed sprach wenigstens in Andeutungen über akustische Experimente, wobei übrigens das Stift Sankt Severin eine Rolle spielt. Ich könnte einmal nachfragen, worum genau es in diesem Falle geht. Der gestohlene Schlüssel und das Eindringen während der Nacht erhärten Euren Verdacht in der Tat. Aber wer weiß? Vielleicht findet alles doch eine Erklärung, die die Vorgänge natürlicher macht, als sie scheinen.«

»Und wenn ich mitkomme? Ich meine, nach Sankt Severin. Als Witwe habe ich doch ein Recht zu erfahren, woran mein Mann gearbeitet hat. Vor allem, wenn es ungefährlich war.«

Pater Heimbach war erfreut und versuchte seine Freude hinter einer gewissen Vorsicht zu verbergen: »Wir müssen es aber so einrichten, dass kein unnötiger Verdacht aufkommt. Übrigens hat Pater Kritsraed davon gesprochen, dass die Arbeiten Eures Mannes in Sankt Severin etwas mit einem Buch zu tun haben. Der Autor heißt Vitruv.«

»Dann lasst uns ins Arbeitszimmer gehen«, antwortete Agnes Münch.

Pater Heimbach ging zum Regal, überflog die Buchrücken und wurde bald fündig. Aus einer oberen Reihe griff er auf Zehenspitzen, was bei seiner Körpergröße genügte, einen dicken Folianten heraus.

»Merkwürdig«, sagte Agnes Münch, »diese Stelle ist mir in der Nacht aufgefallen. Irgendwie sah es dort anders aus. Ich wollte nachsehen, ob der Eindringling hier etwas berührt hat, hatte es aber vergessen. Ragte dieser Band nicht ein wenig weiter nach vorn als die anderen?«

Pater Heimbach besann sich einen Augenblick und bestätigte es dann. »Ein wenig schon, da habt Ihr Recht. Ich glaube, er ist tatsächlich noch vor kurzem benutzt worden, weil ich auch keinen Staub sehe.«

Damit reichte er noch einmal mit der Hand hoch und nahm einige Bücher der Reihe nach aus dem Regal.

»Diese hier sind auf jeden Fall viel länger nicht benutzt worden, auf diesen *liegt* Staub. Natürlich kann auch Euer Mann den Vitruv benutzt haben.«

»Natürlich, oder auch ich selbst neulich bei meinem Suchen. Aber da gibt es noch diese eigenartige Angewohnheit meines Mannes, die eigentlich gar nicht zu ihm passte. Er hat beim Einstellen der Bücher immer noch einmal den Rücken leicht angestoßen, um sie in gerade Reihe zu bringen. Das war bei diesem Vitruv eindeutig nicht der Fall. Wenn der Eindringling also dieses Buch zur Hand nahm, hat er etwas geprüft. Wahrscheinlich gehören auch die verschwundenen Zeichnungen im Schreibtisch dazu. Warum er die Papiere mitgenommen hat und das viel wertvollere Buch nicht, weiß ich nicht.«

Pater Heimbach hatte zugehört, aber eigentlich nur darauf geachtet, was noch mehr an Verdachtsmomenten zusammenkam, die in den Konvent wiesen. Da er in diesem Fall nichts Konkretes feststellen konnte, war er befriedigt. Noch einen Augenblick standen die beiden ohne weitere Worte im Raum, blickten sich suchend um und fanden sich schließlich im gleichen Augenblick mit den Augen.

Agnes lächelte, als sie das leichte Erschrecken von Pater Heimbach sah. Sie merkte, dass sie ihn in Verlegenheit brachte, rätselte aber, ob dies nun mehr mit der Tatsache zusammenhing, dass sie eine Frau war, oder ob es sich um eine Sympathie speziell ihr gegenüber handelte. Dann verscheuchte sie diese Gedanken, die ihr albern vorkamen und ganz und gar nicht zum Ernst der Situation passten. Ob ihm vielleicht auch nur ihr Wissen peinlich war, ihr Wissen darum, dass sich im Konvent vermutlich ein Mörder aufhielt? Nichts von alledem ließ sich ansprechen, und so verabschiedete Agnes denn Pater Heimbach ohne weitere Bemerkungen.

Als sie an diesem Abend im Bett lag, horchte sie noch lange auf Geräusche.

ZEHNTES KAPITEL *In dem Pater Heimbach in einer Schrift über Architektur etwas von Schallgefäßen erfährt und zusammen mit Agnes Münch nach Sankt Severin geht, um angeblich die dortige Orgel zu hören.*

Es war für Pater Heimbach ein langer Tag gewesen: am Vormittag Lateinunterricht, am Nachmittag Katechismus, dazwischen Heilige Messe und Brevierbeten, am Abend Studium von Cicero-Briefen mit der Prüfung einer Anwendbarkeit für die Schüler seiner Infima, der untersten Klasse. Als er sich ermattet auf seinem Stuhl zurücklehnte, erblickte er auf dem kleinen Bücherbrett über seinem Schreibtisch die Vitruv-Ausgabe, die ihm Agnes Münch mitgegeben hatte. Für einen kurzen Moment erschien die Witwe vor ihm: die schlanke Gestalt mit diesem schmalen Kopf, von dem das kastanienbraune Haar herabfloss in nicht endender Wellenbewegung. Der durchdringende Blick aus ihren leicht schief stehenden graugrünen Augen rüttelte ihn jedoch auf, sodass das innere Bild zerstob und dem dunklen Zimmer mit seiner kärglichen Einrichtung wich: neben dem Schreibtisch, zur Tür hin, der Kleiderschrank, im Rücken, an der gegenüberliegenden Längswand, das Bett, vor dem Fenster noch eine kleine Truhe. Pater Heimbach reckte seine müden Glieder, stand auf und griff nach dem Vitruv-Band im Regal.

Als er das Buch aufschlug, erschien noch einmal blitzartig das Bild von Agnes Münch vor seinem inneren Auge, dann war er ins reich verzierte Titelblatt vertieft. »Vitruvii De Architectura libri decem«, »Vitruvs Zehn Bücher über Architektur«, in der Ausgabe von Philander aus dem Jahre 1586. Der Blick ins Inhaltsverzeichnis erschlug ihn fast. Erstes Buch: Ausbildung des Architekten, Grundbegriffe der Baukunst und so fort. Zweites Buch: Vom Ursprung der Gebäude, Über die Ziegel, Vom Sand und so fort. Drittes Buch: Tempel und Tempelformen. Der müde Blick sprang zum siebten Buch, fixierte die Lehre vom Estrich, sprang weiter zum achten mit Ausführungen zum Wasser und schließlich zum zehnten und letzten Buch mit Kapiteln über Hebevorrichtungen, Katapulte, Belagerungsmaschinen wie der Schildkröte zum Einebnen von Gräben. Es war klar, dass er zu flüchtig vorgegangen war. Pater Kritsraed hatte von »Schallgefäßen« gesprochen, die irgendetwas mit Akustik und Sankt Severin zu tun haben sollten. Also noch einmal zurückblättern und genau lesen! Obwohl die Augenlider schwerer und schwerer wurden, prüfte Pater Heimbach nun Wort für Wort und wurde im fünften Kapitel fündig. Hier war von *vasa aerea*, von bronzenen Gefäßen, die Rede.

Pater Heimbach schlug die Stelle auf und begann zu lesen. Zunächst verstand er rein gar nichts, weil er beim Wort »vasa« an Gefäße für Blumen dachte, die in irgendeiner Weise für Ausschmückung sorgen sollten. Aber dann begriff er und wurde augenblicklich wach. Es ging nicht um Blumenvasen, sondern Vitruvs »Vasen« waren nach musikalischen Tönen gestimmt, erzeugten Klänge. Wenn ein Sänger den Ton sang, der dem Ton des Gefäßes entsprach, sollte dieses Gefäß den Ton gewissermaßen aufnehmen und verstärkt zurückwerfen. Für jeden Ton der Tonleiter existierten zwei Gefäße im Theaterrund, jeweils in Kammern unter den Sitzen versteckt. Wenn der Sänger eine Melodie sang, klang bei jedem Ton ein Gefäßpaar mit. Der Zuschauer oder Zuhörer im Theater wusste davon nichts und merkte auch nichts. Für ihn war aus unbegreiflichen Gründen der Sänger besser verständlich. »So dürfte bei dieser Berechnung die Stimme, die sich von der Bühne wie von einem Mittelpunkt ausgehend kreisförmig ausbreitet, dadurch dass sie auf die Höhlungen der einzelnen Schallgefäße trifft, eine erhöhte Klarheit und durch den Gleichklang eine sich selbst entsprechende Konsonanz hervorrufen …«

Manche Formulierungen konnte Pater Heimbach nur überfliegen, weil er den Sinn nicht verstand. Es war von dreizehn einzelnen Tönen die Rede, in der Terminologie des antiken Musikwissenschaftlers Aristoxenos, eines direkten Aristoteles-Schülers. Dass ein Schallgefäß sowohl als Oktave zum Proslambanomenos wie als Quinte zum Diatonos hypaton in gleicher Klangverbindung stehe, überforderte ihn genauso wie die vielerlei Maßangaben zur Beschaffenheit der Gefäße und ihrer Schallkammern. Erst die Schlusspassagen interessierten ihn wieder mehr, wo von der Praxis die Rede war. Wenn Sänger fortissimo sängen, so hieß es, würden sie sich zum Bühnenhaus hinwenden, um auf diese Weise ihrer Stimme Resonanz zu verleihen. Die Gefäße sollten eine weitere Verstärkung bewirken, auch wenn – so Vitruv – die römischen Theater seiner Zeit viel zu wenig Gebrauch davon machten, während es in den Provinzen vorbildliche Beispiele gebe. Im Theater zu Korinth etwa habe man diese Gefäße nach der Zerstörung als Weihegaben mit nach Rom gebracht. Aus Geldmangel hätten geschickte Baumeister statt bronzener Gefäße irdene ausgewählt und damit gleichfalls gute Wirkungen erzielt. Am Ende des Textes fand Pater Heimbach einen Hinweis auf Abbildungen im Anhang des Buches und blätterte sogleich neugierig. Aber die Seiten fehlten. Sie waren offenkundig herausgerissen worden, der zerfledderte Rand war noch sichtbar.

Schade, dachte Pater Heimbach, und wunderte sich zugleich darüber, wie der einstige Besitzer des Bandes, der Baumeister Johann Münch, so roh mit einem so wertvollen Buch umgegangen sein konnte. Mit dem Bild des Besitzers tauchte auch wieder dessen Ehefrau auf und vor allem die Frage, um die es ging. Wieso hatte sich Münch für Derartiges interessiert? Wie konnte es im Zusammenhang stehen mit seiner Ermordung, falls es wirklich eine Ermordung war? Pater Kritsraed hatte die Studien nicht gern, aber doch klar zugegeben. Agnes Münch glaubte an dahinter verborgene Geheimnisse. Wer hatte Recht? Immerhin gab es den Eindringling mit Schlüssel, der Johann Münchs Papiere mitgenommen und sich an genau dieser Vitruv-Ausgabe zu schaffen gemacht haben sollte. Hatte er die Blätter herausgerissen? Pater Heimbach beschloss, die Frage Agnes Münch zu stellen. Dann erinnerte er sich wieder an den von Pater Kritsraed erwähnten Zusammenhang mit Sankt Severin. Gab es womöglich Vitruv'sche Schallgefäße in der Stiftskirche? Hatte Johann Münch hier Experimente gemacht? Aber was sollte daran so gefährlich sein?

Pater Heimbachs Aufmerksamkeit schwand und schwand. Schon begannen die Gedanken zu flirren, schichteten sich Bilder übereinander, vermengten sich die Angaben des antiken Architekten mit seinem auf so undurchsichtige Weise zu Tode gekommenen Nachfahren in der Gegenwart, tauchte das Bild eines Theaters auf, in dem Frauen mit langen kastanienbraunen Haaren auftraten und er sich selbst verwundert als einzigen Zuschauer im weiten Rund sah. Mit einem letzten

Ruck kam Pater Heimbach noch einmal zu sich, blätterte im fünften Buch zurück, fand ein Kapitel zur Anlage von Rathäusern mit ihren Versammlungssälen, las einige Zeilen über Gesimse, die den Schall daran hindern sollten, in die Höhe zu entweichen, kam schließlich zur Anlage von Schatzhäusern und Kerkern, erinnerte sich dunkel daran, dass von Kerkern schon einmal die Rede gewesen war, ohne zu wissen wo – und war mit einem Schlag eingeschlafen.

***

Agnes Münch stand schon im Hausflur zum Ausgehen bereit, als Pater Heimbach den Türklopfer bediente und die Magd öffnete. Der kleine Johann hatte wieder einmal als Kurier gedient, einen Brief von Pater Heimbach an seine Mutter befördert, in dem der Zeitpunkt zum Besuch von Sankt Severin angegeben war. Am Sonntag wollte Pater Heimbach hier das Hochamt besuchen, in dem eine Orgel für musikalische Begleitung sorgte. In Sankt Mariä Himmelfahrt hatte niemand bislang an die Beschaffung eines solchen Instruments gedacht, weil Jesuiten auch sonst nirgends die Musik förderten. Aber es konnte nichts schaden, sich einmal zu informieren, sodass Regens Kasen dem Antrag Pater Heimbachs sofort zugestimmt hatte. Dass es um etwas ganz anderes ging und dass eine Dame mit dabei war, hatte dieser niemanden wissen lassen.

Der Weg nach Sankt Severin verlief für beide in seltsamer Anspannung. Es war ein frischer Spätherbstmorgen mit noch ein wenig wärmender Sonne, die Straßen nach den letzten regnerischen Tagen abgetrocknet und recht gut passierbar. Pater Heimbach trug einen schwarzen Mantel über der Soutane, Agnes Münch hatte ebenfalls einen Mantel umgelegt, so schwarz wie der des Paters, sodass sie diesem durchaus ähnelte. Nur der Hut unterschied sich so deutlich vom Birett, dass man auch von weitem sogleich sah, dass es sich um einen Mann und eine Frau handelte. Aber Pater Heimbach war es nicht gewohnt, eine Frau zu begleiten, und Agnes Münch ging nach dem Tod ihres Mannes zum ersten Mal in männlicher Begleitung. Pater Heimbach berichtete von seiner Vitruv-Lektüre, und Agnes Münch fragte immer wieder nach, weil sie die Zusammenhänge nicht sogleich begriff. Als Pater Heimbach gerade erzählen wollte, dass die Seiten mit den Abbildungen fehlten, kam ihnen ein Bekannter der Witwe entgegen, grüßte erstaunt und löste bei beiden eine Verlegenheit aus, die ein längeres Schweigen zur Folge hatte. Man war schon an der Severinstraße angelangt, als sie das Gespräch wieder fortsetzten.

»Wenn Pater Kritsraed die Schallexperimente mit diesen Vitruv'schen Schallgefäßen zugibt, verwundert mich nur, warum Ihr im Konvent nicht besser unterrichtet seid«, sagte Agnes Münch. »Johann war doch Euer Baumeister. Es muss doch irgendwie besprochen worden sein, woran er außerhalb der Kirche noch arbeitete.«

Pater Heimbach verstand den Vorwurf in dieser Formulierung und suchte nach einer plausiblen Erklärung.

»Es kann sein, dass es sich bei diesen Arbeiten um Experimente mit ungewissem Ausgang handelte und Regens Kasen deshalb nicht darüber sprechen wollte. Vielleicht standen die Bemerkungen von Kircher am Ausgangspunkt, Euer Mann fand die Stelle bei Vitruv, und so tastete man sich voran. Die Verstärkung der Stimme ist ein interessantes Thema für Prediger, und wir Jesuiten leben nun einmal von der Predigt. Es ging vielleicht nicht um ein Geheimnis, sondern es ging nur um Vorsicht. Man wollte keine Erwartungen wecken, die hinterher enttäuscht werden könnten. Ich finde bei all dem nicht den geringsten Verdacht.«

»Wenn nicht der Eindringling da gewesen wäre und die Unterlagen mitgenommen hätte«, erwiderte Agnes Münch. »Ich kann mich an Einzelheiten nicht erinnern, aber es handelte sich um Zeichnungen: um Zeichnungen von merkwürdigen Rohren in noch merkwürdigeren Räumen, wie wir sie bei Kircher gesehen haben. Vielleicht hat Pater Kritsraed mit Sankt Severin nur ablenken wollen. Neugierig war er auf jeden Fall, ja mehr als das: So, wie Ihr es geschildert habt, ging es um Aushorchung. Ich will auf jeden Fall wissen, was genau sich in Sankt Severin abgespielt hat.«

Pater Heimbach nickte und versprach, noch einmal bei Kircher nachzulesen, ob auch dort von den Schallgefäßen die Rede sei. Dann waren sie an der Kirche. Sie hatten noch etwas Zeit, gingen in Richtung der Weingärten, die das Stift umgaben, verloren sich für einen Augenblick in einer ländlichen Gegend, die bis zur Stadtmauer reichte, und kehrten dann zurück, als die Glocken bedeuteten, dass das Hochamt nun beginnen werde. Sie reihten sich ein in den kleinen

Strom der Besucher und mussten sich am Portal trennen, weil Agnes Münch ihren Platz auf der linken, der Evangelienseite, einzunehmen hatte, während Pater Heimbach sich in eine Bank zur Rechten setzte.

Der Gottesdienst begann mit dem Einzug der Stiftsherren unter dem Spiel der Orgel, die hoch oben im Längsschiff wie ein Schwalbennest an der Nordwand hing. Der gregorianische Choral wurde immer wieder mit Vor- und Zwischenspielen eingeleitet. Pater Heimbach hörte jedoch nur halb zu. Sein Blick schweifte durch die Kirche, suchte den Chor ab, ohne irgendetwas zu entdecken. Die Schola, die vom großen Ambo unter dem Triumphbogen den Choral vortrug, klang würdig, aber nicht auffällig. Unter den sechs Sängern hörte man eine prächtige Tenorstimme immer dann durch, wenn sich die Melodie in die Höhe schraubte. Augenblicklich dachte Pater Heimbach an Verstärkung, für jeden Ton ein Schallgefäß – das würden hier mindestens die dreizehn bei Vitruv genannten ausmachen. Aber wo sollten sie stehen? Wo wären Kammern, um sie aufzunehmen, falls man das System überhaupt vom Theater auf eine Kirche übertragen konnte?

Als das Ende des Gottesdienstes erreicht war, blieben Pater Heimbach und Agnes Münch auf ihren Plätzen sitzen, bis die Stiftsherren ihr Chorgestühl und auch die Besucher das Mittelschiff der Kirche verlassen hatten. Dann erhoben sich die beiden, trafen sich und gingen nach vorn. Der Küster war schon am Altar, um die Kerzen zu löschen. Pater Heimbach bat darum, die Wandgemälde im Chor zu besichtigen, sie auch seiner Begleiterin zeigen zu dürfen.

»Wir stören nicht lange«, sagte er gerade, wobei er den Mantel so weit öffnete, dass der Küster das Cingulum, den Gürtel, über seiner Soutane sehen konnte, dessen herabhängendes Ende Jesuiten links statt wie die Weltgeistlichen rechts trugen.

»Betrachtet nur alles in Ruhe«, antwortete der Küster, der durchaus erkannt hatte, dass es ein Jesuit war, der um Erlaubnis bat.

Die beiden betraten daraufhin über die zahlreichen Stufen, die auf eine darunter liegende Krypta hindeuteten, den menschenleeren Chorraum. Auf beiden Seiten fanden sich über dem Chorgestühl große Fresken, die in ihrer Mitte kreisrunde Medaillons zeigten. Auf der Südseite war im Medaillon die Krönung Mariens abgebildet, wobei der thronende Christus seiner ebenfalls thronenden Mutter gerade die gleiche Art von Krone aufs Haupt setzte, die er selbst trug. Ringsum,

viel kleiner, war eine Schar von Engeln angeordnet. Um das Medaillon aber fanden sich in den Ecken des Freskos Engel mit langen Blasinstrumenten abgebildet, Tuben, die an die Posaunen des Jüngsten Gerichts erinnerten.

Pater Heimbach blieb mit Agnes Münch vor dem Fresko einen Augenblick stehen. Da schob sich die Witwe plötzlich dicht an ihn heran und flüsterte aufgeregt: »Seht Ihr die langen Blasinstrumente? Schaut Euch einmal deren Ende an. Es sind Löcher. Es wirkt so, als könne man aus diesen Löchern wirklich Laute hervortreten lassen. Es muss sich ein Raum hinter der Wand befinden!«

Pater Heimbach war wie versteinert. Er hatte das Fresko innerlich eher unbeteiligt betrachtet und die Löcher völlig übersehen. Sogleich trat er näher, so dicht, wie es das Chorgestühl nur zuließ. Es waren vier Tuben, entsprechend vier Löcher, und gegenüber wiederholte es sich genau gleich. Also Schalltrichter! Hinter der Wand konnte man sprechen oder singen, jedenfalls Laute von sich geben, die im Chor verständlich waren, ohne dass man eine Gestalt hätte sehen können. Aber konnte es nicht auch umgekehrt sein? Gab es hier womöglich Kammern in vitruvscher Art, in denen Gefäße standen, sodass es sich nicht um verborgene Schall-, sondern um verborgene Resonanzquellen handelte? Bei Vitruv war ja zu lesen, dass die Gefäße im Theater unter den Sitzen in Kammern standen. Pater Heimbach gab den Gedanken an Agnes Münch weiter. Dann kam er noch einmal ins Grübeln.

»Was mich nur wundert, ist die Tatsache, dass die Fresken alt zu sein scheinen, die Löcher ebenfalls, vielleicht aus der Entstehungszeit der Kirche. Das würde bedeuten: Sie stammen aus dem 13. Jahrhundert. Ob damals wirklich schon jemand Vitruv gelesen hat und einen Versuch der Umsetzung wagte? Ich habe keine Ahnung, seit wann solche Texte im Abendland nach den finsteren gotischen Zeiten wieder gelesen wurden. Aber wie sollte es anders gewesen sein? Jedenfalls hat Euer Mann es irgendwie herausgefunden und in seine Experimente einbezogen. Wir müssen den Küster fragen.«

Pater Heimbach wandte sich an den Mann, der gerade die letzte der großen Altarkerzen gelöscht hatte. »Verzeiht die Frage, Herr Küster, wisst Ihr zufällig etwas über diese Fresken mit den tubablasenden Engeln? Haben die Löcher etwas zu bedeuten?«

Der Küster grinste breit und musterte sein Gegenüber belustigt. »Ihr seid ein Jesuit und wisst nicht, dass Euer Architekt vor seinem unglücklichen Tod oft hier war? Er hat sich vor einiger Zeit eine Leiter besorgt, ist hinaufgestiegen und hat mit einer Lampe in die Kammern geleuchtet. Darauf berichtete er ganz aufgeregt, dort stünden Gefäße. Wir haben erst geglaubt, er sei nicht ganz richtig im Kopf, weil er uns befahl, nur ja niemandem von diesen Gefäßen etwas zu erzählen. Dann musste eine Schola im Chor singen, immer wieder. Er hat dabei teilweise die Löcher mit Brettern abgedeckt, teilweise geöffnet. Das ging so mehrere Tage lang. Am Ende ist er weggeblieben, ohne irgendetwas zu sagen. Wollt Ihr mit einem der Stiftsherren sprechen, der länger mit ihm zusammen war? Er ist sicher noch in der Sakristei.«

Pater Heimbach bejahte sofort und wartete zusammen mit Agnes Münch ungeduldig. Tatsächlich ließ sich der feine Herr herausbitten. Er hatte sich nach der Messe schon umgezogen, seine Soutane gegen ein vornehmes Wams und Hosen getauscht, wie sie weltliche Herren trugen. Stiftsherren erlaubten sich dies, während die Jesuiten streng den Anweisungen der Kirche folgten, sich mit ihrem Gewand als Geistliche erkennbar zu machen. Der Stiftsherr bemerkte wohl den kritischen Blick von Pater Heimbach, ignorierte ihn jedoch. Er war offenbar nicht besonders erstaunt, als er den Jesuitenpater sah, ließ sich dessen Begleiterin vorstellen und begann dann freizügig zu sprechen.

»Seltsam, dass noch einmal jemand von Eurem Konvent hier nachfragt. Johann Münch« – dabei deutete er eine knappe Verneigung in Richtung seiner Witwe an – »hat uns zuerst in Aufregung versetzt und dann alles stehen und liegen gelassen.«

»Ihr meint die akustischen Experimente mit diesen Kammern hinter den Fresken.«

»Eben, Ihr nennt es ganz richtig Experimente. Aber Experimente pflegen zu Ergebnissen zu führen. In diesem Fall wissen wir sehr wenig über Ergebnisse. Wir schließen aus dem plötzlichen Abbruch, dass wohl irgendetwas nicht geglückt war. Johann Münch hat uns von Vitruv erzählt, von Gefäßen mit schallverstärkendem Charakter. Und davon, dass in unserer Kirche eine Spur von dieser Theorie zu finden sei. Was nun genau dabei herausgekommen ist, wissen wir nicht. Zuerst sprach Johann Münch davon, dass er das Prinzip auf die Theaterbühne in Eurer Kirche übertragen wolle. Damals war er noch ganz begeistert und meinte, in Köln werde man Augen machen. Dann war urplötzlich davon die Rede, dass man wohl von vorn beginnen müsse. Von wo vorn, weiß ich nicht zu sagen. Bei seiner letzten Anwesenheit hat er etwas vom ehemaligen Achatiuskloster erwähnt. Das ist Eure alte Heimstatt, die vor einigen Jahren abgebrannt ist. Mehr kann ich Euch beim besten Willen nicht sagen.«

Pater Heimbach bedankte sich und gab zu verstehen, dass er eher zufällig noch einmal auf die Tätigkeit des Baumeisters zurückgekommen sei – der Witwe wegen, die gern wissen wollte, woran ihr Mann zuletzt gearbeitet habe. Er interessiere sich abgesehen von der Orgelbegleitung im Gottesdienst eher für die Ausmalung von Sankt Severin, zumal man in dieser Hinsicht in Sankt Mariä Himmelfahrt gerade Entscheidungen treffen müsse.

»Ich nehme an, es ist Euch bekannt, dass unsere Kirche in ihrer Architektur den gotischen Zeiten folgt, die in Köln eine so große Bedeutung haben. Nur die Vorderfront folgt entschieden dem neuen Geschmack, und auch die Ausstattung im Inneren überdeckt durchaus deutlich die alten Formen. Aber unser Gewölbe gleicht wieder ganz denjenigen in den großen Stiftskirchen Kölns, soweit sie nicht ihre alten Kassettendecken behalten haben. Nur ist unser Gewölbe, das darf ich in aller Bescheidenheit sagen, mit seinem riesigen Netz das schönste in Köln. Wir müssen es noch ausmalen und können uns dazu hier bei Euch etwas abschauen.«

Der Stiftsherr nickte gnädig und entließ dann die beiden Besucher. Erst später wurde Pater Heimbach bewusst, dass Agnes Münch ihn während seines Vortrags dankbar angeblickt hatte.

ELFTES KAPITEL *In dem Regens Kasen mit Pater Kritsraed über die anstehende Theateraufführung spricht und ärgerlich auf die Frage reagiert, ob auch auf Pater Spee einst ein Anschlag hätte verübt worden sein können.*

»Der Bühnenaufbau in der Kirche ist in vollem Gange, ich hoffe, mit den Proben klappt es ebenso gut«, sagte Pater Kritsraed vom Schreibtisch im Swolgianum aus, während Regens Kasen wieder einmal in Gedanken versunken am Fenster stand und zusah, wie die Schüler ins Gymnasium strömten. »Ich bin gespannt, wie sie es mit dem Schlafzimmer des Fürsten machen. Man hat mir gesagt, das Bett soll hinten leicht erhöht aufgebaut werden, sodass jeder in der Kirche gute Sicht hat.«

Eine Weile trat Stille ein, dann schien Regens Kasen die Worte seines Sekretärs verstanden zu haben und sah sich zu einem Kommentar genötigt.

»Ja, das Bett in der Kirche, und dazu all der Unflat: die Trunkenheitsszenen, ein lallender Hauptdarsteller, alles in Sankt Mariä Himmelfahrt. Pater Masen hat das gewusst, er war schließlich jahrelang bei uns Professor, bevor er kürzlich nach Münster ging und jetzt eben in Aachen ist. Aber es stört ihn nicht, er hält Theater für Theater, sieht bei allem auf den guten Zweck und hält die Kirche sogar für einen Vorteil, weil wir hier Platz haben.«

»Aber das tut Ihr doch auch«, fügte Pater Kritsraed ein. »Früher, als wir noch hier im Swolgianum in der Aula spielten, war es wirklich mehr als eng.«

»Ich weiß, Pater Kritsraed, ich weiß. Wenn nur nicht der Hochaltar direkt neben dem Bett stünde.«

»Aber es ist Abstand genug, die Bühne nimmt nur den Raum der Vierung ein, und der Hochaltar steht doch ganz hinten im Chor.«

»Und ist hoffentlich gänzlich abgedeckt«, fügte Regens Kasen hinzu.

»Natürlich«, antwortete Pater Kritsraed und verbesserte sich sogleich, weil er wusste, dass sein Vorgesetzter das Wort nicht leiden konnte, »ganz und gar abgedeckt – die Kirche ist nicht wiederzuerkennen. Der gesamte Altarraum ist in große Tuchbahnen gehüllt. Nur die Fenster in der Apsis lassen Licht hinein, damit wir nicht noch mehr Kerzen benötigen als ohnehin schon in dieser dunklen Jahreszeit. Nein, unsere Kirche ist eine gute Theaterbühne, der Eindruck ist überwältigend. Und wirklich geweiht ist die Kirche schließlich noch nicht.«

»Überwältigend«, echote der Regens und ließ sich das Wort gleichsam auf der Zunge zergehen, »das will ich hoffen. Wir können zwar nicht mit München oder Ingolstadt konkurrieren, wo der bayrische Herzog persönlich die komplette Garderobe stellt und auch sonst noch weniger an der Ausstattung spart als unser Erzbischof. Und ich mache mir auch etwas Sorgen um den Stoff. Der ›Cenodoxus‹ von Jacob Bidermann mit dem großartigen Schluss, wo der überhebliche und ruhmsüchtige Pariser Gelehrte Cenodoxus, was ja der ›Überhebliche‹ bedeutet, zusammen mit den Teufeln zur Hölle fährt, während der heilige Bruno in seiner Gloriole erscheint – das ist nicht überbietbar, das rüttelt den letzten Sünder auf.«

»Zumal uns das hier in Köln von den Kartäusern hoch angerechnet worden wäre, wenn wir das Spiel von ihrem Ordensgründer gegeben hätten.«

»Eben, eben! Aber der gute Masen hatte schon Recht. Der ›Cenodoxus‹ wirkt nur als Riesenspektakel, und dafür haben wir nicht die Mittel. Wir müssen uns mit Einfacherem begnügen, und die Komödien von unserem einstigen Mitbruder sind so schlecht nicht. Er scheint übrigens immer weiter zu schreiben, immer neue Stücke. Mittlerweile ist er bekannter als unsere Missionare, bekannter selbst als Adam Schall, der den Chinesen den ersten anständigen Kalender gegeben hat. Alle Konvente reißen sich um seine Stücke, sogar aus München hat man schon angefragt. Dass es nur gerade dieser ›Rusticus imperans‹, ›Der Schmied als König‹, sein muss. Warum wollen alle dieses Säuferstück? Es gibt doch auch die ›Ollaria‹, in der ein junger Geizhals von seinem Laster geheilt wird, und vor allem den ›Josaphat‹, der 1647 bei den Friedensverhandlungen in Münster aufgeführt wurde. Aber nein, es muss der ›Rusticus imperans‹ sein, der freilich immer noch besser ist als der andere Schwank gegen die Trunksucht mit dem Titel ›Mauritius orientis imperator‹.«

Pater Kritsraed lachte und fand sofort eine passende Antwort: »Aber wir sind doch in Köln. Hier ist man trinkfest und lachfreudig – ich weiß nicht, was an erster Stelle. Aber sie werden schon zerknirscht sein, wenn der Säufer in der Gosse endet. Das hat sich Masen gut ausgedacht, und ich bin froh, dass er Euch überredet hat, als er voriges Jahr hier war. Wenn die Zuschauer es nur in diesem Latein verstehen! Wir teilen zwar Theaterzettel mit Inhaltsangabe aus, aber beim letzten Mal wurde immer an den verkehrtesten Stellen gelacht.«

»Ihr meint, wenn irgendein Schauspieler stecken blieb oder der Länge nach hinfiel. Das kann man nicht ändern. Das ist beim ›Cenodoxus‹ genauso. Und letztlich ist es dort noch schlimmer. Alles wartet auf den Höllensturz und die Beulen, die sich die Akteure beim Fall holen. Der wahre Zweck wird nie erreicht, mein lieber Pater Kritsraed. Dafür braucht man eben gute Bilder, ich meine: gute Bühnenszenen, die von sich aus sprechen.«

»Eben«, meinte der Sekretär, der sofort merkte, dass der Regens von seiner üblichen Meinung abgewichen war, und glaubte an eine gute Gelegenheit, in diesem Punkt nachzusetzen. »Deshalb waren die Bemühungen von Johann Münch immer überflüssig. Zuletzt siegt das Bild.«

»Aber Kritsraed«, fuhr Regens Kasen seinen Sekretär barsch an, wobei er diesmal den »Pater« wegließ, um seine Missbilligung zu verdeutlichen, »fangt nicht schon wieder mit diesem Thema an! In unserer Kirche herrscht Überakustik, Münch hat das von Anfang an erkannt und den Nachhall zu dämpfen versucht. Gerade die Bühne war für ihn eine Herausforderung, er hat mit allem Möglichen daran gearbeitet, den Schall daran zu hindern, ins Gewölbe zu dringen und dort vielfältig zurückgeworfen zu werden, wie er immer sagte. Das sollte nebenbei Erkenntnisse für die Kanzel liefern. Auch mit verschiedenen Materialien hat er gearbeitet, ausprobiert, wie sich Stoff von Holz und Stein unterscheidet und so fort. Und nicht zuletzt mit seinen Schallgefäßen, mit denen er in Sankt Severin experimentiert hat, auch wenn damit irgendetwas schief gegangen ist. Wir werden ja erleben, welche Fortschritte erreicht sind, ob die Zuhörer jetzt besser verstehen als beim letzten Mal. Damals haben sie nicht nur das Latein nicht verstanden, manchmal konnte man nicht einmal hören, *wer* sprach. Ich meine, der Ablauf wird auf jeden Fall klar. Wenn zu Beginn der ewig betrunkene Schmied seinen Knecht prügelt, bis der ihn in der Gasse liegen lässt, versteht man schon am Tonfall, was gemeint ist. Und so ist es ja auch mit allen folgenden Szenen. Die Dialoge sind einfach, Mienenspiel und Gesten tun ein Übriges. Und mithilfe der Theaterzettel, die alles übersetzen, erkennt der Zuhörer auch, was in den Dialogen passiert. Es wird schon herauskommen, wohin Trunksucht die Menschen bringt. Und es wird auch schon herauskommen, dass auf eine große Erhebung ein tiefer Fall folgt.«

Kritsraed hatte geduldig zugehört und wagte nicht mehr, das Problem der Akustik zu berühren. Stattdessen verlegte er sich auf einen anderen wunden Punkt.

»Ihr sprecht immer von den Zuhörern beziehungsweise Zuschauern, die sich die Geschichte zu Herzen nehmen sollen. Damit meint Ihr die braven Kölner Bürger, die eigentlich nur die Eltern der Schüler sind, die auf der Bühne agieren und dabei ihre Lateinkenntnisse präsentieren. Gut, sehr gut – aber wofür braucht es dazu diesen Aufwand? Ich weiß, dass ich es nicht sagen darf, aber ich sage es trotzdem: Wir spielen keinesfalls für die Kölner Bürger, sondern vielmehr für all die Honoratioren, die anwesend sind. Wir beeindrucken den Nuntius, den Rat und vielleicht sogar den Erzbischof, falls er uns wirklich einmal besucht. Unsere Aufführungen sollen uns die Gunst der Gönner bringen –«

»Kritsraed«, unterbrach ihn Regens Kasen nun scharf, wobei ihm der vor Konsonanten starrende Name seines Sekretärs sehr entgegen kam, »die Welt ist nicht so eingerichtet, wie sich dies ein kleiner Sekretär vorstellt, der nie von seinem Schreibtisch loskommt. Wer in dieser Welt etwas ausrichten will, muss oben anfangen, bei den Handelnden. So war es immer, und so wird es immer bleiben. Deshalb sollen sich Schauspiele auch an Handelnde wenden. Überdies seid Ihr im Unrecht. Was für die Handelnden gut ist, ist auch gut für die Behandelten. Sie sehen es von einer anderen Seite an, aber nicht ohne die gleiche gute Wirkung. Die Großen sehen, dass wir uns für Tugend einsetzen, und loben uns, weil kein Gemeinwesen ohne Tugend auskommt. Die Kleinen sehen, dass sich Tugend lohnt, Laster hingegen zum Untergang führt. Sie ahmen also die Tugendhaften nach und verlachen den Trunkenbold. So einfach ist das.«

Regens Kasen hatte sich, jetzt wieder nach unten auf die Straße blickend, für seine Verhältnisse ruhig geäußert, war zufrieden mit seinem Vortrag, so wie er zufrieden war mit dem Zustrom der Schüler, von denen viele in Masens Theaterstück auftreten würden. Die Halbwüchsigen dort würden vielleicht das zahlreiche Hofgesinde stellen. Vergeblich hielt er Ausschau nach dem einen oder anderen Hauptdarsteller, nach dem Schmied und dem Fürsten insbesondere, auch nach dem Knecht. Da griff Pater Kritsraed noch einmal ins Gespräch ein und gab ihm eine unvorhergesehene Wendung.

»Ihr habt doch vor zwanzig Jahren die Auseinandersetzungen um Pater Spee mitbekommen. Wäre es eigentlich denkbar, dass auch ihn jemand ermordet hätte?«

Regens Kasen drehte sich bei dieser Frage so energisch herum, als wollte er sich jeden Augenblick auf seinen Sekretär stürzen.

»Ermordet? Von seinen Mitbrüdern? Ich glaube, Kritsraed, Euch ist nicht wohl! Spees Thesen sind hier diskutiert worden, man hat ihm nur die anonyme Veröffentlichung übel genommen. Man hat ihm sogar den Austritt aus dem Orden nahe gelegt, aber ermordet? Wie könnt Ihr nur diesen Gedanken aussprechen?«

»Ich habe den Disput im Gegensatz zu Euch nicht selbst miterlebt. Aber ging es nicht eher um Spees Angriffe auf die Fürsten, denen er vorwarf, sich nicht genug um die Dinge gekümmert zu haben?«

»Eben, auch das war unnötig. Die meisten Fürsten haben immer gewusst, was zu tun ist. Und bei denen, die es nicht wussten, bewirken solche Attacken stets nur das Gegenteil. Aber was wollt Ihr damit sagen? Und was heißt hier ›auch‹? Ich erkenne Euch nicht wieder!«

»Verzeiht, verehrter Regens, aber ich höre im Augenblick viel Kritik an dem, was man hier Liebedienerei nennt. Eben war indirekt wieder das Thema gegeben – die Theateraufführungen, und nicht nur diese, zielen auf unsere Stadtväter. Viel Aufwand wird gemacht, um sich eine Gewogenheit zu erschleichen, von der gar nicht recht sicher ist, ob wir sie so dringend brauchen. Jedenfalls denken das viele hier. Damals, zu Spees Zeiten, scheint es genauso gewesen zu sein. Auch damals hatten viele Angst, es sich mit irgendwelchen Gönnern zu verderben. Über den Inhalt von Spees Buch scheint man überhaupt nicht diskutiert zu haben.«

»Doch, die Hexenfrage war sogar äußerst aktuell. Als das Buch

Anfang 1631 erschien, lag die Hinrichtung der Katharina Henoth hinter uns, mit der die Stadt und der Erzbischof beweisen wollten, dass man es nicht nur auf die kleinen Leute abgesehen hatte, sondern sich auch vor bekannten Familien nicht scheute. Damals hat man durchaus die einschlägigen Schriften studiert. Die einen hielten sich an unseren Ordensbruder Adam Tanner, der ebenfalls die Verfolgungen angriff und auf den sich Spee auch gestützt hat. Die anderen folgten noch unserem großen Ordensbruder aus der Gründerzeit, Petrus Canisius, der leider ein fanatischer Hexenjäger war. Allerdings ging es Spee weniger um die Hexenfrage als solche – er hat keineswegs geleugnet, dass Hexen existieren –, sondern vornehmlich um die Begleitumstände der Verfolgung, um die Folter vor allem. Wenn er weniger scharf gegen die Fürsten vorgegangen wäre, hätte es keinen Skandal gegeben. So aber konnte ich ihn nicht in Köln halten, wo er bis Anfang 1632 als Professor Moralphilosophie lehrte. Es gab einfach zu viel Unruhe.«

»Eben«, fiel Pater Kritsraed ein, »das meine ich ja. Es gab Unruhe. Wäre da nicht auch ein Mord möglich gewesen? Der Paderborner Weihbischof Johann Pelking, bei dem Spee ja während der Abfassungszeit seines Werkes tätig war, hat von einem ›pestilentissimus liber‹ gesprochen, vom ›verpestetsten Buch‹. War damit nicht eine Stimmung gegeben, aus der heraus sich jemand zum Mord hätte bewogen fühlen können?«

Als Pater Kritsraed seine Frage formulierte, schüttelte Regens Kasen zuerst kräftig den Kopf, ehe er unwillig losbrach: »Wie könnt Ihr das nur denken? Glaubt Ihr, es hätte nicht auch sonst Meinungsverschiedenheiten gegeben, die zur Entfernung von einem Mitbruder führten? Und gerade im Falle Spee! Wer hätte diesem Lamm von einem Menschen etwas antun können? Ihr habt Spee nie kennen gelernt. Er war die Sanftheit in Person, und ich glaube ihm beinahe, dass er seine Schrift wirklich in der Schublade liegen lassen und nicht veröffentlichen wollte, so wie er es im Buch behauptet. Nein, Pater Kritsraed, beenden wir diese Diskussion über Mord und Liebedienerei, was für Euch ja wohl zusammengehört. Spee ist im Übrigen Geschichte, ein Stück bester Geschichte, wie jeder bekennt, der weiß, dass dieser Pater im freiwilligen Dienst an Pestkranken in Trier gestorben ist. Ich weiß überhaupt nicht, wie Ihr mit Spee irgendwelche Vorwürfe verbinden wollt.«

»Ihr habt mich im Eifer nicht ganz richtig verstanden«, suchte Pater Kritsraed die Situation auszunutzen, in der der Zorn seines Vorgesetzten bereits verraucht schien. »Ich möchte Euren Groll nicht noch mehr herausfordern, aber die Frage hatte eigentlich weniger mit Pater Spee zu tun.«

»Aha, daher weht der Wind, Ihr zielt auf Johann Münch.« Regens Kasen verlor nun doch die Beherrschung und schrie seinen Sekretär geradezu an. »Habe ich es nur noch mit Verrückten zu tun? Da wären mir Mörder in der Tat lieber!«

Aber Regens Kasen merkte selbst, dass er zu weit gegangen war, war auch tatsächlich an diesem Tage nicht in der Verfassung, seine Wut auf Dauer durchzuhalten. So fuhr er gelassener fort: »Ich meine, unser Konvent ist im Augenblick in einer sehr eigenartigen Stimmung. Wenn man über neueste Forschungen spricht, die noch dazu aus unserem Orden stammen, bekommen wir eine Diskussion über Liebedienerei. Und jetzt soll auch noch ein Unfall etwas mit dunklen Machenschaften zu tun haben. Ich habe die Auseinandersetzungen um Pater Spee ausgehalten, und ich habe überhaupt Auseinandersetzung um Auseinandersetzung ausgehalten, eine überflüssiger als die andere. Ich werde nicht dulden, dass jetzt eine Auseinandersetzung darüber geführt wird, ob in unserem Konvent Mörder unterwegs sind. Ich werde es nicht dulden. Wer das will, kann sich an den Provinzial oder meinetwegen an unseren soeben gewählten General in Rom, Goswin Nickel, wenden, den ersten deutschen General überhaupt, der zudem Köln gut kennt, weil er hier aufgewachsen ist. *Ich* stehe für solche Gespräche *nicht* zur Verfügung.«

Mit einer wiederum kräftigen Wendung, zuerst nach der Tür, dann noch einmal mit dem Kopf zurück zu seinem Sekretär, rief Regens Kasen schon fast vom Flur her: »Und wie kommt Ihr auf den Gedanken? Darf ich in aller Bescheidenheit fragen, was um mich herum vorgeht?«

Indem er noch einmal die schon geöffnete Tür schloss, fügte er mit etwas milderer Stimme hinzu: »Und wo dieser Verdacht herkommt?«

Pater Kritsraed war erleichtert und sah den Augenblick gekommen, in dem er wirklich einmal aussprechen konnte, was ihm seit Tagen auf der Seele lag:

»Es ist eigentlich kein Verdacht, es ist mehr eine Unruhe. Ich habe vorgestern auf einem Flur im Konvent gehört, wie Pater Contzen und

Pater Weidenfeld tuschelten und dann schwiegen, als ich näher trat. Ich bin mir sicher, dass die Rede von Johann Münch war, und zwar von seiner Lage am Fuß des Gerüsts, wo wir ihn damals fanden und ein ganzes Stück wegzogen. Und gerade gestern teilt mir ein Stiftsherr von Sankt Severin mit, dass unser Pater Heimbach zusammen mit Witwe Münch in seiner Kirche war, um sich nach der Arbeit mit den Vitruv'schen Schallgefäßen im Chorraum zu erkundigen. Dabei habe ich Pater Heimbach selbst auf diese Gefäße gebracht, weil ich hoffte, er würde damit von der Witwe abgelenkt. Aber jetzt tauchen sie dort zu zweit auf. Und Pater Heimbach erzählt hier scheinheilig, er wolle sich einmal die Orgel anhören.«

»Ja, und? Was können sie denn finden? Dass es nicht funktioniert? Und dass Münch den Ort deshalb verlassen hat?«

»Und wenn sie erfahren, dass Münch im ehemaligen Achatiuskloster weitergearbeitet hat?«

»Warum sollte er nicht?«

Pater Kritsraed rang die Hände.

»Weil dann herauskommt, dass es um anderes als Schallverstärkung ging. Und Johann Münch war Architekt, nicht Pater. Vielleicht ermordet man hier keine Patres, wohl aber Architekten …«

Das letzte Wort wurde von dem Knall verschluckt, den die Tür verursachte, als Regens Kasen sie mit Zornesröte im Gesicht hinter sich zuschlug.

ZWÖLFTES KAPITEL *In dem Pater Heimbach den Adlatus um eine Führung zu den akustischen Anlagen im ehemaligen Achatiuskloster bittet und diese unter Einbeziehung von Agnes Münch tatsächlich stattfindet.*

Pater Heimbach fand den Adlatus in der Marienkapelle. Die Arbeiten waren nach der Unterbrechung aufgrund des Unglücks hier zuerst wieder aufgenommen worden und zügig fortgeschritten. Die Anweisungen von Johann Münch galten noch, der Adlatus sorgte für ihre Umsetzung. Gerade prüfte er die Aufstellung des großen Altarbildes, die Verankerung in der Wand und auf den Podesten, die hier wie beim Hochaltar die Lasten zu tragen hatten. Zwei Gesellen mit Werkzeugen standen an der Seite. Der eine hielt einen großen hölzernen Hammer in der Rechten, in der Linken einen Keil und wartete auf seinen Einsatz. Der Adlatus drückte gegen den Rahmen des Bildes, griff etwas höher und drückte fester – die Konstruktion erwies sich als stabil, sodass kein weiterer Keil anzubringen war.

Pater Heimbach wollte nicht stören, vertiefte sich in die Marmorierung und die Sgraffito-Fassung auf der untersten Platte, ließ den Blick über die thronende Madonna mit Jesuskind gleiten, über der nun das Gemälde mit der Krönung Mariens angebracht war. Das Gerüst verdeckte noch Teile der Gesamtansicht, war aber bereits so weit niedergelegt, dass eine Vorstellung des Ganzen möglich wurde. Mit den flankierenden Engeln auf allen drei Ebenen, von unten nach oben an Größe abnehmend, und mit dem letzten Engel ganz obenauf bot sich ein triumphaler Anblick. Die reiche Vergoldung blendete, das Blau und Rot von Mantel und Kleid der Gottesmutter, vor dem Schwarz des Hintergrundes mild aufleuchtend, gaben dem Gemälde ebenso Wärme wie die Darstellung der Krönung mit der jugendlichen Maria im weißen Kleid, während das Rot Gottvater zukam. Pater Heimbach betrachtete eine Weile die beiden Bilder und blieb immer wieder am oberen haften, auf dem das Haar der Maria am üppigsten quoll und beide Schultern bedeckte.

»Gefällt Euch der Altar?«, hörte Pater Heimbach den Adlatus vom Gerüst her herabrufen.

»Sehr, Meister Boerhave«, antwortete Pater Heimbach, der genau wusste, dass der Adlatus kein Meister war und die wenigsten ihn mit Namen ansprachen, weil er den Kölnern zu fremdartig klang, »herrliche Gemälde und ein überwältigender Aufbau. Beinahe wie der Hauptaltar. Schade, dass nächste Woche alles wegen der Theateraufführung verhüllt werden muss. Werdet Ihr denn fertig?«

Der Adlatus kletterte die Leiter an der Seite des Gerüstes herab und bejahte, während er mit einem Kopfnicken die Gesellen von ihrer Arbeit entließ. Als er den Boden erreicht hatte, klopfte er in die Hände, um sie vom Staub zu befreien, und stellte sich neben Pater Heimbach. Gemeinsam betrachteten sie das Werk. Der Adlatus war viel kleiner von Gestalt als der Pater, wirkte in seiner Arbeitskleidung mit brauner Kniehose und eng anliegender ebenso brauner Jacke aber wesentlich kräftiger. Mit seinen gut dreißig Jahren, von denen er die letzten vier oder fünf unter Johann Münch gearbeitet hatte, war er noch jung, aber doch erfahren genug, um den Bau zu leiten. In den Konvent war er als Laienbruder und damit ohne Gelübde und Weihen eingetreten wie die meisten Handwerker und alle diejenigen, die Dienste in der Küche oder im Garten auszuführen hatten. Der Konvent war eine Welt für sich, der einzige Punkt, der den Stadtvätern ein Dorn im Auge war, vor allem, wenn sich dieser Staat im Staate mit einem Gebäude nach dem anderen immer weiter ausdehnte. Mit Johann Münch hatte man sich nicht ganz ohne die Absicht der Beschwichtigung für einen städtischen Baumeister entschieden, auch bei den Arbeitern den einen oder anderen Mann aus der Umgebung eingestellt. Mit dem Adlatus führte wieder ein Interner die Geschäfte. Die Frage war nur, ob jemand, der lange in untergeordneter Stellung gedient hatte, die Führung übernehmen konnte – auch wenn es sich dabei um die rechte Hand des Architekten handelte.

Dieser Adlatus also, unbärtig und auch sonst mit auffallend kindlichem Gesichtsausdruck, sah zum Altar, dann zum Pater, der offensichtlich nichts weiter sagen wollte, und begann dann selbst: »Mir gefallen die Engel nicht besonders, die die thronende Maria umschweben. Ich hätte einen Strahlenkranz vorgezogen. Aber so sind sie nun einmal, die Maler. Sie wollen immerzu Figuren. Ich würde mich nicht wundern, wenn in einem der Engel eine weniger engelhafte Dame verewigt wäre.«

Pater Heimbach schaute etwas irritiert den Adlatus an, sagte jedoch immer noch nichts. Erst nach einer etwas längeren Pause begann er mit seinem Anliegen: »Ich bin nicht hier, um mir den Marienaltar anzusehen. Ich wollte Euch sprechen.« Der Adlatus schaute den Pater verwundert an, der fortfuhr: »Ich war vor ein paar Tagen in Sankt Severin, um mir die Schalltrichter im Chorraum anzusehen. Euer verstorbener Meister hat dort wohl experimentiert. Man hat mir gesagt, er habe diese Experimente aufgegeben und im ehemaligen Achatiuskloster fortgesetzt. Ich nehme an, Ihr wisst darüber Bescheid.«

Der Adlatus war seltsam ruhig geworden und nickte nur, sodass Pater Heimbach weitersprach: »Ich würde mir das gern einmal ansehen, am liebsten zusammen mit Witwe Münch, die unbedingt wissen will, woran ihr verstorbener Mann zuletzt gearbeitet hat. Könntet Ihr uns hinführen?«

»Ganz unmöglich«, kam es unerwartet barsch zurück. »Mit einer Frau? Wisst Ihr, wie es drüben aussieht? Es ist lebensgefährlich. Beim nächsten schweren Regen kann alles zusammenstürzen. Das ehemalige Achatiuskloster ist eine Ruine und soll demnächst endgültig abgerissen werden, um neuen Bauten Platz zu machen. Ihr Jesuiten seid sehr erfolgreich. Erst die Kirche hier, dann der neue Konvent daneben, und jetzt reicht der Platz schon wieder nicht.«

»Ich würde auch allein kommen, aber bei Witwe Münch dürft Ihr Euch nicht täuschen. Sie ist behände und keineswegs ängstlich. Wir würden uns mit äußerster Vorsicht bewegen.«

»Ist Regens Kasen informiert?«

»Nein, Regens Kasen ist nicht informiert – noch nicht. Ich möchte ihm später berichten.«

»Geht es nicht doch ohne die Witwe?«

»Natürlich, aber sicher nicht auf Dauer. Sie würde später darauf dringen. Besser, wir gehen sogleich zusammen. Was ist denn eigentlich dort zu sehen?«

Der Adlatus stutzte: »Ich dachte, Ihr wisst Bescheid!«

Pater Heimbach fühlte sich in einer Falle und suchte so unbekümmert wie möglich zu wirken: »Bescheid schon, aber nur in Andeutungen. Deshalb wollen wir einmal hin. Es geht ja wohl um Klangexperimente.«

»Ja, so kann man es nennen«, antwortete der Adlatus mit einem leichten Ausdruck von Überlegenheit, »der ehrbare Herr Architekt hat tatsächlich Klangexperimente durchgeführt. Drüben konnte er Räume ganz nach seinen Vorstellungen bauen oder umbauen. Sie sind alle so konstruiert, dass man von außen hören kann, was innen gesprochen wird.«

»Ihr meint, es handelt sich um Abhöranlagen.«

»Abhöranlagen? Nun, unter uns war nur von parabolischen Räumen und Echos die Rede. Auch von Röhren mit ihren Windungen, speziell in Schneckenform. Vermutlich wird Euch das alles sehr merkwürdig vorkommen. Wieso interessiert Ihr Euch dafür?«

»Der Witwe Münch geht es um die Arbeit ihres Mannes, wie ich schon sagte. Er hat bis zu seinem Tod nicht darüber geredet. Ich bin eher zufällig hinzugezogen worden, ihr zu helfen.«

Es trat eine kurze Pause ein, während der der Adlatus einige Werkzeuge vom Altar entfernte und kaum mitbekommen konnte, dass Pater Heimbach hinzufügte: »Und jetzt beginnt es mich auch selbst zu interessieren.«

So war er überrascht, als der Adlatus erwiderte: »Ich verstehe. Im Konvent ist trotz der angeblich strikten Geheimhaltung schon überall die Rede davon.«

»Ihr werdet uns also führen?«

Der Adlatus zögerte noch einmal kurz und nickte dann. Auf dem Rückweg durch die Kirche wurde ein Zeitpunkt vereinbart. Als sich die beiden Männer dem Chor näherten, wo das Gerüst für die Ausmalungsarbeiten stand, hielt Pater Heimbach eine Weile inne, fixierte die oberste Ebene und sagte mehr zu sich selbst, als dass er fragte: »Da oben ist es passiert? Von dort ist er abgestürzt?«

Der Adlatus war jedoch schon in der Sakristei verschwunden und antwortete nicht mehr.

***

Sie hatten sich am frühen Nachmittag, nach Beendigung der Schule, im Konvent verabredet, wo der Adlatus als Laienbruder in einem hinteren Flügel des Gebäudes wohnte. Die beiden brauchten also nur die Marzellenstraße zu überqueren, um zum Ziel zu gelangen. Agnes Münch war die Straße auf und ab gegangen und rasch hinzugetreten, als sie die Männer aus dem Portal kommen sah. Die Begrüßung verlief etwas wortkarg. Der Adlatus kannte die Witwe seit langem, hatte aber mit ihr kaum mehr als Verabredungen für ihren Ehemann getroffen. Die letzte Begegnung war voller Peinlichkeit gewesen, als er ihr den Rock des Verstorbenen überbrachte. Mit Pater Heimbach fand demgegenüber ein kurzes, diesmal durchaus flüssiges Gespräch statt, aus dem hervorging, dass der Adlatus die akustischen Experimente seines Meisters durchaus kannte. Zu einer Einschätzung fand er sich freilich nicht bereit. Es blieb Pater Heimbach unklar, inwieweit der Schüler seinem Lehrer folgte, ja, inwieweit er ihn überhaupt begriff. Von Begeisterung war jedenfalls ebenso wenig zu spüren wie von Ablehnung. Umso besser, sagte sich Pater Heimbach. Er wollte ohnehin keine Kommentare hören, sondern Tatsachen erfahren.

Im Konvent hatte er über das ehemalige Achatiuskloster Erkundigungen eingezogen. Es war ein Nonnenkloster gewesen, und zwar von Dominikanerinnen, die sich hier nicht weit von ihren männlichen Ordenskollegen entfernt angesiedelt hatten. Aber das Kloster hatte sich nicht halten können, und man hatte endgültig aufgegeben, als die Jesuiten ihr Interesse an der Anlage bekundeten. Nach viel Hin und Her – die Stadt sträubte sich lange, weil es wieder einmal um eine Erweiterung des Besitzes ging – konnte der Konvent das Kloster erwerben und verfügte damit endlich über eine eigene Kirche. Diese Kirche besaß Emporen, wie sie dann auch für den Neubau übernommen wurden, wobei der Hauptvorteil darin lag, dass man auf diese Weise viele Beichtstühle aufstellen konnte. Die Seelsorge der Jesuiten erstreckte sich zwar besonders auf die Predigt, aber auch die Beichte führte direkt ins Seelenleben der Gläubigen hinein, die oft genug Ungläubige oder Falschgläubige waren. Das Achatiuskloster machte diese Seelsorge möglich, erwies sich aber rasch als zu klein. So kam es zum Neubau, wobei ausgerechnet kurz vor dessen Fertigstellung das alte Kloster am 4. April 1621 in einem großen Brand vernichtet wurde. Für die wenigen Jahre bis zur Vollendung von Sankt Mariä Himmelfahrt lohnte sich ein Wiederaufbau der alten Heimstätte nicht. Deshalb war man froh, für die Übergangszeit die Stiftskirche Sankt Andreas mitbenutzen zu können. Als die eigene Kirche halbwegs fertig war, zog man am 24. Februar 1629 in großer Prozession von Sankt Andreas in Sankt Mariä Himmelfahrt ein. Mittlerweile verfiel das ehemalige Achatiuskloster immer mehr, brachen immer wieder Mauern ein, nachdem die letzten Reste der Dachkonstruktion in Wind und Wetter niedergestürzt waren. Der Bau war mit anderen Worten eine einzige Ruine, niemand betrat mehr ohne besonderen Grund das Gelände, niemand ahnte, dass dort neues Leben eingezogen war.

Nun aber waren drei ungleiche Gestalten unterwegs, um zu sehen, was sich im Verborgenen abgespielt hatte. Das Wetter kam ihnen entgegen: Es ging nur leichter Wind, und vor allem war es trocken. Allerdings drohte in der zweiten Oktoberhälfte früh der Eintritt der Dunkelheit. Rasch hatte man den Hof durch eine Pforte im Zaun betreten, ließ die Kirche links liegen und stand alsbald vor dem ehemaligen Eingang zum Kloster, von dem nur ein Kenner noch wissen konnte, dass sich dahinter Räume und Gänge befanden. Weil nur in die wenigsten dieser Räume und Gänge Tageslicht fiel, hatte der Adlatus Lampen mitgebracht und verteilt.

»Vorsicht«, rief er gerade, »die Decke ist hier niedrig. Jetzt um die Ecke in den langen Gang, dann sind wir dort, wohin Ihr wolltet.«

Der Adlatus schritt voran, wobei die Kerze in der Lampe seinen Schatten an die schwach erleuchteten Wände warf. Hinter ihm folgte in dichtem Abstand Pater Heimbach, der in der Rechten die Lampe hielt, mit der Linken seine Soutane raffte, so wie es Agnes Münch wiederum dicht hinter ihm mit ihrem Kleid tat. Das Rascheln des Stoffs war das einzige Geräusch neben den Schritten, die dumpf hallten. Plötzlich schrie Agnes Münch auf, fasste sich dann sogleich wieder und sprach eine Entschuldigung. Sie wäre beinahe auf eine der Ratten getreten, die scharenweise vor ihnen herflohen, während sie gerade über eine Treppe in die Kellerräume abstiegen.

»Wir haben jetzt gleich den ersten Experimentierraum erreicht«, meldete sich der Adlatus wieder, wobei er ins Dunkel voranschritt. Dann öffnete er eine Holztür, deren Angel grässliche Töne von sich gab, und betrat einen Raum, der kein anderes Licht empfing, als die drei Lampen es boten. Der Adlatus blieb etwa in der Mitte stehen. Der

Pater und die Witwe traten zu ihm und bemühten sich darum, ihre Augen an den dämmrigen Schein zu gewöhnen. Sie suchten die Wände ab und konnten nichts Ungewöhnliches feststellen. Der Adlatus folgte den forschenden Blicken, lächelte kurz und wies dann zur Decke.

»Hier oben liegt das Geheimnis«, sagte er nicht ohne ironischen Unterton.

In diesem Augenblick zeichneten sich drei tonnenförmige Gewölbekonstruktionen ab, deren Materialbeschaffenheit nicht zu erkennen war. Was im ersten Moment der Dunkelheit wegen wie eine geschlossene Decke gewirkt hatte, erwies sich als von etwa schrittgroßen Trichtern durchbrochen, die sich nach oben verjüngten. Während die Deckenbalken überall sonst von Brettern belegt waren, die einem oberen Raum als Fußboden dienten, fanden sich hier also Ausstülpungen, die bei näherer Betrachtung an ihrem Ende in ein Loch mündeten, in das man der Verschattung wegen nicht hineinsehen konnte. Die Trichter schienen in Röhren zu enden.

»Wenn Ihr nun zum Gang zurückgehen wollt und über die Treppe zur Linken den Raum über diesem hier erreicht, werde ich Euch etwas vorführen«, sagte der Adlatus zu Pater Heimbach gewandt. »Vielleicht bleibt Witwe Münch für einen Augenblick bei mir. Hinterher lassen sich dann die Rollen einmal tauschen.«

Pater Heimbach gehorchte wortlos der Anweisung und verschwand im Dunkel, wobei man seine Schritte erst von der Treppe her verhallen hörte, dann über der Decke wieder deutlich vernahm.

»Ihr könnt mir nun etwas erzählen«, wandte sich der Adlatus an Agnes Münch. »Kommt nur näher und flüstert mir leise etwas ins Ohr, ganz wie verliebt.«

Agnes war unwohl. Sie spürte die Anzüglichkeit in den Worten dieses Mannes, der ihr fremd und unnahbar, mit der letzten Bemerkung direkt abstoßend vorkam. Aber sie folgte der Anweisung und flüsterte tatsächlich. Zuerst sprach sie aus, wie unheimlich ihr der Ort vorkomme, an dem ihr Mann gearbeitet hatte. Dann sagte sie etwas über den Lateinunterricht ihres Sohnes, in dem ein Pater ein viel zu strenges Regiment führe. Als sie schließlich zurückwich, bemerkte der Adlatus in normaler Lautstärke, dass der Pater jetzt zurückkehren könne. Nach wenigen Augenblicken stand er tatsächlich wieder im Keller und äußerte seine Verwunderung.

»Es hörte sich nach Flüstern an, aber ich habe jedes Wort verstanden, auch die kleine Anmerkung zum Lateinunterricht«, stieß er hervor und blickte ungläubig nach oben. »Und wem könnte diese Vorrichtung dienen?«

Der Adlatus lächelte und erwiderte: »Könnt Ihr Euch vorstellen, was wäre, wenn solche Räume beispielsweise in einem Rathaus gebaut wären, mit hübscher Verkleidung dieser drei Trichter? Würdet Ihr Euch belauscht fühlen?«

Pater Heimbach schüttelte den Kopf, während Agnes Münch das Wort übernahm: »Wieso belauscht? Man könnte sich doch auf diese Weise auch ganz einfach über Entfernungen hinweg verständigen, für die man sonst Boten bräuchte. Wenn hier zum Beispiel eine Küche wäre oder ein Backraum, könnte man Bestellungen aufgeben oder Anordnungen erteilen.«

Der Adlatus lächelte wieder, antwortete jedoch nicht, sondern fragte noch, ob auch die Witwe einmal den Effekt erleben wolle. Auf der Treppe seien freilich besonders viele Ratten zu erwarten. Agnes überhörte die Anspielung und machte sich ohne Kommentar auf den Weg. Als sie ihr Ziel erreicht hatte – man vernahm es trotz ihrer leichten Schritte deutlich –, flüsterte nun der Pater etwas über wissbegierige Damen, die sich jedoch vor Ratten fürchteten. Als er endete, brauchte er nicht lange auf die Rückkehr zu warten. Agnes Münch war genauso beeindruckt wie der Pater.

»Worauf beruht der Effekt?«, fragte sie.

»Euer Mann sprach zuletzt von Schallbündelung, früher von Echos«, antwortete der Adlatus, »aber das dürfte für Euch dasselbe sein. Jedenfalls geht der Schall Wege, über die man bislang wenig wusste. Er lässt sich leiten und vor allem verstärken. Interessant, nicht wahr?«

»Gibt es weitere solche Räume?«, fragte Agnes Münch.

»Nicht so gut erhaltene. Im weiter hinten gelegenen, zerstörteren Teil hatte Euer Mann zuerst experimentiert und seine Einbauten vorgenommen. Aber das ganze Gebiet ist einsturzgefährdet. Ich würde nicht mehr dorthin gehen. Am Prinzip ändert sich ohnehin nichts. Es sind überall solche Räume, in denen der Schall geleitet wird.«

»Und nur ein Blick?«, fragte diesmal Pater Heimbach, der Agnes Münch ihre Unzufriedenheit angesehen hatte. »Vielleicht können wir von oben einmal auf diese Räume blicken.«

Der Adlatus wirkte verunsichert und ließ sich erst nach mehrfachem Bitten dazu bringen, den Versuch zu wagen. So schritt man wieder durch endlose Gänge, vorbei an zurückweichenden Ratten, über Schutt und kleine Wasserlachen, die sich gebildet hatten, weil der Regen überall eindrang. Schließlich blieb der Adlatus stehen, stieß eine Tür auf und wies in einen hellen Raum, der über Tageslicht verfügte, weil die Decke teilweise eingestürzt war und darüber den Blick in den Himmel freigab. Hier war ein größerer Trichter zu sehen – eine Metallkonstruktion, so wie man sie von Musikinstrumenten her kennt, nur ins Überdimensionale vergrößert. Sie steckte im Boden und hatte offenbar eine röhrenförmige Fortsetzung nach unten.

»Wir sind hier im Erdgeschoss«, berichtete der Adlatus, »und dieses Rohr reicht hinab bis in den tiefsten Keller, wo sich in Zeiten des Nonnenklosters der Waschraum befand – ich nehme an: auch der Karzer. Der Herr Architekt hatte sich dort seinen Arbeitsraum eingerichtet, mit sämtlichen Unterlagen über die Experimente. Die Konstruktion der Röhre ist hier besonders kompliziert. Sie ist in Windungen ausgeführt, die insgesamt dem Gehörgang eines Ohres ähneln. So etwas gab es offenbar schon in der Antike. Johann Münch hat es in Syrakus selbst gesehen und hier nachgebaut, so gut es ging.«

»Das Ohr des Dionysios«, sagte Agnes Münch.

»Ja, genau: das Ohr des Dionysios«, erwiderte der Adlatus überrascht. »Woher wisst Ihr das?«

»Ich habe es aus einem Buch meines Mannes«, erklärte Agnes mit einem Seitenblick auf Pater Heimbach, der nichts von seiner Übersetzertätigkeit preisgab, auch dann nicht, als der Adlatus erstaunt, ja fast bewundernd bemerkte:

»Oh, Ihr seid des Lateinischen mächtig? Dann müsst Ihr ja Kircher lesen können, bei dem das Ohr des Dionysios in allen Einzelheiten beschrieben ist.«

Agnes lächelte vielsagend, ohne zu antworten, während Pater Heimbach immer noch nicht ins Gespräch eingriff, obwohl er die Mogelei missbilligte.

»Ich hoffe, meine Dienste genügen Euch jetzt«, nahm der Adlatus den Faden wieder auf. »Für kein Geld oder gute Worte würde ich hinuntersteigen. Ich denke, darauf könnt Ihr ebenfalls verzichten. Eine Verständigung über diese Entfernung ist übrigens gut möglich.«

»Das dachte ich mir«, antwortete Agnes. »Lieber hätte ich es allerdings selbst erfahren. Aber wenn es Euch zu gefährlich ist, kann es nicht sein. Mich wundert nur, dass mein Mann hier bis zuletzt gearbeitet haben soll. Er war immer die Vorsicht in Person. Deshalb ist mir auch der Sturz unverständlich. Wenn in diesem Fall nicht etwas anderes eine Rolle gespielt hat. Regens Kasen und einige andere Leute sind sich allerdings ganz sicher.«

Der Adlatus ließ die Bemerkung unkommentiert. Dann verließen alle den Raum, schritten über die Gänge zurück und erreichten schließlich wieder den Ausgang des ehemaligen Klostergebäudes. Die Dämmerung hatte eben eingesetzt, aber noch war die Sicht gut. Über den Hof kamen sie schließlich zur Straße, wo sie erstaunt gemustert wurden. Agnes Münch verabschiedete sich von den beiden Männern und machte sich auf den Heimweg. Pater Heimbach bedankte sich beim Adlatus für die Führung, wollte noch etwas über die Zusammenarbeit mit dem Architekten wissen und merkte, dass er in dieser Hinsicht nur Belangloses zu hören bekam. Dann verabschiedete auch er sich und ging zum Konvent zurück, nachdem er sich vergewissert hatte, dass Agnes Münch schon so weit entfernt war, dass er sie nicht mehr einholen konnte. So blickte er der immer kleiner werdenden Gestalt nach. Der Adlatus war währenddessen längst in der Kirche Sankt Mariä Himmelfahrt verschwunden, wo er offenbar noch zu tun hatte.

DREIZEHNTES KAPITEL *In dem Regens Kasen sich über anonyme Nachrichten ärgert, in denen Athanasius Kircher verunglimpft wird, dann zuerst den Adlatus und darauf Pater Nesselrath über Kircher ausfragt.*

Regens Kasen war wütend. Seit Tagen gingen anonyme Briefe ein, in denen er Berichte über Athanasius Kircher fand. Es waren alarmierende Berichte. Die große Koryphäe des Ordens, die Leuchte der Wissenschaft in den Reihen der Jesuiten, sollte ein Phantast, ein Fälscher, ein Dummkopf sein. Man werde sich noch unsterblich blamieren, hieß es einmal – gemeint war wohl in erster Linie der Regens selbst. Ein andermal war von Konkreterem die Rede: Die Schalltheorie, mit der Kircher die Architekten in aller Welt verrückt gemacht habe, sei ein einziger Unsinn. Jedes Kind könne sich bei einer Nachprüfung davon überzeugen, dass die Grundidee nicht stimme, von einer Anwendung ganz abgesehen. Im Übrigen sei alles aus dem Buch eines anderen, schon längst verstorbenen Professors der Mathematik von der Universität Altdorf bei Nürnberg abgeschrieben. Dessen Name sei Daniel Schwenter, der Titel seines Buches laute »Deliciae physico-mathematicae oder Mathematische und philosophische Erquickstunden, darinnen 663 Kunststücklein, Aufgaben und Fragen aus der Rechenkunst, Landvermessung, Perspektive, Naturkunde und anderen Wissenschaften«, erschienen in Nürnberg 1636. Darin fänden sich alle wesentlichen Ideen Kirchers, vierzehn Jahre vor dessen eigenem Werk. Wenn Kasen das Buch schlecht besorgen könne, reiche auch die Neubearbeitung von Georg Philipp Harsdörffer aus Nürnberg, erschienen 1651, also vor einem Jahr. Harsdörffer habe allen Unfug Schwenters übernommen und neuen hinzugefügt. Dabei habe er sich ausdrücklich auf seinen Gedankenaustausch mit Kircher berufen.

Wer schickt mir das?, fragte sich Regens Kasen. Und zu welchem

Zweck? Dann rief er nach dem Adlatus des verstorbenen Architekten. Als dieser aus der Kirche ins Swolgianum kam und unbeholfen in der Tür des Arbeitszimmers erschien, bat Regens Kasen ihn zuvorkommend herein, bot ihm einen Sessel an, nahm in einem zweiten Sessel selbst Platz und begann ohne große Umschweife.

»Ihr wisst, wie viel ich von Eurem Meister Johann Münch gehalten habe. Wisst Ihr auch, wie er zu Athanasius Kircher in Rom stand? Er hat ihn doch vor Jahren besucht, hat nach seinen Theorien gearbeitet. Was hat er von ihm gehalten?«

Der Adlatus war verwirrt, musste sich erst fassen, ehe er vorsichtig antwortete: »Ja, natürlich –«

»Nein, nicht natürlich«, fuhr Regens Kasen dazwischen. »Ich will nicht wissen, was natürlich ist, sondern wie Johann Münch zu Kircher stand.«

Der Adlatus war nicht in der Lage zu antworten. Regens Kasen sah ein, dass er so nicht weiterkommen würde, und setzte noch einmal neu an: »Johann Münch hat im ehemaligen Achatiuskloster Klangexperimente gemacht. Ich habe ihm gestattet, dort mit Räumen zu experimentieren, um herauszufinden, was man mit dem Wissen um die Gesetze des Schalls alles machen kann. War Kircher dabei bis zuletzt das Vorbild oder nicht?«

»Zuerst ja«, antwortete der Adlatus nun. »Der Herr Architekt hat mehrere Räume nachgebaut, die Kircher in seiner ›Musurgia universalis‹ beschrieben hat. Ich kann nichts Genaues sagen, weil ich dieses Buch nicht gelesen habe. Ihr wisst, dass ich keine Schule besucht habe und deshalb kein Latein beherrsche. Aber ich kenne die Abbildungen, und ich weiß auch, dass der Herr Architekt sich daran orientiert hat. In letzter Zeit allerdings …«

»Ja, was denn? Beeilt Euch doch einmal, zur Sache zu kommen.«

»In letzter Zeit schien er mir anderes zu versuchen.«

»Schien? Was heißt, schien?«. Die Stimme des Regens wurde immer gereizter.

»Er hat alle Rohre in Schneckenform vernichtet und neue in glatter Ausführung anfertigen lassen. Ich kann mich noch erinnern, wie er eines dieser alten Rohre wütend zertrampelt hat.«

»Und wann genau?«

»Das weiß ich nicht mehr. Er hat ja nie viel gesagt, schon gar nichts über seine Ideen. Er hat überhaupt aus seinen Forschungen immer ein Geheimnis gemacht. Ich habe ihn oft gefragt, aber er hat immer nur gelacht, selbst dann, wenn er gerade wütend war, weil irgendetwas nicht klappte.«

Regens Kasen besann sich einen Augenblick, überflog den letzten anonymen Brief, den er in der Hand hielt, und sagte dann: »Kennt Ihr einen Autor namens Schwenter?«

»Nein, nie gehört.«

»Oder Harsdörffer?«

»Nein, warum?«

Regens Kasen überging die Frage, besann sich wieder und fragte dann, indem er den Adlatus mit stechendem Blick musterte: »Hat Johann Münch jemals abfällige Bemerkungen über Kircher gemacht?«

Der Adlatus machte ein erbarmungswürdiges Gesicht, in dem sich alle Ängste ausdrückten, irgendetwas falsch zu machen, und antwortete dann: »Nein, niemals.«

Regens Kasen dankte dem Adlatus, der glaubte, dass das Gespräch zu Ende sei, und sich verabschieden wollte. Schon ergriff er mit beiden Händen die Sessellehnen, um aufzustehen, als Regens Kasen ihn noch einmal ansprach: »Ihr habt doch guten Kontakt zu Johann Münch gehabt – menschlichen Kontakt, meine ich. Ihr wisst auch, wie es mit den Arbeiten in Sankt Mariä Himmelfahrt steht, kennt sämtliche Gehilfen. Traut Ihr Euch zu, Münchs Nachfolger zu werden?«

Wenn der Adlatus zuvor verwirrt war, weil er mit den Fragen des Regens nichts Rechtes anfangen zu können schien, so rührte die Verwirrung nun augenscheinlich aus reiner Freude über die plötzliche Aussicht. Insgeheim mochte er bei seiner Bestellung durch den Regens mit dem Gedanken gespielt haben, es könne der Vorschlag auf ihn zukommen. Nur hatte das Gespräch einen Verlauf genommen, dass der Adlatus glaubte, seine Hoffnungen begraben zu müssen. So brach es aus ihm heraus: »Ja, natürlich« – er übersah den missbilligenden Blick des Regens völlig –, »nichts wäre mir lieber. Johann Münch hatte mich in alle Abläufe eingeweiht, ich komme tatsächlich mit den Gehilfen zurecht. Aber Ihr wisst, dass ich nicht studiert habe.«

»Ja, natürlich«, Regens Kasen biss sich bei diesem Wort auf die Lippen, »selbstverständlich weiß ich das. Vermutlich werdet Ihr deshalb auch kein Interesse mehr an den Schallexperimenten haben und Euch ganz auf den Ausbau der Kirche konzentrieren.«

Der Adlatus schien etwas sagen zu wollen, hielt sich aber zurück, als Regens Kasen fortfuhr: »Ich muss Euch freilich in ein Geheimnis einweihen, bei dem ich mir Eure Diskretion ausbitte, strengste Diskretion, auf die ich allergrößten Wert lege. Bei einem Bruch dürftet Ihr keine Nachsicht erwarten.«

Regens Kasen schaute den Adlatus für einen Augenblick prüfend an, der durchaus allergrößten Respekt zeigte, und vollendete dann seinen Gedanken: »Wir haben es mit der Vollendung der Kirche nicht eilig. Oder, um mich noch etwas klarer auszudrücken, wir zögern sie bewusst heraus. Solange die Kirche nicht geweiht ist, können wir in ihr Theater spielen. Eure Aufgabe wäre, diesen Gesichtspunkt mit zu berücksichtigen, alles in größter Ruhe durchzuführen. Aber ich kann Euch Eure Berufung nicht so ohne weiteres versprechen. Ich brauche dafür die Zustimmung des Konvents. Ich lasse von mir hören. Und denkt daran: Was ich Euch gesagt haben, unterliegt strengster, wirklich strengster Diskretion.«

Diesmal deutete der Adlatus die Zeichen richtig, dass das Gespräch nun zu Ende sei, und erhob sich, obwohl er noch etwas erwidern wollte. Regens Kasen gab jedoch mit Kopfnicken und einer Handbewegung zu verstehen, dass er keine weitere Besprechung wünschte. Der Adlatus verbeugte sich stehend und murmelte einige Dankes- und Abschiedsworte, während Regens Kasen bereits zu seinem Schreibtisch ging.

***

Als der Adlatus die Tür hinter sich geschlossen hatte, wandte sich Regens Kasen abrupt vom Schreibtisch ab und eilte durch die gegenüberliegende Tür in das Zimmer seines Sekretärs, der erschrocken aus seinen Akten aufblickte. Kasen befahl ihm in scharfem Ton, dass sogleich die Bücher von Schwenter und Harsdörffer zu besorgen seien, wobei er die genauen Titel so rasch diktierte, dass Pater Kritsraed in Verlegenheit geriet. Dann eilte Regens Kasen so schnell, wie er gekommen war, in sein eigenes Zimmer zurück. Er ließ nach Pater Nesselrath rufen.

Nach einer Weile traf dieser ein. Er gehörte zu den lang gedienten Mitgliedern des Konvents, ein freundlicher, aber zurückgezogen lebender Mann von auffallend guter Erscheinung, die sich nicht zuletzt den lockig unter dem Birett hervorschauenden pechschwarzen Haaren verdankte. Seine Leidenschaft gehörte neben den theologischen Studien den Naturwissenschaften, seine Spezialität war die Mechanik, insbesondere der Bau mechanischer Apparate. Vor wenigen Jahren hatte er eine Wasseruhr konstruiert, ein kleines hydraulisches Wunderwerk, das wie einige andere dieser Art im naturwissenschaftlichen Kabinett des Gymnasiums aufgestellt war, teils zu Lehrzwecken, teils zur Demonstration des wissenschaftlichen Fortschritts bei den Jesuiten. Kein anderes Gymnasium hatte Vergleichbares aufzuweisen, und Regens Kasen förderte dies nach Kräften. Pater Nesselrath konnte sich denken, dass es um Wichtiges ging, wenn der Regens des Konvents ihn so plötzlich aus seinen Studien riss, die zur Vorbereitung der Predigten am nächsten Sonntag dienten. Pater Nesselrath sprach in der Frühmesse auf der Domkanzel, was eine hohe Ehre für den Orden und ihn selbst bedeutete. Später waltete er in Sankt Mariagraden seines Amtes, wo er außerdem nach dem Gottesdienst Katechismusunterricht für die Kinder der Gemeinde hielt. Nun allerdings würde es kaum um die täglichen Probleme gehen, so viel stand fest. Und Regens Kasen zeigte alle Merkmale der Anspannung, als er seinen Mitbruder zuerst begrüßte und dann in denselben Sessel bat, in dem kurz zuvor der Adlatus gesessen hatte.

»Ich habe Euch hergebeten, weil ich in großer Unruhe hin«, begann Regens Kasen. »Ich erhalte anonyme Briefe, was ich Euch vertraulich zu behandeln bitte. Diese Briefe beziehen sich auf unseren römischen Mitbruder Athanasius Kircher.«

Regens Kasen prüfte einen Augenblick die Reaktion seines Gegenübers, konnte jedoch keine Regung feststellen und fuhr fort: »In diesen Briefen wird Kircher angegriffen, ja, es handelt sich um eine bösartige Polemik.«

Als sein Gegenüber immer noch regungslos blieb, kam der Regens unvermittelt zum entscheidenden Punkt: »Was haltet Ihr von Kircher?«

Pater Nesselrath antwortete in aller Ruhe: »Ich brauche wohl nicht zu betonen, dass ich anonyme Briefe ablehne. Aber ich bin schon seit langem ein Kritiker Kirchers, was nicht ganz einfach ist beim Renommee unseres römischen Ordensbruders. Ich nehme an, Ihr wollt Näheres wissen, und ich will auch Näheres sagen. Nur solltet Ihr mir zuvor Näheres mitteilen. Um welche Art von Anwürfen handelt es sich denn?«

Regens Kasen erwiderte ungeduldig: »Natürlich – nein: nicht natürlich! Also, ich werde Euch einweihen, sofort. Aber zuerst, bitte, eine Antwort. Gibt es etwas Grundsätzliches, das Ihr an Kirchers Lehren ablehnt?«

»In der Tat, das gibt es. Ich halte das Vorgehen von Kircher nicht für wissenschaftlich. Kircher läuft einer Idee nach, einem Phantom, das seine Vorstellungen bestimmt und alle seine Untersuchungen zur Bestätigung dieses Vorurteils macht. Dieses Phantom ist die Idee, dass alles in der Welt auf Gegensätzen beruht. Angedeutet ist sie in seinen frühen Büchern über den Magnetismus, der ihn offenbar mit der Bipolarität zuallererst auf diese Idee brachte. Er hat sie in seinem Buch über das Licht exemplifiziert, in dem alle Einzelheiten auf dem Gegensatz von Licht und Schatten aufbauen. Er hat sie seinen Untersuchungen über das Innere der Erde zugrunde gelegt, wo er nach dem Zentralfeuer und unterirdischen Wasseradern suchte, was ihm übrigens als jungem Mann beinahe das Leben gekostet hätte, als er sich unter größter Lebensgefahr in den gerade brodelnden Vesuv abseilen ließ – ängstlich ist er nun gerade nicht.«

»Und bei der Theorie des Schalls? Unser verunglückter Architekt hat seine Experimente auf dieser Theorie aufgebaut, wie Ihr sicher wisst, obwohl ich immer versucht habe, so wenig wie möglich davon in den Konvent dringen zu lassen.«

»Bei der Theorie des Schalls ist es genauso«, antwortete Pater Nesselrath, »da er diesen Schall lediglich als eine Anwendung der Lichttheorie behandelt, also wieder mit den üblichen Gegensätzen arbeitet, obwohl er sich dabei letztlich auf Marin Mersenne stützt. Ihr müsst einmal Mersennes Buch über diesen Gegenstand zum Vergleich in die Hand nehmen. Mersenne ist wirklich Wissenschaftler, vor allem Mathematiker, der bedeutende Forschungen zu den Primzahlen vorgelegt hat. Er folgt dem neuen Stern der Philosophie in Frankreich, René Descartes, den Pater Kircher ablehnt, aber kaum kennt. Er lehnt sogar das kopernikanische Weltbild ab, wonach sich die Erde um die

Sonne dreht statt umgekehrt. Es kann allerdings sein, dass er in diesem Punkt nicht ganz das schreibt, was er glaubt.«

»Und wie kommt Ihr darauf?«

»Weil er bei seiner Ankunft in Rom im Jahre 1633 mitten in den Prozess um Galilei geriet, in dem unsere damaligen Ordensbrüder nicht die beste Figur machten. Galilei hat, wie Ihr wisst, die kopernikanische Lehre widerrufen. Der Prozess gegen ihn war eine einzige Blamage. Lange wird Rom die Unterdrückung der Wissenschaft nicht durchhalten. Ihr hättet Euch einmal mit unserem ehemaligen Kölner Mitbruder Adam Schall unterhalten sollen, der ja Experte für Astronomie ist und dies im Augenblick bei seiner Missionsarbeit in China so erfolgreich anwendet.«

»Noch einmal zurück zu Kirchers Schalltheorie!«, unterbrach Regens Kasen, der befürchtete, sein Mitbruder werde allzu weit vom Thema abirren. »Was genau ist daran falsch?«

Pater Nesselrath richtete sich in seinem Sessel ein wenig auf, als wollte er sich besonders konzentrieren, und sagte dann: »Meine Antwort lautet: Alles, es ist einfach alles falsch, ich meine damit die Grundlagen wie die Anwendungen. Vielleicht unterhalten wir uns über die Anwendungen einmal bei anderer Gelegenheit. Was die Grundlagen anbelangt, sage ich so viel: Kircher forscht nicht, sondern passt seine Forschungen dem an, was er erwartet. Und er erwartet nun einmal, dass alles in der Welt auf diesen Gegensätzen beruht, also auf etwas ganz Einfachem. Er sucht in allem, auch in der Akustik, nach einer Bestätigung für diesen einfachen Aufbau der Welt. Der Sündenfall im Bereich des Wissens liegt für ihn darin, dass man sich von diesen Ursprüngen immer mehr entfernt hat. Er will also zu diesen Ursprüngen zurück und hat dafür ein Vorbild gefunden, wie es schlimmer nicht sein könnte. Er stützt sich auf den sagenumwobenen Hermes Trismegistos, den Dreimalgrößten, über den schon Augustinus Vernichtendes geschrieben hat. Im Augenblick geistert dieser Obermagier wieder durch viele Köpfe, nachdem er seine Blütezeit eigentlich im 15. Jahrhundert hatte. Vor allem hat Isaac Casaubon im Jahre 1610 den Nachweis geführt, dass dieser Hermes keineswegs uralt ist, gar aus den Zeiten des Moses stammt, sondern dass sämtliche Angaben dieser Art auf plumpen Fälschungen beruhen. In Wirklichkeit handelt es sich bei diesen Schriften um haarsträubende Kompilationen aus spätantiken Zeiten. Aber Kircher hat sich nun einmal in diesen Hermes vergafft – er will mittlerweile sogar sämtliche Religionen auf die Hermetik zurückführen. Und all das ist nicht einmal das Schlimmste. Es gibt in Kirchers angeblichen Forschungen sogar simplen Betrug. Ich will Euch ein Beispiel geben. Im Zentrum der akustischen Untersuchungen steht die Konstruktion eines Rohres, mit dem man über große Entfernungen sprechen kann. Kircher behauptet nun, man brauche das Rohr nur umzudrehen und könne dann Gespräche aus der Ferne belauschen. Er hat sogar geschrieben, auf diese Weise höre er Gästen zu, wenn sie sich seiner Gartentür näherten. Freilich ist das nur ein Witz gegenüber den grundsätzlichen Irrtümern. Es würde etwas kompliziert, wenn ich Euch das erklären wollte.«

»Bitte, wenigstens eine Andeutung.«

»Sollten wir das nicht auf ein systematisches Gespräch vertagen?«

»Gut, meinetwegen. Aber ich muss doch einmal in aller Form fragen: Warum habt Ihr mich nicht früher darüber unterrichtet? Warum habt Ihr uns monate-, wenn nicht jahrelang in Experimente hineinlaufen lassen, die offensichtlich falsch angelegt waren?«

Pater Nesselrath ließ sich entspannt zurücksinken, als brauche er sich nun nicht mehr besonders anzustrengen: »Aber Euer Architekt hat doch selbst die Beweise geliefert, dass Kircher im Unrecht ist. Sämtliche Experimente waren zuletzt doch nur darauf angelegt zu zeigen, dass der Schall anders funktioniert, als es sich Kircher vorstellt. Johann Münch stand unmittelbar vor dem Durchbruch. Er wollte Euch alles mitteilen, Euch von Kircher abraten und in eine ganz andere Richtung drängen. Nur der Unfall hat es verhindert.«

»Wer weiß außer Euch denn sonst noch von diesen Dingen?«, fuhr Kasen gereizt dazwischen.

»Nur wenige, Pater Gehlen und Pater Bredenbach, die wie ich naturwissenschaftlich interessiert sind. Wir hatten immer engen Kontakt zu Johann Münch, mit dem wir lange vor seinem Unfall die akustischen Probleme ausführlich besprochen haben. Wenn ich dies in allem schuldigen Gehorsam noch hinzufügen darf: Ihr habt uns nicht gerade dazu ermutigt, die Diskussion öffentlich zu führen.«

Regens Kasen war die Verärgerung über diesen Vorwurf durchaus anzumerken, aber er hielt sich im Zaum: »Und kurz vor dem Unfall, wie Ihr es nennt? Gab es irgendetwas, das vielleicht zum Auslöser des Unfalls wurde, wenn ich mich damit verständlich ausdrücke?«

»Falls Ihr meint, es habe sich um einen Anschlag gehandelt –«

»Nicht ich meine das«, unterbrach Regens Kasen noch gereizter, »aber ich muss mich damit zurechtfinden, dass es einige in meinem Konvent zu glauben scheinen.«

»Wenn Ihr dies ansprecht, muss ich abwehren. Ich weiß nichts von solchen Vorgängen. Ich weiß nur, dass einige über den engen Kreis hinaus mitbekommen haben, dass Kirchers Autorität umstritten ist. Ich kann allerdings nicht glauben, dass daraus jemand die Konsequenzen gezogen haben könnte, die Ihr andeutet. Wenn Ihr Derartiges in Erwägung zieht, müsstet Ihr ebenfalls bedenken, dass ein Anschlag auch aus dem umgekehrten Grund hätte erfolgen können. Es könnte jemand an den Erfolg geglaubt, aber diesen nicht gewollt haben. Einige unter uns kritisieren die Art, wie wir Jesuiten uns den Mächtigen andienen – das ist Euch nichts Neues. Wenn Ihr einen Anschlag vermutet und den Mörder oder Anstifter zum Mord unter uns sucht, kommen eigentlich ziemlich viele in Frage. Ich bezweifle allerdings, ob Ihr mit Eurer Theorie im Recht seid.«

»Ich danke Euch dennoch sehr für Eure Auskünfte. Ich habe übrigens die Bücher bestellen lassen, die in den anonymen Briefen erwähnt werden. Es handelt sich um Schriften von Schwenter und Harsdörffer, aus denen Kircher abgeschrieben haben soll oder die irgendwie mit Kircher in Verbindung stehen. Würdet Ihr mir dazu etwas Genaueres sagen, wenn sie da sind?«

»Sehr gern«, antwortete Pater Nesselrath und erhob sich, nachdem auch Regens Kasen aufgestanden war. »Die Fortschritte der Wissenschaft interessieren mich immer, auch wenn sie von Protestanten stammen.«

»Von Protestanten?«

»Harsdörffer ist auf jeden Fall Protestant, und Schwenter wird es als Professor in Altdorf auch sein. Übrigens empfehle ich außer einem Studium der genannten Schriften, mit einem gewissen Johann Christophorus Sturm Kontakt aufzunehmen. Ich stehe mit diesem Mann, der ebenfalls Professor in Altdorf ist, seit langem brieflich in Verbindung und muss sagen, dass er unseren Kircher am klarsten widerlegt hat und sich dabei selbst wiederum auf eine Widerlegung stützt, die in

England von einem gewissen Samuel Moreland formuliert worden ist. Sturm und Moreland dürften, nebenbei bemerkt, ebenfalls kaum katholisch sein. Aber die akustischen Gesetze sind konfessionell ja ungebunden.«

Pater Nesselrath hatte sich bei den letzten Worten schon zur Tür gewandt und konnte den mürrischen Blick seines Regens nicht mehr sehen.

VIERZEHNTES KAPITEL *In dem Agnes während einer Sturmnacht von Pater Heimbach aufgesucht wird, der sie in ihrem Verdacht bestätigt und ihr so lange von Athanasius Kircher erzählt, bis sie einschläft.*

Der Regen peitschte gegen die Fensterscheiben, schien für Momente das Haus unter Wassermassen zu begraben wie ein Schiff auf hoher See. Dann war der Sturm lauter: ein Heulen, das bis zu höchsten Pfeiftönen anwuchs, um wieder abzuschwellen und gleichsam neuen Anlauf zu nehmen. Es war die Zeit der Herbststürme, schon spät in diesem Jahr, wo der Oktober seinem Ende zuging. Eisig kalt war es geworden, die ersten Schneeflocken mischten sich in den Regen, dazwischen Graupeln, die ein Geräusch machten, wie wenn Erbsen aus der großen Schütte in einen Topf fließen. Agnes lag wach in ihrem Bett, hatte sich die Decke fast über den Kopf gezogen. Hin und wieder stand sie auf, um nach den Kindern zu sehen, die Decken zurechtzuzupfen, die Fenster zu kontrollieren. Eine Bibel lag in jedem Schlafzimmer an den untersten Querbalken des Fensterrahmens gelehnt, um Halt zu schaffen oder doch den natürlichen Halt mit göttlicher Hilfe zu unterstützen. Ihre Mutter hatte es schon so praktiziert, ihre Großmutter ohnehin, nur ihr Mann hatte darüber gelacht und seine üblichen Scherze gemacht. Sie solle doch wenigstens die Stelle mit dem Sturm auf dem See Genezareth aufschlagen, hatte er einmal gesagt, worauf ein Blitz in der Nähe einschlug, dem ein krachender Donner folgte, der sie beide zu Tode erschreckte.

Auch jetzt erschrak Agnes. Mitten im Tosen und Prasseln glaubte sie, ein Geräusch gehört zu haben, das freilich nicht vom Wetter stammen konnte. Sie fuhr hoch, lauschte angespannt und vernahm es wieder. Das Dahindämmern war zu Ende, sie war hellwach und überlegte. Eindeutig kam es von unten, von der Hofseite. Wer sollte dort sein? Und wieso machte er sich bemerkbar? Wieder das Pochen:

Sechsmal, siebenmal, dann übertönte es der Sturm. Agnes richtete sich vollends auf, verließ ihr Bett, zog sich den Nachtrock an, nahm auch die Leuchte mit der Kerze, die sie hatte brennen lassen, und ging lautlos zur Schlafzimmertür. Jemand wollte in ihr Haus, um sie zu sprechen – so viel stand fest. Ein Einbrecher würde nicht klopfen. Aber wer war es? Vielleicht jemand aus dem Konvent? Aber dort war nachts die Pforte geschlossen. Und Pater Heimbach? Auch der befand sich im Konvent, konnte es also nicht sein. Sie betrat die Wendeltreppe, vermied eine Stelle, von der sie wusste, dass die Diele knarrte, obwohl niemand draußen das Knarren hätte hören können, erreichte die Eingangshalle und näherte sich der Hoftür. Ein Fenster war an dieser Stelle nicht vorhanden. Als sie die Tür gerade erreicht hatte, klopfte es erneut, dazu hörte sie leise Verwünschungen, die wohl nicht für sie gedacht waren. Er versucht nicht, die Tür aufzubrechen. Es kann kein Einbrecher sein, beruhigte sich Agnes. Sie überwand sich und rief: »Wer da?«

»So macht doch auf, um Gottes willen«, kam es, und sie wusste augenblicklich, wer vor der Tür stand. Sie schob die beiden Riegel zurück, dass es krachte, und drückte die Klinke herab, nicht ohne sich mit dem Körper gegen die schwere Tür zu lehnen. Dabei fürchtete sie nicht den Draußenstehenden, sondern den Sturm, der tatsächlich sofort hereinpfiff und eine in ihren langen Mantel gehüllte durchnässte Person vor sich her drückte. Nur kurze Zeit später schlug dieser Jemand die Kapuze zurück, schüttelte sich wie ein Hund und schaute Agnes einigermaßen fassungslos an, so wie diese ihrerseits den eigenartigen Gast anstarrte. Es war Pater Heimbach.

»Wie im Himmel seid Ihr hierher gekommen?«, war die erste Frage, die nahe lag, aber dann doch nicht ernst gemeint sein konnte, denn Agnes wartete keine Antwort ab, sondern half dem Pater, sich aus seinem nassen Mantel zu schälen. Sie sprang anschließend in die Küche, holte ein Tuch und trocknete ihn ab, wo der Sturm sich trotz der Hüllen seine Bahn gesucht hatte. Pater Heimbach ließ sich reglos alles gefallen, schloss die Augen, als Agnes ihm durchs Gesicht und über den besonders nassen Spitzbart fuhr, und lächelte dann kurz statt einer Antwort.

»Kommt in die Küche, es ist noch warm vom Tag«, sagte Agnes und zog ihren Besucher am Arm hinter sich her.

Pater Heimbach ließ sich auch dies gefallen und sank endlich auf der Ofenbank nieder. Agnes stellte die Kerze auf den Tisch und zündete eine größere Lampe im Raum an, holte sich Schuhe, nachdem sie bislang auf Strümpfen gegangen war, rüttelte die Holzscheite im Herd zurecht, stellte den Kessel mit einer Brühe aufs Feuer und wandte sich dann wieder dem Pater zu.

»Ihr könnt von Glück reden, dass ich das Klopfen gehört habe. Ich konnte nicht schlafen, habe fortwährend nach den Kindern gesehen. Außerdem pflege ich auf nächtliches Klopfen nicht zu öffnen.«

Pater Heimbach lächelte einigermaßen verlegen, wobei er sich mit beiden Händen den Rücken massierte und den Körper dazu reckte, als gelte es zu untersuchen, wie viel Leben noch in ihm steckte.

»Ich danke Euch«, kam es unter Kopfnicken. »Ich hatte zuletzt wirklich nicht mehr damit gerechnet, dass Ihr öffnen würdet. Ich war schon versucht, einen Stein gegen Euer Fenster zu werfen. Aber ich wusste nicht genau, wo Euer Schlafzimmer liegt. Und ein Loch in der Scheibe in dieser Nacht hätte Euch nicht sehr erfreut. Aber es hat ja doch noch geklappt. Ich bin dem Tod entronnen und hier.«

»Mit dem Tod treibt man keine Scherze«, erwiderte Agnes und prüfte mit ihrer Hand, ob der Topf schon heiß sei. »Aber etwas riskiert habt Ihr schon. Ich nehme an, niemand weiß, dass Ihr hier seid.«

»Ich hoffe, nicht. Nein, ganz sicher nicht. Auf den Straßen war niemand zu sehen. Ich komme übrigens nicht aus dem Konvent, sondern von einem Versehgang zu einem Sterbenden am Eigelstein. In einer Familie ringt der Vater mit dem Tod. Ich habe mich freiwillig gemeldet hinzugehen. Allzu lange kann ich nicht hier bleiben. Aber ich wollte Euch etwas sagen. Es war übrigens nicht einfach, zur Rückseite Eures Hauses zu kommen. Ich hätte in den Gärten fast die Orientierung verloren. Meine Schuhe seht Ihr Euch besser nicht an.«

»Habe ich längst«, antwortete Agnes nicht ohne kritischen Gesichtsausdruck, »aber sagt mir lieber, was so wichtig ist.«

»Ich bin mir sicher, dass Ihr mit Eurem Verdacht im Recht seid.«

Pater Heimbach zögerte einen Augenblick, sah, dass Agnes Münch erstaunt reagierte, und fuhr fort: »Ich war mir schon vorher zeitweise sicher, aber dann wieder nicht. Es gab einfach zu viele Erklärungen, die das Gegenteil zu belegen schienen. Die akustischen Experimente sehen auf Anhieb nicht nach etwas Verbotenem aus. Selbst im ehemaligen Achatiuskloster haben wir letztlich nichts gefunden, was den Verdacht bestätigte. Aber ich bin mir jetzt doch ganz sicher.«

Agnes schöpfte Brühe in einen Teller, den sie dem Pater gereicht hatte, und schaute ihm statt einer Frage eindringlich in die Augen. Pater Heimbach bemerkte dies nicht, weil er viel zu sehr auf seine Gedanken konzentriert war, und setzte dann zu einer näheren Erklärung an.

»Im Konvent ist der Teufel los, wenn man das von einem Konvent sagen darf. Es ist, als hätte man von einem Kessel den Deckel genommen und sähe, wie es drinnen brodelt – wohl schon länger brodelte. Es gibt scharfe Kritik an Eurem Mann. Nein, nicht direkt an Eurem Mann, aber an seiner Arbeit. Einige haben wohl die ganze Zeit die akustischen Experimente für reines Teufelswerk gehalten. Ich war entsetzt, als ich hörte, wie ein älterer Mitbruder seine Genugtuung über das Ende ausdrückte. Und das ist nicht alles. Es geht Angst um. Einige Brüder meiden den Umgang mit bestimmten Mitbrüdern. Es wird getuschelt, alle sind gereizt, am meisten unser Regens Kasen, der viel zu lange geglaubt hat, die Experimente und vor allem deren Ergebnisse geheim halten zu können. Durch Zufall habe ich mitbekommen, dass Bücher bestellt sind, aus denen hervorgehen soll, dass Athanasius Kirchers Theorien nicht stimmen, was an sich vielleicht nicht wichtig erscheint. Aber es sieht so aus, dass Euer Mann das schon lange wusste, und einige Mitbrüder wollen nicht, dass Kircher angegriffen wird, der unserem Orden in der Welt zu Anerkennung verhelfen soll. Ich könnte noch Einzelheiten erzählen, aber wegen all dieser Dinge bin ich gar nicht hier.«

»So? Und weshalb sonst?«, fragte Agnes, die sich mittlerweile auf einem Stuhl neben der Ofenbank niedergelassen hatte.

Pater Heimbach nutzte eine kleine Pause, um die heiße Brühe zu löffeln, ehe er fortfuhr: »Ich wollte Euch sagen, dass wir den Mörder vermutlich recht einfach überführen können.«

Agnes sprang von ihrem Stuhl auf, stellte sich vor den Pater, als wolle sie nun jedes Wort ganz genau mitbekommen.

»Ihr könnt was?«

»Es muss freilich eine Voraussetzung zutreffen. Der Mörder muss identisch sein mit dem Eindringling, der das Arbeitszimmer Eures Mannes durchsucht hat. Oder er muss wenigstens mit dem Mörder in

Beziehung stehen. Dieser Eindringling hat eine Spur hinterlassen. Er hat aus dem Buch, das Ihr mir anschließend mitgegeben habt, Seiten herausgerissen. Jedenfalls ist dies mehr als wahrscheinlich, Euer Mann wird wohl kaum sein eigenes Buch derart verunstaltet haben. Es ist der Vitruv, und bei den herausgerissenen Seiten geht es um die Ausführungen zu den Schallgefäßen. Genau genommen sind es nicht Textseiten, sondern Seiten im Anhang, die die passenden Abbildungen enthalten. Diese Seiten könnte man vielleicht finden.«

»Ihr wollt den Konvent durchsuchen?«, fragte Agnes nachdenklich.

»Genau, und ich weiß auch, wie und wann.«

»Und wann?«

Pater Heimbach löffelte die heiße Brühe aus, stellte den Teller samt Löffel auf den Tisch, strich sich mit der Hand über seinen mittlerweile einigermaßen trockenen Spitzbart und lächelte, statt zu antworten.

»Also bitte, wie und wann?«, wiederholte Agnes ungeduldig, die immer noch stand und sich nun wieder setzte, allerdings den Stuhl mehr an die Ofenbank heranrückte, um das Geheimnis ganz deutlich zu hören, während auch in der Küche das Windgeheul die Worte zu übertönen drohte.

»Nächste Woche, bei der Theateraufführung von Masens Komödie ›Rusticus imperans‹. Alle Patres sind dann in der Kirche. Zimmerschlüssel gibt es bei uns nicht. Dafür gibt es Pausen zwischen den Akten. Ich werde diese Pausen nutzen. Wenn ich die Seiten finde –«

»Um Gottes willen«, sagte Agnes bestürzt. »Und wenn man Euch erwischt? Glaubt Ihr, der Mörder sitzt andächtig in der Kirche und legt diese Seiten für Euch zurecht? Wer einmal gemordet hat, mordet doch wieder!«

»Auf Priestermord steht Exkommunikation«, antwortete Pater Heimbach, was witzig gemeint war, aber auch seinen Mut belegen sollte.

Agnes sah ihn jedoch nur strafend an und setzte sich dann neben ihn auf die Ofenbank, nicht ohne ihren Nachtrock noch dichter um sich zu ziehen als schon zuvor. »Aber Ihr könntet tatsächlich Recht haben«, kam es nach einer Weile. »Es wäre kein Beweis für den Mord, aber es wäre ein Beweis dafür, dass hinter diesen Akustikexperimenten mehr steckt, als es aussieht. Die Forschungen meines Mannes müssen wichtig gewesen sein. Sie haben jemanden interessiert oder auch gestört. Wenn mein Mann einen Unfall gehabt hätte, wäre es nicht nötig gewesen, heimlich Material zu besorgen, um vielleicht Spuren zu verwischen. Wer die Seiten aus dem Buch hat – und übrigens auch die Bauzeichnungen –, muss irgendetwas mit diesen Experimenten zu tun haben.«

Pater Heimbach antwortete nicht gleich, sodass eine Pause entstand, die vom Heulen des Windes gefüllt wurde. Er musste das Haus verlassen, aber er wollte nicht, spürte diese Frau neben sich, die so dicht neben ihm saß und ihn doch nicht berührte. Er wagte nicht näher zu rücken, hoffte, dass irgendein Zufall die Berührung herbeiführen würde, ein schrecklicher Donnerschlag vielleicht. Aber es war kein Gewitter, es war nur ein Sturm.

So begann er noch einmal, über die Ereignisse im Konvent zu sprechen, die er bei unterschiedlichen Lauschaktionen mitbekommen hatte. Er erzählte, wie Kircher in den Mittelpunkt der Auseinandersetzung gerückt war, erzählte über Kircher selbst, über dessen Wirken in Rom, dass der Kaiser ihn als Ratgeber hinzuziehe, dass er ein Museum aufgebaut habe, zu dem die Jesuitenpatres von ihren Missionsfahrten in alle Welt Eigenartiges mitbrächten. Er erzählte von den Forschungen dieses Gelehrten, von den vielen Büchern und Themen, unter denen seit Neuestem das Interesse an der Entzifferung der ägyptischen Hieroglyphen den Vorrang einnehme. Er erzählte, dass in Rom Anschauungsmaterial in Fülle vorhanden sei, darunter der große Obelisk auf der Piazza Navona, wo Bernini den schönsten aller römischen Brunnen errichtet habe. Allein diesen Obelisken bedeckten Hunderte von Hieroglyphen, Bildzeichen also, die teils Tiere darstellten, teils Gegenstände aus dem Alltag. Unter den Tieren bezeichne der Löwe offenbar den Gott Osiris, von dessen Wohltaten die Rede sei wie die jährliche Überschwemmung des Nils und so weiter und so fort.

Da spürte Pater Heimbach den Körper von Agnes Münch, eine leichte Anlehnung zuerst, dann ein ruckartiges Zusammensacken, bei dem ihr Kopf mit all dem Haar gegen ihn fiel, dabei leicht nach vorn zu rutschen drohte, sodass der Pater sie mit dem Arm umfing und festhielt. Agnes Münch war eingeschlafen. Kein pfeifender Wind und kein Erzählen störten sie länger, zu groß war die Erschöpfung gewesen: die Unruhe während der stürmischen Nacht, der Schrecken angesichts des Pochens an der Hintertür. Pater Heimbach verharrte einen Augenblick zwischen Seligkeit und Unschlüssigkeit. Dann griff er mit dem linken Arm unter ihre Schulter, mit der rechten unter ihre Knie und stand mit dem Bündel auf. Er ließ die Küchentür weit offen stehen, um einen schmalen Lichtschein zu bewahren, fand die Wendeltreppe, konnte ohne seine Hände die schmutzigen Schuhe nicht abstreifen und stieg so die Stufen empor ins immer dunkler werdende obere Stockwerk. An der einen Spalt breit geöffneten Tür erkannte er das Schlafzimmer, stieß auch dort die Tür vollends auf und sah im Licht der Kerze sogleich das Bett. Er ließ Agnes Münch ganz langsam herabsinken, schlug mit der rechten Hand die Decken zurück, legte sie endgültig nieder und deckte die Schlafende zu. Nur für einen Augenblick blieb er noch stehen. Dann kehrte er um, bemerkte den Schmutz, den er auf den Stufen verbreitet hatte, suchte die dicksten Lehmklumpen aufzulesen und erreichte wieder die Küche. Er beseitigte den Schmutz, löschte die Lampe in der Küche, zog seinen Mantel über und verließ das Haus auf der Straßenseite. Als er die Tür öffnete, pfiff der Wind und peitschte ihm den Regen ins Gesicht. Er schloss mit dem Schlüssel ab, der innen gesteckt hatte, schob ihn unter der Tür ins Innere des Hauses und machte sich auf den Weg. Niemand war unterwegs. Die Kälte genoss er.

Als er selbst auf seinem Lager ruhte, kreisten die Gedanken um das Bündel, das er getragen hatte. Er hatte eine Frau berührt, den Körper gespürt und fragte sich nach seiner Schuld. Aus dem Beichtspiegel kannte er die Formulierung: eine Frau da berühren, wo sie Frau ist. Er überlegte, ob dies auf ihn zutreffe, verneinte es zuerst, ehe ihm das Widersinnige der Formulierung klar wurde. Er wusste, was gemeint war, und lehnte sich doch auf gegen dieses Wort. Wo sollte sie denn nicht Frau sein?, war sein Gedanke, und er lehnte es ab, sein Handeln unter derartigen Gesichtspunkten zu prüfen. Vielleicht würde er seine Gedanken beichten, die ihn viel später befielen, aber nicht diese Tat. Hätte er sie fallen lassen sollen? Neben dem Ofen zusammensinken lassen? Oder hätte er sie wecken müssen, damit sie selbst nach oben ginge? Pater Heimbach konnte die Fragen nicht aus seinen Gedanken verbannen und verurteilte seinen Verstand, der ihm die Fragen zutrug. Warum diese Pein nicht nur mit dem Fleisch, sondern sogar mit den Gedanken an das Fleisch?

Wie immer in diesen Nöten griff er ins Regal zur »Trutz-Nachtigall«, schlug willkürlich auf, als wolle er einen Fingerzeig von oben erzwingen, und fand die Stelle:

Warum tut mich denn plagen
Die Lieb ohn' Unterlass?
Dass nie kein Punkt mag sagen,
Wann ich ohn' Schmerzen war ...

Er musste lächeln, weil er nicht wirklich an einen Fingerzeig glaubte, blätterte noch einmal und las:

Hätt' nie gedacht
An solche Macht,
Als ich fing an zu lieben ...

Entnervt ließ er das Buch sinken. Er wusste durchaus, dass alle Stellen auf eine ganz andere Liebe zielten, fand sich dennoch verhöhnt, wo er doch Trost suchte, und dachte wie im Trotz noch einmal an die Nacht zurück, an Agnes Münch in seinem Arm. Dabei fiel ihm Christophorus ein, der riesenhafte Heide, der den immer schwerer werdenden Christus über den Fluss trägt, bis er von dem winzigen Kind unter Wasser gedrückt und damit getauft wird. Er musste lächeln, stellte sich vor, dass er Agnes Münch den Vergleich erzählen würde, und verwarf es im gleichen Augenblick, weil er sich der Geschmacklosigkeit bewusst wurde. Sein letzter Gedanke ging in die Richtung, dass sie gerade nicht schwerer geworden war, sondern im Gegenteil. Er hätte sie noch lange, noch sehr lange tragen können. Dann schlief auch Pater Heimbach ein.

FÜNFZEHNTES KAPITEL *In dem Regens Kasen drei naturwissenschaftlich wohl informierte Patres empfängt, diese ein endgültiges Urteil über Kirchers Theorie fällen und der Regens dabei immer mutloser wird.*

»Ich bin sehr dankbar, dass Ihr Euch der Aufgabe gestellt habt. Ich gebe zu, dass ich sehr gespannt bin auf die Ergebnisse. Wollt Ihr beginnen, Pater Nesselrath?«

Regens Kasen hatte drei Mitbrüder in sein Arbeitszimmer eingeladen, Pater Nesselrath und die beiden Patres, die dieser als Eingeweihte genannt hatte: Pater Gehlen und Pater Bredenbach. Pater Nesselrath dankte für die Aufforderung, bat jedoch, zuerst Pater Gehlen zu Wort kommen zu lassen. Man habe sich den Stoff aufgeteilt und wolle ihn am liebsten in historischer Abfolge präsentieren.

Regens Kasen nahm den Vorschlag etwas irritiert an. Es war ihm mittlerweile klar, dass er sich in der Vergangenheit zu wenig um die Entwicklung gekümmert hatte. Er war der Meinung gewesen, sein Baumeister folge Athanasius Kircher, bestätige dessen Lehre, ja, setze sie in die Praxis um. Nun musste er bestürzt feststellen, dass ganz anderes um ihn herum vorgegangen war. Und dabei war nicht ausgeschlossen, dass der Tod seines Architekten mit den Diskussionen zusammenhing. Regens Kasen wollte sich deshalb ein Bild machen, wollte sich endlich selbst an die Spitze der Diskussion setzen. Nicht noch einmal sollte er mit Unerwartetem konfrontiert werden, hilflos Polemiken ausgesetzt, die er nicht verstand, Verdächtigungen, deren Wahrscheinlichkeit er nicht abwägen konnte. Pater Gehlen hatte die Lektüre von Schwenters Schrift aus dem Jahr 1636 aufgetragen bekommen: die »Philosophischen Erquickstunden«. Und so schlug er denn mit treuherzigem Gesichtsausdruck, aber durchaus listigen Augen den Folianten beim Lesezeichen auf und begann seine Ausführungen.

»Ich nehme an, ich brauche zur Biographie des 1636 Verstorbenen nicht viel zu sagen. Daniel Schwenter ist in Nürnberg groß geworden und hat seine wissenschaftliche Karriere an der benachbarten Universität gemacht, in Altdorf. Er ist dort zuerst als Professor des Hebräischen aufgetreten, etwas später sogar der orientalischen Sprachen, ehe er sich auf die Mathematik verlegte. In dieser Funktion hat er verschiedene Schriften verfasst, unter anderem über Kettenbrüche. Dann muss ihm das Buch eines unserer französischen Ordensbrüder namens Jean Leurechon in die Hände gefallen sein, mit dem Titel ›Récréation mathématique‹ und so weiter und so fort, also ›Mathematische Erfrischung oder Erquickung‹, wie unsere süddeutschen Landsleute sagen, worin in spielerischer Form Probleme der Arithmetik, Geometrie und schließlich der Mechanik und Optik behandelt sind – also nicht der Akustik. Schwenter hat wohl einiges von all dem übernommen, einiges hinzugefügt. Darunter finden sich nun auch akustische Probleme. So berichtet er in der siebzehnten Aufgabe des vierten Teils von einem gefällten Baum, der entastet und von seiner Rinde befreit auf dem Boden liegt. Wenn an seinem unteren Ende jemand Klopfzeichen macht, kann ein am oberen Ende Stehender diese ganz deutlich vernehmen, nicht aber jemand in der Mitte. Die Überschrift zu diesem Kunststückchen ist recht charakteristisch. Sie lautet ›Ein Instrument zu machen, dass einer in der Ferne höre, was einer, der in der Nähe steht, nicht hört‹. Es geht demnach um Verständigung auf Entfernung, wobei das Überraschende darin liegt, dass man sich manchmal über eine große Entfernung besser verständigen kann als über eine kleine.«

»Genau wie bei den Flüstergalerien, auf die Athanasius Kircher so erpicht ist«, warf Pater Bredenbach ein, indem er auf die entsprechende Abbildung in der »Musurgia universalis« wies. »Dabei kann ja auch ein Sprecher am einen Ende des Gewölbefußes einem Hörer am anderen Ende etwas mitteilen, was ein in der Mitte Stehender schlicht nicht hört.«

»Ganz recht«, bestätigte Pater Gehlen, »der Schall pflanzt sich offensichtlich nicht so fort, wie man denkt. Aber zurück zu Schwenter. Dort geht es eher um große Entfernungen. In der vierundzwanzigsten Aufgabe ist beschrieben, wie ein Reiter, der sich im Wald verirrt hat, ein Loch in die Erde graben soll, ungefähr armtief, um dann seine Ge-

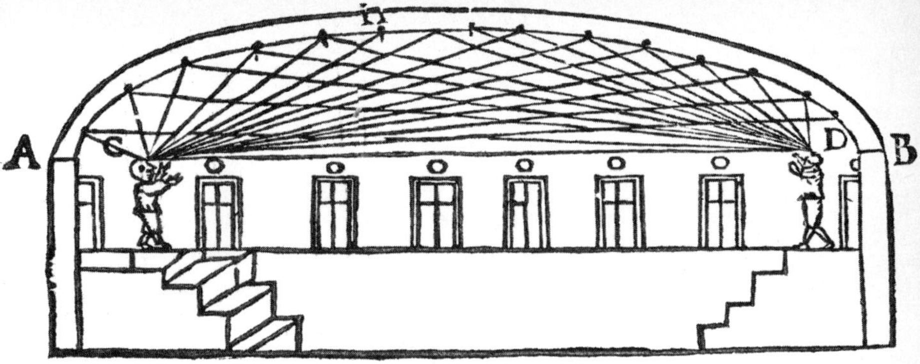

fährten in einer Entfernung von bis zu einer Meile wahrnehmen zu können.«

»Hat das jemand nachgeprüft?«, fragte Regens Kasen.

»Ich nicht«, erklärte Pater Gehlen. »Aber ich glaube, das Entscheidende liegt an der Stelle, die ich hier aufgeschlagen habe. Es geht um ein Instrument, mit dem man weit hören kann, so wie Galilei ein Instrument benutzte, durch das man weit sehen kann.«

»Also Kirchers berühmtes Hörrohr in Analogie zum ›Sehrohr‹«, warf wiederum Pater Bredenbach ein, der Kirchers »Musurgia universalis« am besten von allen Anwesenden kannte.

»Eben«, bestätigte Pater Gehlen. »Kircher fußt tatsächlich auf Schwenter oder hat jedenfalls die gleichen Einfälle gehabt. Und sie stellen sich wohl fast von selbst ein, wenn man genau diese Analogie zugrunde legt: Hören nach Art des Sehens. Schon für Platon ist bekanntlich das Auge der wichtigste Sinn, und in unseren Zeiten scheint sich die Bewertung wieder zu bestätigen. Nach dem Fernrohr kommt das Hörrohr. Wenn denn die Analogie stimmt.«

Regens Kasen wurde unruhig, weil er merkte, dass man sich nun den entscheidenden Voraussetzungen näherte.

»Und was spricht dagegen?«, warf er ungeduldig ein.

»Wenn es stimmt, dass Galilei durch das Fernrohr Monde gesehen hat, die den Jupiter umkreisen, dann scheint mir das Fernrohr doch eine etwas wichtigere Erfindung als das Hörrohr. Vor allem aber erstaunen mich die weiteren Ausführungen bei Schwenter. Er erklärt die

Wirkung in Analogie zum Feuer, das in einem Schlot aufflackert, und zum Wasser, das in einem Kanal dahinschießt. Außerdem ist er gleich bei Vitruvs Schallgefäßen und empfiehlt zum Schluss den Gebrauch in der Kirche und im Schauspielhaus. Man solle also Rohre gegen den Prediger oder den Schauspieler halten, um damit besser zu hören. Kircher empfiehlt dasselbe eher bei Schwerhörigen, wobei er sich Sprecher und Hörer vorstellt, die direkt an den beiden Enden der Rohre sitzen.« Damit wies Pater Gehlen wiederum auf die »Musurgia universalis«, die Pater Bredenbach bereits für ihn aufgeschlagen hatte.

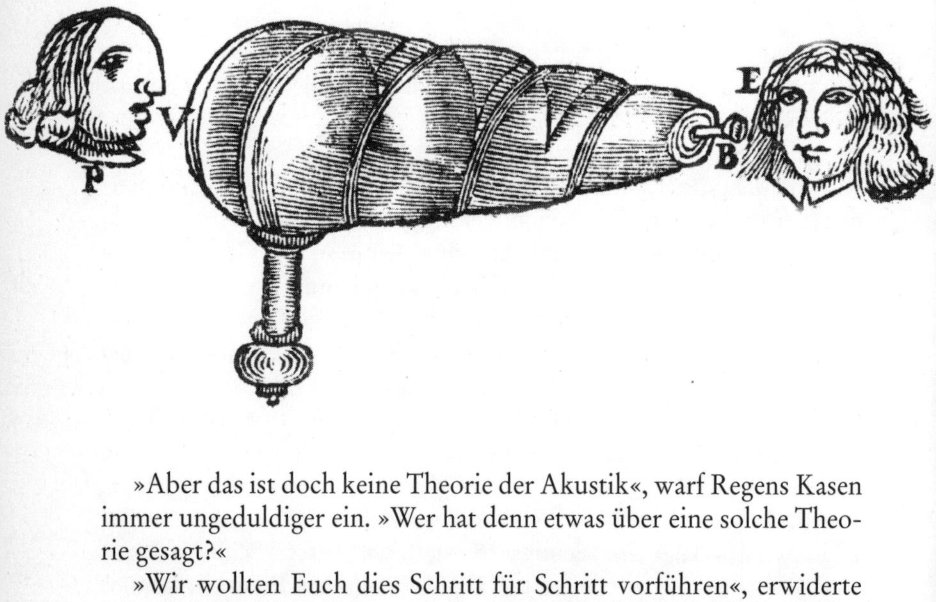

»Aber das ist doch keine Theorie der Akustik«, warf Regens Kasen immer ungeduldiger ein. »Wer hat denn etwas über eine solche Theorie gesagt?«

»Wir wollten Euch dies Schritt für Schritt vorführen«, erwiderte Pater Gehlen. »Aber fahren wir fort. Pater Bredenbach soll den nächsten Punkt übernehmen, indem er über Harsdörffer berichtet, wie Ihr das ja wolltet.«

Regens Kasen sagte nichts, obwohl er sich darüber ärgerte, wie man mit ihm verfuhr. Währenddessen machte sich Pater Bredenbach bereit, der Jüngste der Runde, aber auch er schon deutlich über vierzig. Er trug den ungepflegtesten, also wildesten Bart, mit dem er offenbar gegen zu viel Respekt vor der Mode in der Welt protestieren wollte, wirkte ansonsten jedoch durchaus verbindlich, ja jovial. Rasch rückte er seinen Folianten zurecht, in dem sich die Lesezeichen häuften, und begann:

»Meine Mitbrüder haben mir Harsdörffer aufgetragen, weil ich in diesem Kreise wohl am besten mit Kircher vertraut bin. Tatsächlich ist Harsdörffer Kircher im Grunde in allen Punkten gefolgt, ja, es handelt sich bei Harsdörffers ›Mathematischen und Philosophischen Erquickstunden‹ um nichts anderes als eine Weiterführung von Schwenter mit den Hinzufügungen Kirchers und einigen eigenen Aufgaben. Früher hat er gelegentlich mit Kircher korrespondiert, wie mir aus Rom mitgeteilt wurde – unser Mitbruder hat, wenn es um Wissenschaft geht, auch mit Protestanten verkehrt. Aber um zu den ›Erquickstunden‹ zu kommen, die mir beim Lesen nicht immer sehr erquicklich waren: Harsdörffer richtet sich darin offenbar an ein durchaus ungelehrtes Publikum und verkürzt Kirchers Lehren entsprechend so kräftig, dass man gelegentlich den Sinn nicht mehr wiedererkennt. Vielleicht sollte ich erwähnen, dass ein großes Kapitel – es ist das siebenundzwanzigste im vierten Teil – der Frage gewidmet ist, ob man die Stimme in einem Rohr gewissermaßen einfangen, dann transportieren und schließlich durch Öffnen des Rohrs hören kann. Die Frage wird schließlich abschlägig beschieden, was einem einigermaßen vernünftigen Menschen allerdings wohl keinen Augenblick zweifelhaft gewesen wäre. Wo Harsdörffer das Sprachrohr, übrigens wieder in Analogie zum ›Sehrohr‹, behandelt, hat er die Kircher'schen Beschallungs- und Abhöranlagen im Sinn, die ich Euch hier in der ›Musurgia universalis‹ einmal zeigen möchte.«

Damit drehte Pater Bredenbach den Folianten und hob ihn leicht an, sodass sich seine Mitbrüder nach einigem Blättern den Lesezeichen entlang ein Bild machen konnten. Nachdem er die genau gleichen Anlagen in Harsdörffers Buch daneben gelegt hatte, sagte er: »Ich meine, ich darf mich kurz fassen. Harsdörffer bietet nichts Neues. Wir diskutieren besser Kircher selbst, sonst verlieren wir nur Zeit.«

»Und was ist dabei Eure Meinung?«, fragte Regens Kasen.

»Ich möchte meinem Nachredner, Pater Nesselrath, nicht zu viel vorwegnehmen«, fuhr Pater Bredenbach fort. »Aber wir müssen uns eingestehen, dass unser großer Ordensbruder vielleicht groß ist in all seinen anderen Forschungen, aber kaum auf dem Gebiet der Akustik. Wer einmal Marin Mersenne studiert hat, der ja seine Ausbildung in unserem Orden erhielt und sich dann den Paulanern zuwandte, die nichts anderes als reformierte Franziskaner sind – wer also Mersennes ›Harmonie universelle‹ liest, kommt sehr rasch auf den entscheidenden Fehler Kirchers. Kircher glaubt, der Schall verstärke sich durch Reflexion. Indem der Schall in einem Rohr von Wand zu Wand geworfen beziehungsweise zurückgeworfen wird, werde er immer stärker. Aber das ist offenbar falsch.«

»Und welche Bedeutung hat das für die Praxis?«, warf Regens Kasen ein, dem immer unwohler wurde.

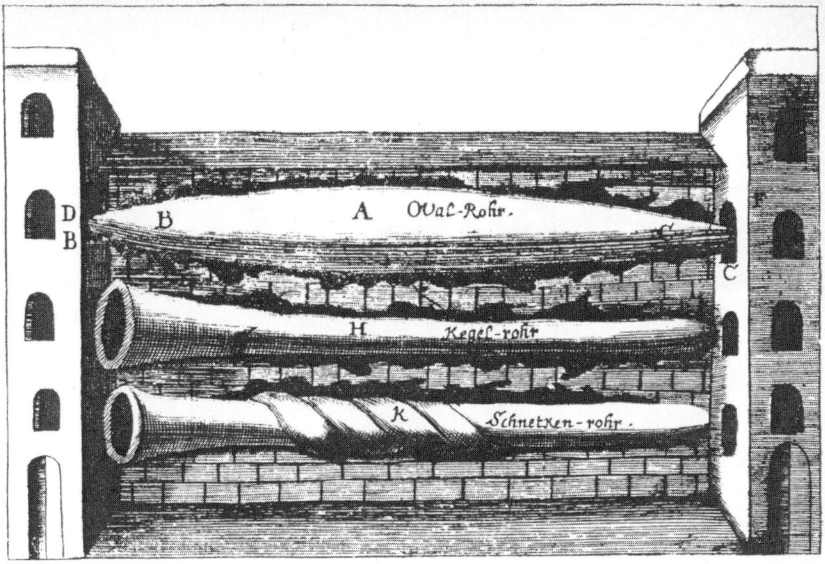
A Oval-Rohr.
B
D
B
C
C
F
H Kegel-rohr
K Schnetken-rohr.

A
B
S
H
I
L
M
N
O
C
D

»Ganz gewiss hat es Bedeutung für die Ausführung von all den schneckenförmigen oder sonst wie gekrümmten Rohren, die jeder aus der ›Musurgia universalis‹ kennt – man braucht nur diese Abbildungen zu sehen.« Damit schlug Pater Bredenbach die Stelle auf und ließ den anderen einen Augenblick Zeit zur Prüfung. Ein Rohr, das in der Mitte zu einer vollkommenen Kugel ausgebildet war, sollte ebenso schallverstärkend wirken wie auf verschiedenste Weise gebauchte, gedrehte und gewundene Rohre. In einem waldhornartig gebogenen Rohr hatte Kircher die angeblichen Reflexionsstrahlen in allen Einzelheiten eingezeichnet.

»Aber dies ist ja nicht der einzige Unterschied zu Mersenne, auf den sich Kircher an anderen Stellen übrigens ganz positiv bezieht, zum Beispiel, wenn es um die nicht grundsätzlich falsche Parallele des Schalls zum Licht geht. Ich meine jedoch, dass Kircher schlicht der Vergangenheit anhängt, wenn er seine Hörrohre zu Spielereien benutzt, die Höflinge unterhalten sollen. Nicht zufällig ist ja immer wie-

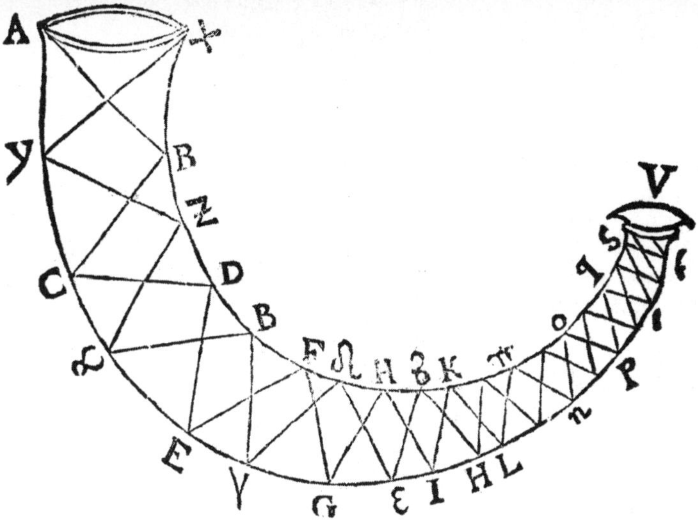
A
Y
R
Z
C
D
B
F
H
K
V
P
E
G
I
HL

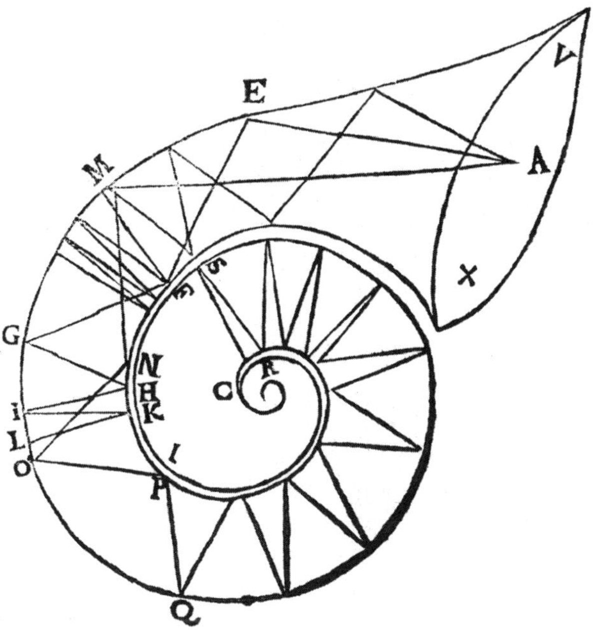
V
E
A
M
S
G
N
H
K
C
R
i
L
O
I
P
Q

der von ›Wunder-Kunstwerken‹ die Rede. Nicht weit davon entfernt sind dann auch Kapitel zu Geheimspiegeln, mit denen man Bilder in der Luft erzeugen kann, die an die finstersten Zeiten der Magie erinnern. Man sehe nur hier dieses Kapitel zu der natürlichen Geheim-Kunst oder Magia naturalis mit der Überschrift: ›Dass man ein Bild könne verfertigen in freier Luft hängend, das so mancherlei Stimme und Töne wie auch Gespräche und Wörter von sich hören lassen kann‹. Übrigens will Kircher auf diese Weise auch Feinde erschrecken, also eine militärische Anwendung, die zweifellos ebenfalls auf gewisse Höflinge zielt.«

Pater Bredenbach machte eine Pause, während Regens Kasen gedankenvoll dasaß, ohne das Wort zu ergreifen. Man sah ihm an, dass er litt. Erst nach einer Weile wandte er sich an Pater Nesselrath und bat ihn, zu jenem Autor Stellung zu nehmen, der Kircher direkt angriff. Pater Nesselrath hatte dazu seine Korrespondenz mitgebracht und vor sich ausgebreitet, die er mit Johann Christopherus Sturm geführt hatte. Im Kreis der Patres war bereits bekannt, dass Sturm ein englisches Werk von Samuel Moreland ausschöpfte. Als Pater Nesselrath zu sprechen begann, wusste jeder, dass nun das Urteil über Kircher gesprochen werden würde.

»Meine Aufgabe ist recht einfach. Sturm beschreibt nicht nur in aller Deutlichkeit ein kleines nützliches Instrument, sondern erklärt auch seine Wirkungsweise. Zur Beschreibung gehören genaue Abmessungen, die ich übergehe. Nur so viel: Es handelt sich nicht um Abhör- oder umgekehrt um Beschallungsanlagen im Sinne höfischer Wunderwerke, sondern um Instrumente, die im Schiffsverkehr auf der Themse und an den Küsten benutzt werden können. Zugrunde liegt eigentlich nur die Umfunktionierung ganz traditioneller Blasinstrumente wie besonders der Trompete, die ohne Mundstück verwendet wird, sodass keine Töne hervorgebracht werden, sondern nur Worte. Die Wirkung in Abhängigkeit von der Größe und äußeren Bedingungen wie Wind oder Wetter ist genau verzeichnet. Sturm hat Morelands Angaben vor den Toren Nürnbergs überprüft und teilt seinerseits genaueste Maßangaben in Fuß mit. Phantastische Erörterungen wie etwa die über das Horn Alexanders, mit dem nach Kircher ein ganzes Heer zusammengerufen werden konnte, verweist Sturm ins Reich der Legende, weil der Durchmesser nicht unter fünf Ellen gelegen haben müsste, womit Anwendungen nicht gerade wahrscheinlich werden. Im Übrigen warnt Sturm vor den Behauptungen von Betrügern, wie er wörtlich sagt, die davon sprechen, dass zwischen solchen Instrumenten und dem fernen Adressaten Stehende von allem nichts mitbekämen.«

»Ist dabei Kircher genannt?«, fragte Regens Kasen in so resignierendem Ton, dass er einem Leid tun musste.

»Nein, Kircher ist nicht genannt. Aber die Kircher'schen Ausführungen dürften durchaus gemeint sein. Viel wichtiger sind die Angaben über Materialien: die Konstruktion aus Pappe oder Metall, besonders Kupfer. Interessanterweise sollen die Materialien eine eher geringe Rolle spielen, wenn man einmal von der Praktikabilität absieht. Alles konzentriert sich auf den entscheidenden Punkt: dass diese Instrumente den Ton deshalb verstärken, weil sie ihn *bündeln*. Man könne sich eben nicht auf die vielfache *Reflexion* berufen, denn es sei klar, dass jede Reflexion den Ton abschwäche, wie es auch im physikalischen Bereich der Fall ist, wenn etwa ein Ball von einer Wand zurückgeworfen wird. Wer sich hier auf die Parallele zum Licht berufe – wieder ist Kircher nicht genannt, aber hier ist er auf jeden Fall gemeint –, übersehe, dass etwa beim Experiment mit dem Brennspiegel der Grund der Verstärkung im Zentrum der Strahlen ebenfalls nicht in der Reflexion, sondern in der Bündelung liegt.«

Pater Nesselrath hielt kurz inne und nahm einen Brief zur Hand. »Vielleicht darf ich die Stelle hier in diesem Brief einmal vorlesen: ›Wenn aber jemand erwiderte, dass durch die Wirkung der Brennspiegel erwiesen sei, dass die Strahlen des Lichtes, die von jenen hohlen und geglätteten Körpern reflektiert worden sind, außerordentlich viel stärker leuchten und erhitzen, machen wir darauf aufmerksam, dass man ihm erwidern muss, dass der Grund jener verstärkten Wirkung nicht die Reflexion ist, weil sie aus dem gewölbten Spiegel nicht weniger als aus dem hohlen reflektiert werden und dort dennoch weniger Wirkung zeigen als die direkten. Sondern es sei eher die Vereinigung der reflektierten Strahlen, sodass es leicht zu glauben ist, dass auch die Klänge, die von größeren Spiegeln dieser Art reflektiert und auf einen Punkt oder Fokus gesammelt worden sind, stärker vernommen werden, so wie Doktor Moreland bezeugt, dass in einem hohlen beziehungsweise konkaven Parabolspiegel aus einer ziemlich reinen Mischung aus Silber und Blei er selbst dies erprobt habe, dass in demselben Brennpunkt des Spiegels, in dem sonst die gebündelten Sonnenstrahlen irgendein Holz in einem einzigen Moment angezündet hatten, auch die Stimme eines Menschen spürbare Verstärkung annahm, solange nur sein Mund genau gegenüber dem Spiegel gehalten wurde.‹«

Pater Nesselrath schaute kurz hoch, sah, dass Regens Kasen verzweifelt die Augen geschlossen hatte, und fuhr mit seinen eigenen Worten fort, als habe er nichts bemerkt: »Von da versteht es sich dann auch, dass die Stimmen von Sprechenden in Gewölben verstärkt werden. Wie Sturm schließlich in seiner ersten Schlussfolgerung zusammenfasst, kann man die menschliche Stimme eben mit geeigneten Mitteln daran hindern, sich sphärisch zu verbreiten und damit abzuschwächen. All dies ist denkbar einfach, kein wirkliches Kunststück, sodass man sich wundern muss, dass Menschen mit gesundem Verstand etwas anderes in den Sinn kommen konnte. Unser verstorbener Architekt Johann Münch hat genau dies selbst festgestellt und sich dann von Kircher abgewandt. Er suchte nach einer passenden Gelegenheit, Euch seine Erkenntnisse mitzuteilen. Mit Verlaub gesagt, fürchtete er wohl Euren Zorn angesichts dieses Misserfolgs, schließlich wurde Kircher besonders von Euch in den Himmel gehoben. Münch wollte statt der schneckenförmigen und anderen merkwürdigen Wunderwerke mit äußerst zweifelhaftem Bestimmungsgrund nur noch akustisch gute oder zweckmäßige Räume bauen. Dies ist freilich verhindert worden.«

Wieder entstand eine Pause, bis diesmal Pater Gehlen das Wort ergriff, der wie seine Mitbrüder erkannt hatte, dass man Regens Kasen Trost zusprechen musste.

»Unser großer Kircher ist ein Kind des Krieges und hat in der Hermetik die ›Philosophie‹ gefunden, die die ganze Menschheit zu Brüdern machen sollte. Irgendwie witzig, dass ausgerechnet in Rom niemand merkt oder jedenfalls niemand kritisiert, dass die Erneuerung vom Heidentum ausgehen soll, wobei Kircher allerdings seinen Hermes zum Nachfahren von Noahs Sohn Cham macht und damit in die frühesten Zeiten des Alten Testaments einreiht. Lassen wir das auf sich beruhen. Wir haben jedenfalls bei uns keine Fehler begangen, die nicht wieder gutzumachen wären. Überlassen wir die Räume im ehemaligen

Achatiuskloster der Natur oder besser noch: Bauen wir an dieser Stelle etwas Neues! Berufen wir einen neuen Architekten, der sich nur noch um den Baufortschritt in der Kirche kümmert! Noch weiß außer uns niemand im Konvent genau, auf welche Abwege wir geraten sind. Und unser Architekt wird nicht lebendig, wenn sich herausstellen würde, dass er in irgendeiner Form zum Opfer wurde. Ich bin für einen Neuanfang.«

Regens Kasen wirkte weiter wie gelähmt. Er nickte zuerst, erbat sich dann Bedenkzeit. Schließlich dankte er jedem einzelnen Redner und beendete das Gespräch.

SECHZEHNTES KAPITEL *In dem in der Kirche Sankt Mariä Himmelfahrt die Komödie »Rusticus imperans« aufgeführt wird, während Pater Heimbach den Konvent durchsucht und etwas Unerwartetes findet.*

Die letzten Tage waren voller Hektik gewesen. An der Aufführung der Komödie nahm die ganze Stadt Anteil, es gab keine bessere Gelegenheit, sich den Kölnern zu präsentieren. »Die Jesuiten spielen nächste Woche Theater« – die Kunde lief jedes Jahr wie eine Neuigkeit durch die Stadt, obwohl es längst Routine war. Zur Zeugnisausgabe nach Allerheiligen wurde am 2. und 3. November der erste und zweite Teil gegeben, am 4. das Stück im Ganzen, wenn nicht ein Sonntag dazwischenfiel. Das Gymnasium präsentierte sich beim Schuljahreswechsel in seinem Glanz, gab den Feierlichkeiten mit den Preisverleihungen an die Besten der jeweiligen Klassen einen würdigen Rahmen und demonstrierte nebenbei seine Leistungsfähigkeit. Bis zu zweihundert Schüler traten als Schauspieler auf, darunter die in fließendem Latein deklamierenden Vertreter der Hauptrollen. Und all dies auf einer Bühne, die so viel Glanz verbreitete wie möglich. Regens Kasen war in seinem Element.

Freilich konnte sich nicht jeder in der Stadt rühmen, geladen zu sein. Bei tausend Schülern machten allein die Eltern um die zwölfhundert Zuschauer aus, wenn man in Rechnung stellte, dass die Auswärtigen und Elternlosen niemanden mitbrachten. Dazu kamen der Rat, die Häupter der großen Stifte und Klöster, an der Spitze das Domstift mit seinem Prior, nicht zuletzt die Patres des Konvents. Natürlich war der Erzbischof geladen, der sich jedoch entschuldigen ließ, sodass der päpstliche Nuntius der höchste Würdenträger am Ort war. Beim feierlichen Einzug begleitete er den Regens des Gymnasiums an der Spitze, während die Galerien längst genauso überfüllt waren wie der hintere Teil der Kirche mit seinen Stehplätzen. Nur die edelsten Gäste fanden Platz auf den Bänken direkt vor der Bühne, die in der gesamten Vierung aufgebaut war: ein riesiger Guckkasten mit Kulissen und Himmel, auch einem Vorhang, hinter dem die Verwandlungen vollzogen wurden. In diesem Jahr zeigte die erste Szene einen Marktplatz mit Wirtshaus, wobei die Bühnenbildner ein Stück Rheinfront an den Füßen von Groß Sankt Martin angedeutet hatten, wo sich in Köln die meisten und verrufensten Wirtshäuser befanden. Die Besucher würden das Bild mit freudigen, ja johlenden Ausdrücken der Begeisterung begrüßen, sodass der mit der Aufsicht betraute Pförtner des Gymnasiums sofort alle Hände voll zu tun bekäme.

Überhaupt gehörte die Aufrechterhaltung der Ordnung beinahe zum schwierigsten Teil des Unternehmens. Viele jüngere Patres waren dem Pförtner als Helfer zugeteilt, um beim Einzug die Ströme der Zuschauer zu leiten. Die Ehepaare wurden sogleich getrennt, die Frauen nach oben auf die Galerien verwiesen, damit im dichten Gedränge keine Vorfälle zu beklagen waren. Auch die Witwen und Unverheirateten saßen oben, während die Junggesellen in Haupt- und Seitenschiffen bei den Ehemännern standen. Der Mittelgang musste regelmäßig noch einmal freigekämpft werden, um den Einzug der Honoratioren durch das Hauptportal zu ermöglichen. Kleinere Rempeleien, sogar Prügeleien konnten kaum verhindert werden. Aber selbst dieses Bild der Unordnung steigerte nur die Erwartungen, erhöhte den Wert des Ereignisses, bei dem dabei gewesen zu sein sich jeder anschließend umso mehr rühmte, je größer die Schwierigkeiten waren, einen Platz zu ergattern und diesen dann mehr oder weniger gewaltsam zu behaupten.

Auch in diesem Jahr nahmen die Dinge ihren gewohnten Lauf. Pater Heimbach hatte für den dritten Aufführungstag die Hausdurchsuchung geplant, weil am ersten und zweiten Tag die Zeugnisverteilung mit Ansprachen im Vordergrund stand und sein Fehlen eher aufgefallen wäre. Agnes Münch war, als Witwe des Architekten und damit den Honoratioren zugehörig, ebenfalls am dritten Tag zur Aufführung des Gesamtstücks geladen worden. Sie nahm auf einer der Frauenbänke im vordersten Teil des rechten Seitenschiffs Platz, wo man das Geschehen nur teilweise, dafür aber bequem verfolgen konnte. Vom Gedränge im Mittelschiff bekam sie entsprechend nichts mit, sondern konnte gelassen zuschauen, wie man den Regens zusammen mit dem Nuntius und den Bürgermeistern zu ihren Ehrenplätzen geleitete.

Sobald die wichtigsten Personen saßen, fiel der Vorhang, öffnete sich die Bühne und gab den Blick auf einen Marktplatz frei, der mitten in der Kirche so lebensecht wirkte, dass tatsächlich Beifallklatschen mit einigen johlenden Tönen einsetzte. Dann trat der Prologsprecher aus der Sakristei auf die Mitte der Bühne und eröffnete das Spiel in lateinischer Sprache, was auf Deutsch etwa so lautete:

Vernehmt nun, o Gäste, die Ihr zu uns herkamt;
Ihr sollt wissen, wo Ihr seid!
Heut' sind wir nicht in Mummenrode;
in Brügge sind wir heut,
wo Fürst Philipp herrscht,
von seiner Güte der Gute genannt,
und nicht mit Unrecht.
Da sind wir also in der bekannten Belgierstadt,
in der reichlich lebt und königlich nicht selten
selbst der Handwerksmann manchmal auch tüchtig schmaust
und nicht selten gar zu reichlich trinkt.
Dafür ein Beispiel ist wohl jener Bauersmann,
der allerdings in der Stadt dann, wenn ich nicht irre,
war ein Schmiedemeister.
Der niedliche Becher gefiel wohl besser ihm
als Hammer und Amboss.
Tag für Tag schwemmte er der Schmiede Ruß
mit gutem Wein hinunter,
Stammgast in der Kneipe Tag und Nacht,
wenn nicht spät abends ihn nach Hause holte
seine Meisterin oder auch sein guter Schmiedgeselle Kaspar.
Wie aus dem Meister nun ein König wurde,
aus einem König dann ein Schmiedgeselle,
das werdet Ihr jetzt gleich hier auf der Bühne sehen.
Leiht uns Euer Ohr und Euer Auge,
wir werden genug ihm bieten
und es ganz anzufüllen trachten.
Ist es aber übervoll, dann macht es einfach zu!

Ein erstes Lachen zeigte an, wer genug Latein konnte, um den Text zu verstehen. Dann bewegten sich die letzten Helfer zwischen Bühne und einer Bank an der Seite, die Schauspieler traten auf: zuerst der Geselle Kaspar, der sich bitter über seinen Meister Michel beklagte, dann dieser selbst in schönster Volltrunkenheit, gespielt von einem Primaner, der seine Rolle so gut ausfüllte, dass man Bedenken haben konnte, woher er Bewegungen und Lallen in derartiger Vollendetheit kannte.

»Du Galgenstrick, du Rabenfutter!«, begrüßte er seinen Gesellen, ehe er nach allerlei Hin und Her sich mehrfach im Kreise drehte und unter dem Beifall der Zuschauer vor allem im hinteren Teil der Kirche der Länge nach niederstürzte und für einen endlosen Klagemonolog Kaspars liegen blieb. Auf gleicher Szene erschien darauf Herzog Philipp der Gute von Burgund, der lange nicht sprechen konnte, weil die ganze Kirche mit Ohs und Ahs sein prachtvolles Gewand bewunderte, das aus der Kleiderkammer des Kurfürsten stammte. Der Einfall, den betrunkenen Schmied heimlich ins herzogliche Schlafzimmer zu transportieren, ihn in die Kleider des Herzogs zu stecken und dann als »Herzog« aufwachen zu lassen, wurde vorgeführt, von den meisten auch verstanden. Einzelheiten gingen freilich unter, sodass die meisten nicht mitbekamen, worüber einige so plötzlich loslachten, als einer der Diener des Herzogs sagte:

Wie er gähnt, rülpst und schnarcht.
Ich fürcht nur, bald wird's auch knallen.

Dann endete der erste Akt. Der Vorhang fiel, und sämtliche Schauspieler verließen die Bühne. Einige Helfer standen auf, um beim Wechsel der Kulissen zu helfen, während ein Schülerchor die längere Pause mit einem geistlichen Lied überbrückte, das zum Stück passte wie ein Schneesturm zum Hochsommer. Pater Heimbach hatte sich zu den Helfern einteilen lassen, es aber so geschickt angestellt, dass seine Abwesenheit nicht bemerkt wurde. Als die Helfer auf die Bühne eilten, entwich er durch die Sakristei in den Konvent.

Pater Heimbach wusste, dass ihm wenig Zeit zur Verfügung stand, um seine Suche durchzuführen. Er hatte sich im Geiste alles ganz genau zurechtgelegt, bei den Proben zugesehen, um die Zeit abzuschätzen, die ihm blieb. Jetzt sprang er mit großen Sätzen die Treppe hinauf und riss die erste Tür auf. Ein Zimmer wie das seine: Bett, Tisch mit Stuhl, Schrank, Truhe, Bücherregal. Der Schrank enthielt eine Schublade, im Bücherregal gab es im untersten Fach zwei Schiebetüren. So würde es in jedem Zimmer aussehen. Zuerst der Blick auf den Schreibtisch, auf dem im ersten Zimmer nur wenige Papiere lagen. Dann die Truhe, der Schrank, darauf das Bücherregal. In diesem nur theologische Titel! Nichts – aber er hatte sich viel zu lange aufgehalten. Ab dem nächsten Zimmer verzichtete er auf eine Durchsuchung der Truhe und des Schrankes, in denen wohl bei jedem Bewohner nur Kleidung aufbewahrt wurde. Lediglich die Schublade im Schrank, den Tisch und das Bücherregal mit den Schiebetüren wollte er sich noch vornehmen. Zwölf Zimmer musste er beim ersten Anlauf schaffen, etwa fünfzig Patres kamen als Verdächtige in Frage. Als er das zwölfte Zimmer durchsucht und seinem Gefühl nach längst die Zeit überschritten hatte, rannte er den Gang zurück, sprang die Treppe hinunter und war im nächsten Augenblick durch die Sakristei wieder in der Kirche.

Die Arbeiten waren noch nicht abgeschlossen, er konnte einen letzten Handgriff machen und dann in scheinbarer Ruhe seinen Platz einnehmen. Das erste Mal war gut gegangen. Er hatte nichts gefunden, war aber auch nicht aufgefallen. Mit pochendem Herzen erwartete Pater Heimbach den zweiten Akt. An mangelnden Lateinkenntnissen lag es nicht, dass er zunächst vom Inhalt wenig mitbekam. Erst als er unter den Pagen im Schlafzimmer des Herzogs auch den Sohn von Agnes Münch erkannte, war Pater Heimbach wieder munter. Alle erwarteten das Erwachen des Betrunkenen, der dann zu seinem grenzenlosen Erstaunen als Hoheit begrüßt und anschließend eingekleidet wurde – der kleine Johann trug die Schärpe herbei. Ein erster Höhepunkt war erreicht, als der Barbier fragte, ob er die Frisur nach spanischer, französischer oder deutscher Art vornehmen solle, und ein gewisser Cleobul aus dem Gefolge des Herzogs zum Besten gab:

Ja, weißt du denn nicht, wie es bei uns hier Sitte ist?
Kleidung: französisch, Frisur: spanisch, Saufen: deutsch.

Sogar Regens Kasen hatte sich zu lachen getraut, weil der italienische Nuntius selbst am lautesten losprustete. Dann folgte der lange Monolog des Schmiedes Michel, der nach überwundenem Schrecken über seine Verwandlung zum Herzog seinen ganzen Hochmut in der neuen Rolle zeigte. Er ließ ein Festmahl auftragen, bei dem er sich erneut betrank, während ihm zuerst vom englischen Botschafter eine Braut angekündigt, dann sein ehemaliger Knecht vorgelassen wurde, um sich beim vermeintlichen Herzog über die schlechte Behandlung durch seinen Dienstherrn, den Schmied, zu beschweren. Als er diesen als »angesoffenen Schwamm« bezeichnete, jubelte der lateinkundige Teil des Publikums. Das anschließende Festessen mit Besäufnis verstanden wieder alle, auch das »Vivat«, das der »Herzog« ausbrachte. Damit endete der zweite Akt. Für den dritten bedurfte es der Verwandlung der Bühne in den Marktplatz vor der Schmiede.

Wie alle anderen Helfer war auch Pater Heimbach wieder aufgestanden und in der Sakristei verschwunden. Diesmal würde er nicht zum Schauspiel zurückkehren, sondern mehr als eine volle Stunde, zuzüglich Umbauzeit, nutzen. Trotzdem war Eile nötig. Im Nu erreichte er den Konvent, ging von Zimmer zu Zimmer weiter. Tisch und Bücherregal, ein Blick in Truhe und Schrank nur im Ausnahmefall, wenn allzu wenig sonst zu finden war. Einmal glaubte er sich am Ziel, hielt eine Seite in der Hand, die jedoch säuberlich herausgetrennt war und das Bild einer durchaus naturgetreuen Eva enthielt. Im Geiste sah Pater Heimbach die Umarbeiten sich vollziehen, dann den dritten Akt der Komödie. Irgendwann würde Kaspar in der Schmiede auftreten und gegenüber Gretel, seiner ehemaligen Meisterin, nun die Rechte des Meisters geltend machen. Dann würde Herzog Philipp der Gute dem Spiel im Spiel ein Ende bereiten und die philosophischen Sätze aussprechen, auf die das Stück zielte:

Das Spiel, das wir da mit diesem Menschen trieben,
das spielt alle Tage mit uns Gott und unsere Natur.
Jetzt allerdings war es nur ein lustiger Ulk.
Wenn die Menschen uns aber Schätze aufgehäuft haben,
oft ganz überflüssige, wenn Titel und Ehre sie gefunden,
wenn sie nur ihren Vergnügen oder der Lust nachgejagt sind
oder auch dem Trunke frönten,
oder mit ähnlichen Vergnügen unsere Tage verbrachten,

das ist dann der lustige Ulk.
Aber wie schnell spielen wir wieder dann ein Trauerspiel!
Wenn Gott der große Theaterleiter
die Rollen zu vertauschen beginnt,
dann legen sie ganz schnell ihre heitre Maske ab
und werden Trauerspieler.
Elendig klagen sie und jammern sie und heulen sie,
wenn ein Opfer sie werden der Armut,
der Läuse, der Krätze und der erbarmungslosen Auszehrung!

Für einen Augenblick bezog Pater Heimbach die Worte, die er selbst mit dem Schauspieler einstudiert hatte, auf sich, fragte sich nach *seiner* Rolle in diesem Spiel, ob auch er zum »Trauerspieler« werden würde. Hatte er sich womöglich eine falsche Rolle ausgesucht, die Rolle eines Rächers, die ihm nicht zustand und die er am Ende angenommen hatte, um einer Frau nahe zu sein, die ihm noch viel weniger zukam?

Da, endlich: Aus einem Buch ragte ein Blatt heraus. Er langte ins Regal, schlug auf – wieder nichts! Es war ein handschriftliches Blatt gewesen. Die Gedanken an die Rolle kehrten zurück, vermischten sich mit dem vernichtenden Ausspruch Herzog Philipps, wenn der betrunkene Michel vor seiner Schmiede abgeladen wurde:

Der hat seine Rolle jetzt schon ausgespielt,
Fürst für einen einzigen Tag!

Rächer für einen einzigen Tag?, fragte sich Pater Heimbach, indem seine Augen mittlerweile routiniert im Zimmer weitersuchten. Werde auch ich zum Schluss vor dem Konvent abgeladen werden wie dieser Säufer? Ein gescheiterter Rächer, der etwas zu finden glaubte, was es nicht zu suchen gab? »Wer bin ich denn«, würde Michel irgendwann gegen Ende des Stückes fragen, während die Zuschauer vermutlich ernster geworden waren, das gelegentliche Gejohle in Schluchzen übergegangen sein würde. Und noch eine Szene weiter, nachdem der Fürst diesen Michel zur Strafe für seinen Hochmut zum Knecht von Kaspar gemacht hatte, würde Michel sagen:

Ich Unglücklicher! War das nur ein Traum,
was ich da gesehen habe?

War alles vielleicht wirklich nur ein böser Traum gewesen? Nein, diese Zimmer waren es nicht. Sie waren Wirklichkeit, nur gaben sie das Geheimnis nicht preis, das er suchte. Nach dem letzten Zimmer wusste er, dass dieses Geheimnis nicht hier verborgen sein konnte. Was so nahe liegend schien, zerschellte an der Wirklichkeit. Oder hatte er es nur übersehen? Lag das Blatt vielleicht doch in einer Truhe oder in einem Schrank, unter einem Bett gar, in einem Winkel, der ihm entgangen war? Pater Heimbach musste zurück.

Und dann erinnerte er sich an etwas, das er bei seiner Suche vorhin nicht weiter verfolgt hatte. Drei Zimmer vor diesem letzten hier war es gewesen. Nein, nicht das Blatt, aber handschriftlich Abgefasstes, das sich auf Athanasius Kircher bezog. Er eilte zurück, überflog die Zeilen und stellte fest, dass es sich um einen Brief an den Regens handelte, in dem Kircher aufs Übelste beschimpft wurde. Dabei war kein Absender zu finden. Sollte der Regens gewarnt werden? Oder eher gerügt? Jedenfalls erschrak Pater Heimbach, erschrak über den Fund, den er lieber nicht gemacht hätte. In seinem Gehirn jagten sich die Gedanken. Mitnehmen? Nein, liegen lassen! Der Schreiber sollte sich unentdeckt fühlen. Aber er würde Regens Kasen Mitteilung machen. Der sollte dann den Zimmerbewohner selbst befragen. Wer war es? Dem Zimmer nach musste es Pater Rörich sein, den er kaum kannte.

Mittlerweile war die Rückkehr überfällig. Also hinunter, in die Sakristei! Das Gefühl hatte ihn tatsächlich nicht getrogen. Soeben trat der Sprecher des Epilogs auf. Pater Heimbach hörte zu, während er sich langsam beruhigte.

Halt! Wo ihr steht, da bleibt ein bisschen stehen!
Mit einem kurzen, wahren Wort will ich das Spiel beschließen.
Dieser einfältige Schmied war doch ein heitrer Ulk,
der da für einen Tag zum König ward gemacht
und schnell herabsank in sein ehemalig schlechtes Los.
Du, o Mensch, bist auch so ein König.
Heute lebst du, heute blühst du, heute bist du fröhlich.
Morgen vielleicht schon bist du's nicht mehr.

Irgendwann wird ein anderes Spiel zu sehen sein.
Ein anderes Theater im ewigen Schauspielhaus!
Da werden etwas mehr als hier versammelt sein!
O Eintagskönig, o König eines Spieles nur, o Mensch!
Du bist ja nur, was du sein wirst,
wenn du einmal eingegangen durch das Tor der Ewigkeit.
Jetzt suche dir die Rolle in diesem Leben aus,
die du dann in alle Ewigkeit willst spielen.
Sei selbst doch deines Glückes Schmied!
Wenn der Tod dich dann einmal wie ein sanfter Schlummer
überkommt, dann werde König!
Jetzt geht nach Haus und lacht noch weiter
über unseren dummen Michel.
Und wenn euch unser Spiel gefallen hat,
dann zeigt uns das – und gebt uns Beifall.

Tatsächlich rauschte der Beifall in einem Maße auf, dass eine Unordnung entstand, die Pater Heimbach leicht nutzen konnte. Während einige Honoratioren aufgestanden waren und die auf die Bühne zurückkehrenden Schauspieler beglückwünschten, mischte sich Pater Heimbach unter die Menschentraube. Er konnte für einen Moment Agnes Münch sehen, die offenbar zur Bühne wollte, um ihren Sohn zu suchen, aber sehr bald abgedrängt wurde und Pater Heimbachs Blick entschwand. Als der schlimmste Ansturm auf die Bühne vorüber war, hatte sich Pater Heimbach bereits entfernt. Er wollte niemanden sprechen, sich nur zurückziehen.

Kurze Zeit später las er zuerst in seinem Brevier und schlug dann die »Trutz-Nachtigall« auf, diesmal gezielt, um sich nicht wieder überraschen zu lassen. Pater Masens Latein im »Rusticus imperans« war kein schlechtes Latein gewesen, aber auch kein gutes. Spees Gedichte waren zwar in Deutsch geschrieben, aber es war Poesie, Wortklang, Musik in seinen Ohren. Ob er damit die Anspannung der letzten Stunde, den halben Misserfolg oder was auch immer überbrücken wollte: Das Mittel wirkte. Diesmal las er die »Ermahnung zur Buße an den Sünder, dass er die Burg seines Herzens Christus einräume«. Schon die ersten beiden Zeilen mit ihrer leicht ungrammatischen Wortstellung waren Balsam für seine Seele:

Wohlauf, wohlauf, du schönes Blut,
Sich Gott zu Dir will kehren ...

Obwohl er das Gedicht auswendig konnte, genau wusste, was ihn in den letzten Zeilen erwartete, las er weiter:

Die Welt noch immer scherzen tut,
kein Sinn ist mehr auf Erden.

Eigenartig, wie die Schönheit der Sprache den niederschmetternden Inhalt überdeckte! Lange lag er noch in Gedanken, spät erst erlöste ihn der Schlaf.

SIEBZEHNTES KAPITEL *In dem Pater Heimbach seinen Regens vor einem im Konvent herumlaufenden Mörder warnt, an den er zuletzt selbst nicht mehr glaubt und stattdessen an harmlosen Stimmexperimenten in der Kirche teilnimmt.*

Es war schwierig gewesen, eine Sprechstunde mit Regens Kasen zu vereinbaren. Pater Heimbach hatte dem Sekretär das Anliegen als dringend dargestellt, worauf Pater Kritsraed erst mit vielsagendem Blick geantwortet und dann, als trotzdem keine Andeutung fiel, das Gespräch auf Witwe Münch gebracht hatte. Aber Pater Heimbach war einsilbig geblieben, wollte nicht mit der Sprache herausrücken. Zur Strafe wurde er auf Dienstag verwiesen, musste sich also zwei Tage gedulden. Dass Regens Kasen nach der Theateraufführung mit Arbeit überhäuft war und ohnehin fast nie Zeit hatte, bedurfte kaum näherer Begründung. Pater Kritsraed wusste also nichts von Pater Heimbachs Begehr und konnte entsprechend nichts weitergeben. Regens Kasen empfing den jungen Mitbruder deshalb mit einiger Neugier, als dieser um die Mittagszeit, während des Silentiums im Gymnasium, im Arbeitszimmer des Swolgianums eintraf.

Die Begrüßung und die ersten Äußerungen drehten sich um Belanglosigkeiten, während Regens Kasen in seinem Sessel Platz nahm und Pater Heimbach den zweiten im Raum anwies. Aber eine Sprechstunde vereinbart man nicht ohne Grund, sodass es Pater Heimbach war, der schließlich mit seinem Anliegen herausrückte: »Ich weiß nicht, wie ich es erzählen soll, aber Ihr werdet vermutlich demnächst einen Brief erhalten, einen anonymen Brief. Ich kann Euch sagen, von wem dieser Brief stammt.«

Regens Kasen war verblüfft. Mit vielem hatte er gerechnet, nicht aber mit dieser Ankündigung. Er packte die Lehne, zog den Sessel ein Stück näher und fragte aufgeregt, aber ohne sein eigenes Wissen preiszugeben: »Was sagt Ihr da?« Noch ehe Pater Heimbach antworten konnte, fügte er hinzu: »Wer ist es?«

Pater Heimbach hatte sich jedes Wort zurechtgelegt, verwarf aber alle seine Pläne und sagte: »Ich bin nicht ohne Schuld an dieses Wissen gekommen. Es handelt sich zwar nicht um ein Beichtgeheimnis, aber ich frage mich, ob ich darüber sprechen darf. Ich habe Zimmer durchsucht.«

»Was habt Ihr?«, fragte Regens Kasen. »Das wird ja immer bunter. Zuerst habe ich einen anonymen Briefeschreiber in meinem Konvent und jetzt einen selbst ernannten Spitzel, denn Ihr habt Euch ja wohl selbst ernannt, nehme ich an. Oder sucht Ihr im Namen von Auftraggebern?«

»Nein, nein«, wehrte Pater Heimbach ab, »es gibt keine Auftraggeber. Es war meine eigene Idee, und ich war im Übrigen nicht erfolgreich. Ich habe etwas ganz anderes gesucht.«

»Nun, bitte etwas konkreter«, forderte Regens Kasen. »Vielleicht auch der Reihe nach. Mich interessiert durchaus, was um mich herum alles vorgeht.«

»Leider gibt es eine längere Vorgeschichte. Wenn Ihr Geduld habt …«

Regens Kasen nickte unwillig und rückte seinen Sessel wieder zurück.

»Es geht um Witwe Münch …« Fast hätte Pater Heimbach seine Rede abgebrochen, als er den Gesichtsausdruck von Regens Kasen sah. Aber er fuhr fort: »Also, es geht um Witwe Münch, bei der vor einer Woche nachts eingebrochen wurde. Der Eindringling hat etwas mitgenommen, aber wichtiger ist, dass er den Schlüssel des Hauses benutzte. Es steht auch fest, woher der Schlüssel stammt – aus der Jacke des Toten. Die Jacke ist ohne Schlüssel zurückgegeben worden. Ich dachte nun: Wenn es einer von uns war und wenn er etwas mitgenommen hat –«

»Dann kann man es fröhlich suchen«, fiel ihm Regens Kasen ins Wort. »Natürlich, das heißt: nicht natürlich! Und was hat der Eindringling so Verräterisches mitgenommen?«

Pater Heimbach war mehr als unwohl, er musste aber nun weitermachen und gab zur Antwort: »Es handelt sich um Papiere des Architekten. Darüber hinaus hat der Einbrecher offenbar Seiten aus Vitruvs ›De architectura‹ herausgerissen, ziemlich charakteristische Seiten. Es handelt sich um das Thema Akustik, genauer: um die Vitruv'schen Schallgefäße. Wenn es nun einer von uns war und die Seiten im Konvent liegen, war der Sturz des Architekten vielleicht wirklich kein Unfall ...«

»... sondern Mord«, ergänzte Regens Kasen, aber in so ärgerlichem Tonfall, dass Pater Heimbach sich auf alles gefasst machte. »Ihr geht also davon aus, dass im Jesuitenkolleg Diebe und Mörder lauern, dass es sich um eine einzige Verbrecherbande mit dem Regens als Anführer handelt. Mein lieber Pater Heimbach, Ihr werdet versetzt. Ich verspreche Euch hiermit, dass Ihr das mörderische Köln bald verlassen dürft, um Euch im friedlichen Paderborn oder lämmerweidenden Trier wiederzufinden.«

Die letzten Sätze hatte Regens Kasen so wütend gesprochen, dass Pater Heimbach seine Karriere für beendet hielt und nur noch nach einem Weg suchte, der Unterhaltung zu entkommen.

Regens Kasen bemerkte die Zerknirschtheit, ärgerte sich über sich selbst, dass er wieder einmal im Zorn zu weit gegangen war, und lenkte ein: »Das wäre die eine Möglichkeit. Die andere wäre, wir fangen noch einmal von vorn an, und Ihr bleibt hier. Wir können gleich auf Euren Verdacht zurückkommen, aber zuerst sagt Ihr mir, wer der Briefeschreiber ist.«

Pater Heimbach war überrascht über die Wendung und antwortete glatt heraus: »Es ist Pater Rörich. Als ich nach der Seite suchte, fand ich in seinem Zimmer jedenfalls einen Brief, der an Euch gerichtet war. Ich konnte ihn nur überfliegen, fand aber Bemerkungen über Athanasius Kircher, die mehr als kritisch waren –«

»Aber damit hat er doch ganz Recht«, wandte Regens Kasen diesmal ohne viel Emotion ein. »Wir wissen längst, dass sich der große Kircher verrannt hat. Ich bin dabei, dies auf einer Versammlung dem ganzen Konvent kundzutun, damit der Streit aufhört.«

»Und die Konsequenz? Hängt damit nicht der Verdacht zusammen, dass Johann Münch vom Gerüst gestoßen worden ist?«

»Dann müsste oben auf dem Gerüst eine Art Vollversammlung stattgefunden haben – so viele Kritiker an Kircher gibt es. Und bei dieser Vollversammlung müsste es sehr merkwürdig zugegangen sein. Niemand hat nämlich bemerkt, dass unser verstorbener Architekt der schärfste Kritiker von Kircher gewesen ist. Ein massenhaft organisierter Mord mit dem widersinnigsten Motiv. Nein, lieber Heimbach, Ihr habt Euch da gehörig verlaufen. Wenn es nur nicht schlimmer steht und Ihr in Wirklichkeit Einflüsterungen folgt, die Euch die Sinne verwirren, weil sie aus einem ganz besonderen Munde stammen.«

Pater Heimbach war nun zum zweiten Mal zutiefst getroffen. Er fühlte sich durchschaut, glaubte, dass er jedes Ansehen verloren habe und keine Wiedergutmachung mehr möglich sei. Die Versetzung nach Paderborn oder Trier erschien ihm plötzlich wie eine Erlösung aus tiefster Verirrung. Schon wollte er um seine Entlassung aus dem Gespräch bitten, als Regens Kasen noch einmal das Wort ergriff.

»Mein lieber Heimbach, Ihr seid noch jung, man verzeiht Euch Eure Fehler noch gern. So Unrecht habt Ihr auch nicht – die Welt ist schlecht, die Menschen sind tückisch. Aber unser Konvent liegt doch einigermaßen außerhalb der Welt. Unsere Gebete verhallen nicht einfach ungehört. Wir überwinden Versuchungen jedenfalls besser als draußen. Es *gab* Versuchung, aber sie lag nicht in so finsteren Bereichen, wie Ihr es geglaubt habt. Was Pater Rörich getan hat – der Brief, den Ihr gefunden habt, war nicht der erste –, ist falsch, aber auch dahinter steht ein guter Wille. Es wird sich von selbst erledigen und hat sich schon von selbst erledigt. Ihr könnt nicht wissen, dass wir mittlerweile über eine Kommission verfügen, die sich mit den Schallexperimenten befasst. Unser großer Kircher ist widerlegt. Wir treffen uns morgen in der Kirche und wollen eine letzte Überprüfung vornehmen. Wie wäre es, wenn Ihr hinzukommt? Ihr könnt Euch dann selbst davon überzeugen, was in unserem Hause vorgeht, und den schlimmen Verdacht dann endgültig begraben. Wir sehen uns gegen Mittag, nach dem Vormittagsunterricht. Und vergesst Pater Rörich. Ich werde gelegentlich mit ihm sprechen, ohne das Wissen preiszugeben, das Ihr mir vermittelt habt. Es ist einfach nicht mehr nötig, sich zu wehren. Übrigens solltet Ihr auch Witwe Münch informieren. Vielleicht könnt Ihr sie davon überzeugen, den Verdacht fallen zu lassen.«

Damit entließ Regens Kasen einen Pater, der nicht mehr wusste, wo ihm der Kopf stand. Er war voller Dankbarkeit gegenüber seinem Regens, fühlte sich von einem Abgrund weggerissen, in den er schon hinabzustürzen drohte. Agnes Münch war plötzlich weit weg. Er würde zur benannten Stunde da sein.

***

Am nächsten Vormittag traf sich eine eigenartige Gesellschaft in Sankt Mariä Himmelfahrt. Alle Patres, die sich mit den akustischen Schriften befasst hatten, waren mit den entsprechenden Werken zur Stelle, dazu Pater Heimbach, den Regens Kasen kurz als am Experiment interessiert vorstellte. Der Adlatus trug zusammen mit einem weiteren Laienbruder einen Korb in die Kirche, der allerlei Rohre enthielt, die als Sprech- oder Hörinstrumente dienten. Intern waren Gespräche vorausgegangen, was genau man überprüfen wollte, und man hatte sich zuletzt auf die Kanzel konzentriert. Statt über Flüstergalerien und Abhöranlagen zu diskutieren, statt Wundermöglichkeiten zu prüfen und sich Gedanken darüber zu machen, wie man Fürsten oder Stadtväter beeindrucken könne, war man übereingekommen, sich auf die eigenen Bedürfnisse zu besinnen. Und dazu zählte in vorderster Linie das Predigtamt. Was diesem Predigtamt dienen könne, müsse überprüft werden, obwohl fast alle Teilnehmer im Innersten davon überzeugt waren, dass keine neuen Entdeckungen zu erwarten seien.

Man versammelte sich also um die Kanzel an der Südseite des Mittelschiffs, durch dessen obere Fenster gerade die Sonne hereinschien. Dann wies der Regens auf die Kanzel und begann.

»Meine lieben Mitbrüder, wir werden gleich einige Experimente anstellen, die sich vor allem Pater Gehlen ausgedacht hat. Aber ich bitte doch vorweg einmal darum, sich dieses Werk des Vorgängers unseres verunglückten Architekten, von Valentin Boltz, anzusehen. Es wurde hier 1634 aufgestellt – acht Jahre nach meinem Amtsantritt. Dieses Wunderwerk hat ein Kölner Bürger, Senator Wimmer, gestiftet, so wie vieles andere in dieser Kirche ebenfalls auf Stiftungen zurückgeht, die sich letztlich unserem Wirken verdanken. Die Bildhauerarbeiten stammen aus der Augsburger Werkstatt von Jeremias Geisselbrunn, der auch die Holzmodelle für den Apostelzyklus mit Christus und Maria an den Pfeilern geschaffen hat – man kann wohl dieselbe Handschrift sehen. Wir haben uns für die Kanzel damals Bilder gewünscht, bei dem traditionsgemäß die vier Evangelisten sowie die großen Kirchenväter berücksichtigt würden. Dazu aber sollte erstens die Figur Christi kommen, der auf ein Skelett tritt, womit der Sieg des lebendigen Wortes über den toten Buchstaben symbolisiert wird. Zweitens die Gestalt des heiligen Michael, der Satan schlägt, was den

Sieg über die Häresie andeutet, auf den wir Jesuiten in besonderem Maße hinarbeiten. Dass die Evangelisten den Kanzelkorb zieren, alle anderen Figuren den Kanzeldeckel, hatte ausschließlich künstlerische Gründe. Zwar war schon damals die Rede davon, der Kanzeldeckel helfe dabei, das Wort des Predigers verständlicher zu machen, es gewissermaßen daran zu hindern, sich im Gewölbe zu verflüchtigen. Mit den Kircher'schen Schalluntersuchungen ist die Diskussion aufgeflammt, wie man sich genau Echowirkungen und dergleichen vorzustellen hat und wie man damit umgehen kann. Eines möchte ich aber aus meiner Sicht vorweg bemerken. Eine solche Kanzel ist kein Sprechinstrument. Sie ist eine bildliche Darstellung des Glaubens. Jeder Gläubige in der Kirche, der einen Prediger von dieser Kanzel herab predigen hört, sieht diesen Prediger in der Umgebung des Triumphes. Das ist und bleibt das Entscheidende. Ich würde diese Kanzel auch dann nicht verbessern oder gar entfernen, wenn sich herausstellen sollte, dass sie der Verkündigung in rein sprachlicher Hinsicht nicht optimal entspricht.«

In der Runde der Patres fand der Regens volle Zustimmung, wobei Pater Nesselrath hinter vorgehaltener Hand die Bemerkung machte, früher habe ihr Regens sich durchaus anders ausgedrückt. Es war schließlich eher Neugierde, als Pater Gehlen die Kanzel bestieg und eine Predigt improvisierte, die ausnahmsweise nicht der Verkündigung diente, sondern der Wissenschaft. Zwei weitere Patres, Bredenbach und Nesselrath, verteilten sich im Raum und setzten die Rohre an ihr Ohr, um die Wirkung auszuprobieren. Ihr Bericht ging im Gelächter unter, weil Regens Kasen seinen Mitbrüdern ausmalte, wie die Kirche aussähe, wenn sämtliche Besucher ein Rohr auf den Prediger richteten. Das Ergebnis war ernüchternd. Der Prediger konnte sich ohne Rohr mühelos verständlich machen, wenn er nur langsam genug sprach, um die tatsächlich starke Echowirkung des Gewölbes gewissermaßen abzufangen.

»Wenn er so spricht, ist die Klangwirkung fast perfekt«, meinte gerade Pater Bredenbach. »Der Nachhall stört nur bei zu schnellem Sprechen. Sonst unterstützt er jedes Wort wie Donnergrollen. Unser Netzgewölbe, das an architektonischer Schönheit nirgends seinesgleichen hat, mag ja mehr Echos erzeugen als eine Flachdecke. Aber es ist nicht so schlimm wie zum Beispiel in Sankt Kunibert, wo das Mittelschiff viel schmaler ist als bei uns und die Echos wirklich unerträglich werden können. So langsam kann man kaum sprechen, um verstanden zu werden. Auch im Dom ist es bekanntlich nicht viel anders.«

»In den alten Stiftskirchen hat man an Predigten eben nicht gedacht, als sie im 13. Jahrhundert erbaut wurden«, meinte Pater Nesselrath. »Damals wurde nicht gepredigt, sondern gesungen. Und bei Gesang wirken Echos ganz anders als beim Sprechen.«

»Und das Experiment in Sankt Severin mit den Schallräumen?«, fragte Pater Heimbach, um auch einmal etwas in diesem erlauchten Kreis zu sagen.

Es war Pater Bredenbach, der unverzüglich antwortete: »Aber das hat Johann Münch doch deshalb abgebrochen. Die Vitruv'schen Schallgefäße waren der größte Irrtum in der ganzen Theorie. Pater Kircher hat keinen Punkt mehr missverstanden als diesen. Zum Schluss ist er offenbar selbst über seinen eigenen Thesen verzweifelt und gibt an, die Gefäße seien Glocken gewesen, mit denen man in den Pausen Zwischenspiele aufführte. Das passende Bild dazu existiert in der ›Musurgia universalis‹. Ich habe das Buch mitgebracht, damit es sich jeder einmal selbst anschauen kann.«

Während des kleinen Gesprächs war Regens Kasen unter die Kanzel getreten und forderte den Prediger nun zum nächsten vereinbarten Experiment auf. Pater Gehlen sollte durch ein Sprechrohr predigen.

Das entsprechende Instrument war schon oben, der Prediger ergriff es und setzte es an den Mund. Er kam über den ersten Satz nicht hinaus, weil sämtliche Anwesende in schallendes Gelächter ausbrachen. Das Rohr gab der Stimme jene tiefe und auch undeutliche Prägung, die das Predigerwort wie aus einem Abgrund kommen ließ. Regens Kasen bat schließlich um Ruhe und wollte noch mehr hören. Aber nach wenigen weiteren Sätzen brach der Prediger selbst den Versuch ab. Auch oben im Kanzelkorb war zu hören, wie sehr das Wort verzerrt wurde.

»Sturms Experimente sind ganz eindeutig, sodass wir uns den Versuch hätten sparen können«, meinte Pater Nesselrath. »Das Sprechrohr ist keine schlechte Erfindung, aber es gehört auf Schiffe, die im Nebel gelenkt werden oder sonst wie Befehle empfangen sollen. Auf der Kanzel ist das Rohr völlig unbrauchbar, wenn nicht ein schlechter Scherz.«

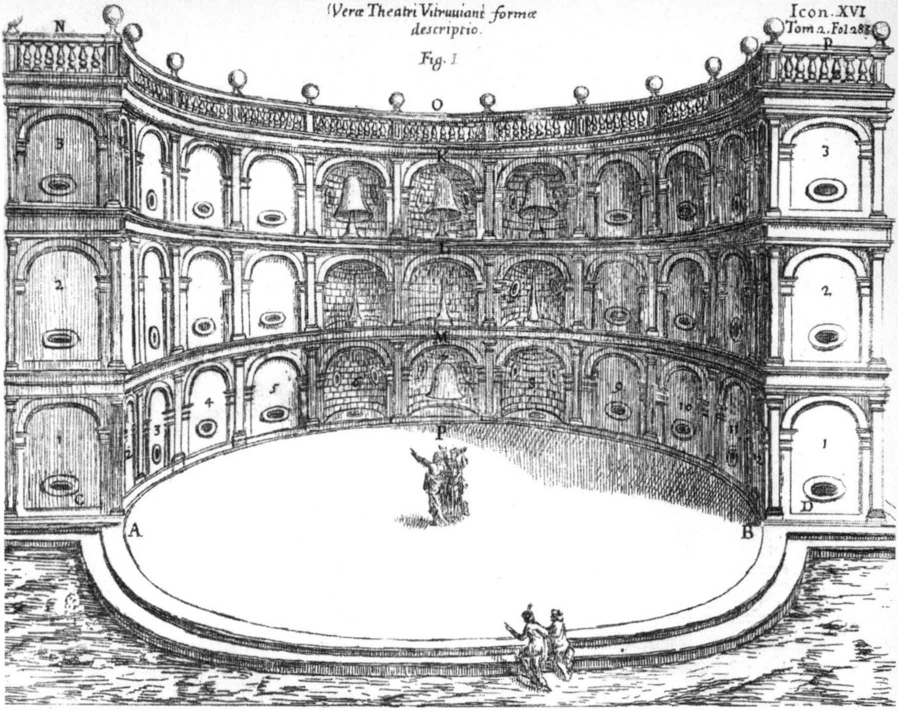

Regens Kasen stimmte zu, so wie alle anderen Anwesenden zustimmten, fast am energischsten Pater Heimbach, der sich wie neugeboren fühlte angesichts der Atmosphäre einer so offenen Überprüfung mit so klarem Ergebnis. Der Gedanke an einen Architekten, der für große Geheimnisse hatte sterben müssen, wich in immer größere Entfernung zurück. Nein, hier gab es kaum Geheimnisse, höchstens fatale Irrtümer, die sich bei der allerersten Überprüfung offenbarten. Niemand hätte erwarten können, Großes zu befördern oder zu verhindern. Ein kleines Problem lag nur bei der Würdigung des berühmten Ordensbruders in Rom. Aber dessen Theorie richtete wenig Schaden an, lockte vielleicht den einen oder anderen großen Herrn mit viel Geld, zu seinen übrigen Lustbarkeiten auch akustische zu bauen. Ansonsten würde Kircher wohl bald vergessen sein, das ehemals strahlende Bild schien sich ja ohnehin schon überall zu verdunkeln.

Blieb nur noch ein allerletztes, aber auch lösbares, ja sehr kleines Problem: Pater Heimbach musste Agnes Münch von ihrem unerhörten Verdacht abbringen. Ihre Phantasie war wohl doch zu angespannt gewesen, einige Einzelheiten deuteten zwar auf einen Anschlag, aber alles in allem sprach doch mehr für einen Unfall. Es gab schlicht kein Motiv. Das Auftreten des Eindringlings, die herausgerissenen Blätter – all dies war gewiss merkwürdig. Konnte es dafür aber nicht auch ganz andere Gründe geben? Gründe, die nichts mit Akustik und vor allem nichts mit Johann Münch zu tun haben brauchten? Er hatte der Witwe die traurige Nachricht vom Tod ihres Mannes überbracht, er würde jetzt auch die traurige Nachricht von der Unhaltbarkeit des Verdachts bringen. Pater Heimbach kam dies mittlerweile leicht vor im Vergleich zu dem, was er bei Regens Kasen durchgestanden hatte. Schon am nächsten Tag würde er die Aufgabe erledigen.

ACHTZEHNTES KAPITEL *In dem Pater Heimbach Agnes Münch vergeblich dazu bewegen will, ihren Verdacht fallen zu lassen, und ihr stattdessen einen letzten Gefallen zu erweisen verspricht.*

»Meine Herrin ist noch oben bei den Kindern. Sie wird gleich herunterkommen.« Mit diesen Worten empfing die Magd im Hause Münch Pater Heimbach und führte ihn in den Saal, wo im Kamin kräftige Buchenscheite für Wärme sorgten. Er wurde also erwartet, wenn auch Agnes Münch kaum ahnen konnte, was dieser Besuch bedeutete. Pater Heimbach wusste genau, was er sagen wollte, er hatte sogar mögliche Gegenreden ersonnen samt den Antworten darauf. Gut, dass noch ein Augenblick Zeit blieb, alles zu überdenken. Ohnehin wollte er nicht mit der Tür ins Haus fallen, sondern goldene Brücken für den Rückzug bauen: für die Aufgabe des Verdachts. Alles Rätselhafte ließ sich erklären. Das Schwierigste lag eigentlich in der Begegnung selbst, in der Wiederbegegnung nach dem letzten Auseinandergehen voller Ungewöhnlichkeit. Er hatte Agnes Münch auf seinen Armen getragen, ins Bett gelegt, ihren Schlaf gesehen. Wie hatte sie dies empfunden, wie in Erinnerung? Wusste sie überhaupt, wie sie ins Schlafzimmer gekommen war? Und wenn ja: Wie peinlich war ihr dies?

Während sich Pater Heimbach ausmalte, dass Agnes Münch mit verlegener Miene und Schamröte das Wohnzimmer betreten würde, hörte er ein Lied. Sie sang ihren Kindern wohl am Bett vor, und Pater Heimbach erkannte es sofort. »Meerstern, ich dich grüße«, die Übersetzung des alten »Ave maris stella«, das den Namen Maria auszudeuten sucht. Schüler hatten ihn einst gefragt, und er hatte selbst nachforschen müssen, bis er es herausfand: Der Meerstern, der so schön als Orientierungshilfe der Schiffer auf dem Meer ausgelegt werden konnte, verdankte sich in Wirklichkeit nur der Klangähnlichkeit von Maria mit *mare*. Es fiel ihm beim Hören ein, und er wusste auch, dass Agnes Münch den Text aus dem »Geistlichen Psälterlein« kannte, das die Jesuiten vor wenigen Jahren in kleinstem Format herausgegeben hatten, um es bequem in der Rocktasche bei sich tragen zu können.

... Mutter Gottes, süße,
allzeit Jungfrau reine,
Himmelspfort' alleine!

klang es, wozu Pater Heimbach jedes Wort ins Lateinische zurückübersetzte. Die schlichte Melodie, mit nicht sehr kräftiger, aber fester Stimme vorgetragen, überdeckte gerade eben das Prasseln des Feuers. Pater Heimbach hörte immer weniger auf den Text, immer mehr auf diese Stimme, die ihm überirdisch schön erschien.

Nimm den Gruß zur Stunde
von des Engels Munde.
Uns in Frieden gründe,
lösche Evas Sünde,

ging es weiter. Er kannte solche Töne nur von den hellen Knabenstimmen in der Kirche oder auch im Gymnasium. Seltsam, dieser Unterschied! Dieselben Töne, aber doch ganz anders: nicht strahlend, eher weich, auch etwas voller. Er hatte keine Worte für diesen Unterschied von Frauen- und Knabenstimme, lauschte weiter, um eine treffende Beschreibung zu finden, resignierte schließlich und hörte wieder den Text, als Agnes Münch bei der vorletzten Strophe angelangt war:

Gib ein reines Leben,
sichre Reis' daneben,
dass wir Jesum sehen
fröhlich vor uns stehen.

Die Melodie riss endlich ab und blieb doch in Pater Heimbachs Gedanken haften, wiederholte sich immerfort, auch nach der letzten Strophe mit dem verdeutschten *Gloria patri et filio* und so fort, das dem Lied insgesamt den Charakter eines Psalms gab. Noch als Agnes

Münch in der Tür stand, klang die Melodie nach und überdeckte jedes Wort, das er sich zurechtgelegt hatte. Wie sehr aber verwirrte ihn erst der fröhliche Blick aus diesem so üppig gerahmten, doch irgendwie schiefen Gesicht mit diesen Augen, die sich nie einig zu sein schienen, wohin genau sie blickten.

»Ich bin Euch doch wohl nicht zu schwer gewesen?«, fragte Agnes Münch unter leichtem Auflachen, in dem keinerlei Beklemmung mitschwang. »Ich würde mich ja entschuldigen, wenn ich nicht gelernt hätte, dass man sich nur für etwas entschuldigen soll, was man auch verschuldet hat. Einschlafen zählt wohl nicht dazu, vor allem wenn Unbekannte in wilden Nächten an Türen klopfen und einsame Damen zu Tode erschrecken.«

Pater Heimbach war so verwirrt, dass er auf dem Stuhl sitzen blieb, auf den er sich gesetzt hatte, und Agnes Münch wie einen Geist anstarrte. Diese schien von all dem nichts zu bemerken, flatterte um den steifen Geistlichen herum, während sie ihn zuerst danach fragte, ob ihm das Lied gefallen habe, dann in die Küche rief, die Magd möge doch einem hundemüden Jesuitenpater zur Aufmunterung eine Kanne Bier bringen, und schließlich selbst auf einem Stuhl Platz nahm, der direkt neben Pater Heimbachs Stuhl am großen Tisch stand. Erst als sie so nebeneinander saßen und Pater Heimbach Agnes Münch nicht mehr ins Gesicht sah, war er zu einem ersten Wort fähig.

»Und Ihr wundert Euch gar nicht über meinen Besuch?«

Agnes Münch lachte fröhlich auf. »Über was soll ich mich noch wundern? Außerdem habt Ihr Euch doch ausnahmsweise angemeldet. Wenn ich ehrlich bin, kann es in Zukunft ruhig bei solchen Anmeldungen bleiben. Außerdem lässt es sich dann besser wach bleiben.«

»Aber ich …«

In diesem Augenblick trat die Magd mit einer Kanne Bier in den Saal und setzte sie auf dem Tisch ab, ehe sie sich wieder zurückzog.

»Trinkt erst einen Schluck«, forderte Agnes Münch ihren Gast auf, »dann könnt Ihr erzählen. Ich werde auch nicht weiter dazwischenreden. Frauen können sehr geschwätzig sein, aber sie können auch sehr gut zuhören.«

Pater Heimbach trank, wunderte sich anschließend, dass er getrunken hatte, wo ihm Bier im Augenblick das Letzte schien, was er nötig hatte, und begann fast verzweifelt mit einem erneuten Anlauf.

»Ich habe neulich bei der Aufführung des ›Rusticus imperans‹ den Konvent durchsucht und die herausgerissenen Seiten nicht gefunden.«

Agnes Münch merkte auf, wollte etwas sagen, hielt sich aber zurück.

»Dafür habe ich einen anonymen Briefeschreiber gefunden, der unseren Regens mit seinen Ausfällen gegen Athanasius Kircher belästigt hat. Ich bin anschließend zu Kasen hingegangen und habe ihm alles erzählt: was ich gefunden habe und wonach ich wirklich gesucht hatte. Kasen war zuerst sehr wütend und wollte mich schon versetzen. Dann hat er mich zu Experimenten in die Kirche eingeladen. Einige Patres, die sich mit Kircher selbst, mit seinen Anhängern und Gegnern auskennen, haben dort überprüft, inwieweit Predigten mit Sprech- und Hörrohren besser verständlich zu machen sind. Das Ergebnis war, dass Kirchers Theorie und vor allem seine Praxis in allen Punkten zusammenbricht. Aber was vielleicht noch wichtiger ist: Dieses Ergebnis war allen Beteiligten längst bekannt. Euer Mann hat es wahrscheinlich als Erster herausgefunden, dann einige Patres eingeweiht, allerdings nicht den Regens. Für den ist die Welt wirklich erst zuletzt eingestürzt, aber er ist auch der Letzte, der für den Mord oder auch nur den Mordauftrag in Frage kommt. Ihr könnt es drehen und wenden, wie Ihr wollt: Ihr findet im Konvent kein Motiv. Niemand hatte einen Grund, Euren Mann zu beseitigen, im Gegenteil. Er war der Warner im rechten Augenblick. Ohne ihn hätte sich Kasen vermutlich wirklich verrannt und blamiert. Ihr müsstet schon an einen Jesuiten denken, der nur die Schädigung seines eigenen Ordens im Kopf hat, wenn Ihr im Konvent einen Mörder sucht …«

»Habt Ihr Regens Kasen erzählt, dass ich fest an einen Mord glaube?«, fragte Agnes Münch.

»Ja, das musste ich, aber es ist schon länger her. Wie sollte ich sonst erklären, dass ich einen Mörder suche. Ich hätte doch nicht von mir aus auf den Verdacht kommen können.«

»Und Regens Kasen hat erklärt, eine trauernde Witwe habe eine erregte Phantasie und so weiter?«

»Ja, so ungefähr – aber ohne jede Beleidigung. Er hat Verständnis für Euch, nur eben nicht für den Verdacht.«

»Und Ihr selbst habt jetzt keinen Verdacht mehr?«

Pater Heimbach drehte sich verzweifelt zu Agnes Münch um, nachdem er die ganze Zeit ins Feuer gestarrt hatte. »Nein, Agnes, kein Verdacht ...«

Er merkte zu spät, dass er Agnes Münch mit ihrem Vornamen angeredet hatte, wollte sich korrigieren, wozu ihm keine Möglichkeit einfiel. Da hörte er schon, wie die Witwe in diesem ernsten Tonfall, den sie während der letzten Äußerungen angeschlagen hatte, fortfuhr: »So ist es Euch schon einmal ergangen. Ihr habt schon einmal an den Verdacht geglaubt, ihn dann widerrufen, zuletzt wieder geglaubt. Ich nicht. Ich weiß, dass mein Mann ermordet wurde. Er lag zu weit weg vom Gerüst. Und jetzt sage ich Euch etwas, was Ihr für Euch ganz allein behalten mögt. Ich weiß, wer der Mörder ist. Ihr selbst habt ihn gefunden, aber Ihr konntet ihn nicht entlarven, weil Euch etwas fehlt. Ich will Euch nicht sagen, was ich damit meine, weil ich Euch auch nicht sagen will, wen ich für den Mörder halte. Ihr würdet es nicht glauben und die Spur am Ende verwischen, die mich zum Ziel führen soll. Aber Ihr könnt mir noch einen letzten großen Gefallen tun.«

Pater Heimbach zitterte am ganzen Körper und wandte sich beschwörend an diese Frau, die er ins Unglück rennen sah.

»Bitte, keinen Gefallen! Es ist doch alles Wahnsinn ...«

»Nur diesen einen, lieber Pater.«

»Um Gottes willen, was nur?«

»Sagt allen im Konvent, dass der Eindringling neulich nicht alle Papiere meines Mannes gefunden habe. Es seien noch weitere vorhanden. Mehr verlange ich nicht. Aber beeilt Euch damit, ich kann diese Anspannung selbst nicht mehr lange ertragen. Wenn Ihr mich vorhin so fröhlich angetroffen habt, dürft Ihr Euch nicht täuschen. Ich zwinge mich zum Fröhlichsein. Ich habe die Kinder, die nichts merken sollen, und ich will auch selbst nicht immer in diesen Abgrund schauen, der sich in meinem Leben aufgetan hat. Ich will das Kapitel endlich abschließen, um dann wieder ohne Zwang so zu sein, wie ich bin. Wenn Ihr mir nur dieses allerletzte Mal helft!«

Pater Heimbach sah keinen Weg, wie er diese Bitte abschlagen konnte. Er nickte zuerst nur, wonach eine Pause entstand, während beide ins Feuer sahen. Dann raffte sich Pater Heimbach doch noch zu einer Antwort auf.

»Also dieses letzte Mal. Wenn ich Euch nur abhalten könnte! Ich weiß, dass ich es nicht sagen darf, und sage es trotzdem: Ich leide mit

Euch, Ihr geht mir keine Stunde am Tag aus dem Sinn. Ihr seid eine merkwürdige Frau, jedenfalls stärker, als ich es einer Frau zugetraut hätte. Ihr kämpft um Euren Mann. Er ist tot, niemand sagt Böses über ihn, im Gegenteil. Aber es genügt Euch nicht. Ihr wollt die Umstände des Todes klären. Ich verstehe es und begreife es doch nicht. Irgendwie glaube ich, dass Ihr Recht habt. Niemand kann so beharrlich sein, wenn er nicht im Recht ist. Es kommt höchstens Täuschung in Frage. Ihr könnt Euch irren. Jeder Mensch kann sich irren. Und man kann sicher auch im Irrtum stark sein, wenn man um den Irrtum nicht weiß. Aber ich glaube, am Ende ist man mit der Wahrheit doch stärker. Unlogisch, nicht wahr? Wie soll man Wahrheit und Irrtum unterscheiden, wenn man an etwas fest glaubt? Protestanten lassen sich genauso für ihren Glauben abschlachten wie Katholiken. Da ist es dasselbe. Und ich bin Jesuit geworden, weil ich glaube, es sei besser, wenn es nur Katholiken gäbe und alle Protestanten in den Schoß der Kirche zurückkehrten. Ach, Agnes, wir sind doch alle ziemliche Toren. Ob man nicht das Wörtchen Wahrheit aus der Sprache streichen und es durch Vertrauen ersetzen sollte? Wir alle vertrauen auf irgendetwas, zu viel mehr sind wir nicht fähig. Übrigens finde ich Vertrauen besser als das, was ich gelernt habe. Wir Jesuiten sind Rhetoriker, und Rhetoriker glauben nicht an die Wahrheit, sondern nur an Wahrscheinlichkeit. Wahrscheinlichkeit ist nicht so brutal wie Wahrheit, aber am Ende hat sie auch etwas mit Logik zu tun, nur mit einer schwächeren Logik. Vertrauen ist dagegen garantiert außerhalb der Logik, findet Ihr nicht auch? Ich will Euch noch etwas sagen, was ich nicht sagen sollte, ehe ich jetzt gehe. Was Ihr glaubt, halte ich weder für wahr noch für wahrscheinlich. Aber ich vertraue Euch.«

Pater Heimbach hatte Agnes Münch bis zuletzt nicht ins Gesicht gesehen, weil er diesen unerbittlichen Blick fürchtete, der ihm regelmäßig die Kraft nahm, seine wirkliche Überzeugung zu vertreten. Nun stand er auf und verabschiedete sich. Agnes begleitete ihn an die Tür, ohne noch einmal das Wort zu ergreifen. Sie hatte längst verstanden, was sie diesem Pater antat, der den Umgang mit Frauen nicht gewöhnt war, der weich wie Wachs in ihrer Hand wurde, weil er sich in sie verliebt hatte und es weder durfte noch wollte. Sie musste nicht nur ihr eigenes Leiden abkürzen, nicht nur selbst so rasch wie möglich den Mörder enttarnen, sie musste auch das Leiden dieses Paters beenden, der ihr durchaus ans Herz gewachsen war. Sie mochte diesen langen Burschen mit seinem Spitzbart, aber sie wollte keine Verführerin werden, schon gar nicht als Witwe nur wenige Wochen nach dem Tod ihres Mannes.

***

Als Pater Heimbach auf der Straße verschwunden war, ging Agnes ins Haus zurück, legte ihre warme Straßenkleidung an, weil es immer kälter geworden war, und machte sich auf den Weg zu ihren Schwiegereltern in der Johannisstraße.

Sie traf sie beim Abendessen, ließ sich ebenfalls zu Tisch bitten und beteiligte sich am Gespräch, das sich um Alltagssorgen drehte: um den Winter, der hart zu werden schien, um die Teuerung der Lebensmittel, um die Fortschritte ihres Sohnes im Gymnasium. Der Schwiegervater ließ sich von der Aufführung des Theaterstücks in Sankt Mariä Himmelfahrt erzählen, kritisierte, dass die Jesuiten immer noch in der Kirche spielten, die doch bei aller Zudeckung der Altäre und Heiligenfiguren Kirche bliebe, und war doch stolz, dass der Enkel als Page eine gute Figur gemacht hatte. Natürlich war den Schwiegereltern klar, dass Agnes etwas wollte. Sie kam selten, und wenn, dann nach vorheriger Anmeldung durch ihren Sohn oder nach einer Begegnung auf dem Markt. So erkundigte sich der Schwiegervater denn schließlich nach dem Grund des abendlichen Auftauchens und war sehr erstaunt, als Agnes Münch ihm eine Bitte vortrug.

»Habt ihr von Johann noch irgendwelche Bauzeichnungen hier? Die Jesuiten haben danach gefragt, weil man dem Nachfolger alles übergeben will, was mit der Kirche zusammenhängt.«

»So, die Jesuiten haben endlich einen Nachfolger und wollen Johanns alte Zeichnungen? Aber die haben doch mit Sankt Mariä Himmelfahrt nichts zu tun. Alles, was dazugehört, liegt in der Stolkgasse.«

»Und Vorstudien? Man hat mir gesagt, es sei alles wichtig. Johann sei ein bedeutender Baumeister gewesen, dessen Werk archiviert werden sollte.«

»Das höre ich gern, ich will auch nachsehen, ob sich etwas findet. Als er noch hier arbeitete, hat er immer sehr darauf geachtet, dass seine Sachen nicht mit meinen durcheinander gebracht würden. Du weißt ja, wie Kinder sind, hast ja selbst einen Sohn, der nur noch zu klein ist für so etwas. Außerdem wirst du es eher mit deiner Tochter zu tun bekommen.«

Hermann Münch hatte dies in heiterem Ton gesagt, worüber Agnes froh war. Dann erhob sich ihr Schwiegervater, ging nach oben und kam nach einer Weile mit einem Konvolut zurück.

»Hier das kann ich dir mitgeben. Es sind Zeichnungen von Kirchen, darunter auch von der Jesuitenkirche in Molsheim, die das Vorbild von Sankt Mariä Himmelfahrt war. Das könnte vielleicht von Bedeutung sein. Mich wundert, dass Johann das nicht mitgenommen hat.«

Agnes bedankte sich, wies darauf hin, dass sie in dieser Jahreszeit nicht zu spät nach Hause gehen wolle, und verabschiedete sich. Die Schwiegermutter begleitete sie nach draußen. Als die beiden Frauen bereits in der Haustür standen, fragte Agnes ihre Schwiegermutter, ob sie ihr in dieser Woche einmal für zwei oder drei Tage die Kinder anvertrauen könne. Sie müsse eine Reise unternehmen, die mit dem Tod ihres Mannes zusammenhänge. Die Schwiegermutter stimmte zu, wie sie in der Vergangenheit immer zugestimmt hatte, wenn es sich so ergab. Diesmal runzelte sie zwar die Stirn, fragte jedoch nicht weiter nach. Die Kinder waren es gewohnt, der Sohn ließ sich von seinem Großvater im Lateinischen abfragen, nur die Tochter mochte sich von ihrer Mutter ungern trennen. Die Großmutter wusste dies und sorgte stets für Ablenkung.

Dann war Agnes auf der Straße und schon bald in ihrem Haus in der Stolkgasse. Sie ließ sich von der Magd den schweren Mantel abnehmen und brachte die Zeichnungen in das Arbeitszimmer ihres Mannes. Das meiste kam in den leeren Schreibtisch, zwei Blätter legte sie gut sichtbar obenauf. Schließlich ging Agnes die Treppe hinab in den Saal und wärmte sich noch eine Weile an der Glut. Sie überdachte noch einmal ihr Vorhaben. Tränen traten ihr in die Augen. Sie ahnte, was ihr bevorstehen würde, hatte Angst um sich selbst und vor allem um die Kinder. Sie eilte in deren Zimmer, legte sich vorsichtig auf das Bett der Jüngsten, die bereits schlief, und schluchzte. An ihrem Entschluss änderte sich jedoch nichts.

NEUNZEHNTES KAPITEL *In dem eine Vollversammlung der Jesuiten stattfindet, auf der Regens Kasen vor falschem Streben nach Märtyrertum warnt und den Adlatus in einem geschickten Vorgehen zu Münchs Nachfolger macht.*

Als Regens Kasen die Sitzung im Konvent eröffnete, blickte er mit Wohlgefallen in die Runde. Die Jesuiten hatten sich gut entwickelt in ihrer ersten Niederlassung in Deutschland überhaupt. Dreiundsiebzig Mitglieder zählte das Kolleg, fünfundvierzig davon waren Priester, fünf weitere unterrichteten ohne Weihe am Gymnasium, den Rest bildeten die Laienbrüder. Damit konnten alle Aufgaben erledigt werden: die Lehre ebenso wie die Verwaltung und handwerklichen Tätigkeiten, die diesen kleinen Staat im Staate am Leben hielten.

Auch die Finanzen waren in Ordnung. Zwar durfte nach den Ordensregeln des Stifters Ignatius von Loyola kein Schulgeld angenommen werden, und aus unerklärlichen Gründen gingen auch die Stiftungen für Schulzwecke immer an die beiden anderen Gymnasien. Dafür floss aus der Schatulle des Erzbischofs umso mehr, und auch die Stadtväter halfen nach Kräften, besonders bei den aufwendigen Bauvorhaben. Die Kirche strahlte schon in ihrem unfertigen Zustand in einem Glanz, der seinesgleichen suchte. Außer dem Dom gab es kein größeres Gotteshaus in Köln, und alles Wesentliche war fertig: der Hochaltar, sämtliche Seitenaltäre, die Beichtstühle. Dass der Fußboden und einiges andere noch fehlte, reizte immer neue Stiftungen an – warum sich also beeilen? Wenn in der Sitzung wieder einmal der Antrag auf Beschleunigung der Arbeiten gestellt würde, galt es Verständnis zu zeigen, Versprechungen zu machen, Geduld einzufordern. Zum Glück gab es Schwierigkeiten mit dem Marmor für den Fußboden. Der Erzbischof zweigte im Augenblick jede Lieferung aus Italien für seine eigenen Bauvorhaben ab. Und den Erzbischof wagte niemand zu rügen.

So begann denn die Sitzung in aller Ruhe. Der erste Tagesordnungspunkt galt der Schule. Es war der Antrag gestellt worden, die Strafen zu verschärfen. Nächtliches Umherschwärmen auf den Gassen, besonders mit Gesang zur Laute, das Tragen von Federn an den Hüten, Kartenspiel in den Kneipen, Waffentragen, halb nacktes Schwimmen im Rhein – auf all dies stand schon immer Karzer. Nun sollte die Dauer verlängert werden. Zwei Patres trugen ihre Meinung vor, während sonst kaum jemand zuhörte. Der Antrag auf Verschärfung wurde schließlich zur Überlegung empfohlen, es sollte aber noch einmal abgewartet werden. Anders die Behandlung des Zuspätkommens. Die übliche Geldstrafe, ein Fettmännchen zu acht Heller, sollte nur noch für die Schule gelten. Bei Zuspätkommen in der Messe gab es eine drastische Erhöhung auf vier Weißpfennige zu zwölf Heller. Da dies kaum ein Schüler bezahlen konnte, würde der Karzer als Ersatz wohl demnächst nicht mehr leer stehen. Ein letzter Punkt wurde nur in knappster Form behandelt. Es ging um Fluchen und sonstige Kraftausdrücke, die offenbar zugenommen hatten. Hier sollte als Strafe Züchtigung mit der Rute vorgenommen werden. Die meisten Anwesenden wussten, dass ein Ausdruck die Runde machte, den niemand in den Mund nehmen wollte. Das neue Modewort war »deiner Mutter gebruck«, was so viel wie Beschlafer der Mutter bedeutete. Regens Kasen ging mit Billigung aller Anwesenden so rasch wie möglich über diesen Punkt hinweg.

Der zweite Tagesordnungspunkt war von weit größerer Bedeutsamkeit und weckte auch den Müdesten aus seinem Dämmer. Es handelte sich um Anträge auf Verwendung in den Missionen. Der Jesuitenorden war nun einmal Missionsorden, von der Zentrale in Rom aus wurden die Aktivitäten geleitet und koordiniert. Die neuen Länder im Westen waren dabei gefragt, wurden allerdings fast ausschließlich von Spaniern und Portugiesen bereist. Im Osten gehörten China, Japan und Indien zu den Zielen, wobei gerade von dort immer wieder schaurige Geschichten von Vertreibungen und Hinrichtungen hörbar wurden. Aber die Krone des Märtyrertodes mochte auch anziehend sein, und Regens Kasen hatte sich vorgenommen, einmal sehr deutlich zu machen, dass es bei dieser ebenso wichtigen wie gefährlichen Arbeit nicht um die Befriedigung der persönlichen Eitelkeit gehe. So sprach er dann selbst zu diesem Tagesordnungspunkt, was nicht allzu häufig vorkam.

»Hochwürdigste Mitbrüder, wenn ich einmal wieder das Thema der Missionen auf die Tagesordnung setze, so dürfte der Anlass unverkennbar sein: Es gehen wieder in einer solchen Menge Anträge ein, dass man als Regens den Eindruck von Unzufriedenheit mit den hier auszuführenden Diensten gewinnen muss. Ich weiß, dass die neuesten Nachrichten von unserem einstigen Kölner Mitbruder Adam Schall ermutigend, ja beflügelnd wirken mögen. Dass jemand von uns in China zum Mandarin ernannt wurde, was wohl so viel wie Minister ist, kann einen jungen Mann – und die Jungen drängen ganz besonders – zur Nachahmung reizen. Ich weiß aber auch aus vielen Gesprächen, dass unsere Arbeit hier fälschlicherweise als weniger wichtig eingeschätzt wird. Mission bei uns gilt nicht als Herausforderung, die Arbeit am Gymnasium als langweilig, wobei nicht nur vergessen wird, dass das Wohl unseres Vaterlandes von höchster Bedeutung ist, sondern auch, dass jede Arbeit eintönig wird, wenn man sie nicht aus der Entfernung einer halben Erdumkreisung sieht, sondern an Ort und Stelle verrichtet. Unser kürzlich verstorbener General Carrafa, der bekanntlich päpstlicher Nuntius in Köln war und unsere Verhältnisse aus eigener Anschauung kennt, hat es wiederholt mahnend zum Ausdruck gebracht. Und auch ich selbst habe es oft genug gesagt, es ist eigentlich auch völlig klar. Ich will heute noch einen Schritt weitergehen und eine Warnung äußern, auch wenn sie dem einen oder anderen Antragsteller gegenüber vielleicht unangemessen ist. Diese Warnung zielt auf den Wunsch, die Märtyrerkrone zu erwerben.«

Für einen Augenblick musste Regens Kasen seine Rede unterbrechen, weil Unruhe entstand. Dann fuhr er fort: »Die Märtyrerkrone, vor allem die damit verbundene mögliche Erhebung zur Ehre der Altäre, ist zweifellos die größte Auszeichnung, die ein Christ auf Erden erlangen kann. Aber diesem Erlangen darf kein Wünschen vorausgehen. Unsere großen Heiligen, die für ihren Glauben den Tod erlitten haben, haben Versuchungen widerstanden, ihre Überzeugungen beibehalten, aber sie haben den Tod nicht angestrebt. Die Märtyrerkrone *anzustreben*, dürfte ein Hochmut sein, der der Sünde Luzifers nicht weit nachsteht. Ich weiß, dass auch große Ordensbrüder unter uns – ich nenne nur unseren anderen berühmten Kölner Mitbruder Friedrich Spee – in ihren jungen Jahren unbedingt Missionar in Indien werden wollten. Aber gerade Spee ist ein leuchtendes

Beispiel dafür, dass der Weinberg des Herrn auch in deutschen Landen Arbeit bietet. Spee hat sich nicht nur beherzt den Hexenprozessen entgegengestellt. Er hat auch Pestkranken beigestanden, woran er gestorben ist – eine andere Form des Märtyrertums. Und ich füge noch eine allerletzte Bemerkung hinzu. Es gibt als Motiv nicht nur Hochmut, sondern auch Flucht: Flucht vor inneren Anfechtungen, vor dem Ringen mit dem eigenen Fleisch, mehr will ich nicht sagen. Dies aber steht für mich fest: Ein hochmütiger Missionar ist so wenig ein guter Missionar wie ein vor seiner Leidenschaft fliehender Missionar. Wir werden weiter die Anträge prüfen, aber ich bitte dringend einen jeden Antragsteller um die eigene Prüfung zuvor.«

Damit endete der Beitrag von Regens Kasen, diesmal ohne weitere Unruhe. Der Regens hatte eindeutig den Kern des Problems getroffen, sodass einige Patres innerlich aufgewühlt ihr Gewissen prüften. Unter diesen war niemand aufgewühlter als Pater Heimbach. Schon von Anfang der Sitzung an hatte er überlegt, wie er der Bitte von Agnes Münch entsprechen könne, dem versammelten Konvent die Mitteilung zu machen, dass es im Hause des verstorbenen Architekten noch Unterlagen gebe. Beim nächsten Tagesordnungspunkt musste es sein, wenn überhaupt. Aber zu den Ängsten, wie er dies einfädeln könne, trat nun der schwere Schlag von Regens Kasen: das Wort von den unbewältigten Anfechtungen des Fleisches, die schwere Sorge, zu denen zu gehören, die schließlich nur noch auf Flucht sinnen, am liebsten in den Tod. Hatte er nicht selbst schon mit dem Gedanken gespielt? Zerknirscht sank er auf seiner Bank zusammen, als endlich der nächste Tagesordnungspunkt aufgerufen wurde: die Einstellung eines neuen Baumeisters.

Regens Kasen hatte bewusst einige Zeit verstreichen lassen, um die Wirkung seiner letzten Rede abzuwarten. Schließlich wandte er sich erneut an seine Mitbrüder.

»Wir kommen nun zu einem einfacheren Punkt, wenn er mir auch schon schlaflose Nächte bereitet hat«, begann er in erkennbar scherzhaftem Tonfall. »Es geht um die Nachfolge unseres verunglückten Baumeisters Johann Münch. Die Beaufsichtigung der Bauarbeiten lag bis jetzt bei seinem Adlatus Boerhave, der durchaus zu unserer Zufriedenheit gearbeitet hat. Der letzte Seitenaltar, derjenige zur

Ehre Mariens, ist errichtet, mit dem Fußboden kommen wir nur deshalb nicht weiter, weil es am Marmor fehlt. Bekanntlich soll dieser Fußboden in ähnlichem Glanz erstrahlen wie das Netzgewölbe, ja eine Art Antwort auf dieses sein, wie es noch Johann Münch ausgedrückt hat. Ein Ausweichen auf anderes Material kommt also nicht in Frage. Dass die Ausmalung des Gewölbes noch nicht abgeschlossen ist, hat Pietätsgründe – bei dieser Arbeit ereignete sich schließlich das grauenvolle Unglück. Der neue Architekt wird die Arbeit sofort nach seiner Ernennung wieder aufnehmen und hoffentlich bald zu Ende bringen. Die Frage ist nur, wen wir berufen sollen. Einige der hier Anwesenden kennen die Vorüberlegungen. Sie mögen sich zu Wort melden.«

Mehrere Patres folgten dem Aufruf ihres Regens, wobei dieser dafür gesorgt hatte, dass auf jeden Fall der Adlatus vorgeschlagen wurde. So meldete sich denn Pater Questenberg zwar höchstens gleichzeitig mit einem anderen Ordensbruder, wurde aber als erster Redner bestellt, weil er immer zu denen gehörte, die den Regens unterstützten. Der Pater erhob sich sofort, um keinen Zweifel an seiner Aufrufung entstehen zu lassen, und trat an das Rednerpult. Nach den üblichen Einleitungsfloskeln sagte er:

»Ich meine, wir sollten nicht lange unter den fremden Bewerbern suchen, sondern den einstigen Adlatus von Johann Münch mit der Aufgabe betrauen. Er ist kein studierter Mann, wie es Johann Münch war. Aber wir brauchen auch keinen studierten Mann, der uns unter Umständen nur auf zeitraubende Abwege führt.«

Eine kurze Unruhe unterbrach den Redner, der nach einer Ermahnung der Runde durch Regens Kasen fortfuhr: »Der Adlatus ist eingearbeitet, kennt die Pläne von Johann Münch und hat sich außerdem in den letzten Wochen bewährt. Trotz des plötzlichen Unglücks ist kein Stocken der Arbeiten eingetreten. Im Übrigen ist die Kirche so gut wie fertig, es bedarf ohnehin nur der Beendigung des Angefangenen.«

Beifall erhob sich, Regens Kasen schaute wohlwollend in die Runde, weil er seinen Plan aufgehen sah. Dann sollte der nächste Redner sprechen. Es war Pater Schücking, der jedoch verzichtete, was einige der Anwesenden der Einschüchterung durch den Regens zuschrieben.

»Gibt es keine Gegenrede?«, fragte dieser und blickte herausfordernd in die Runde. Obwohl manchem Teilnehmer durchaus der Sinn nach Gegenrede stand, meldete sich nur ein Einziger zu Wort, Pater Nesselrath, der Naturwissenschaftler und selbstständige Geist, der den Regens nicht fürchtete. Er bekam das Wort.

»Hochwürdigster Regens«, sprach er seinen Vorgesetzten in einem Ton an, dass dieser nichts Gutes erwartete, »hochwürdige Mitbrüder! Ich kann nicht billigen, dass wir die Arbeit an dieser bedeutenden Kirche einem Unstudierten in die Hände geben. Nicht nur, dass auch in der letzten Phase des Baus noch wichtige Entscheidungen zu treffen sein werden. Ein in den Wissenschaften gebildeter Architekt ist immer besser, weil es um mehr geht als um das Aussuchen von Steinen oder die Beaufsichtigung von Handwerkern. Wir konnten mit Johann Münch Fragen besprechen, die den Kern unserer Arbeit betrafen, obwohl bei seiner Berufung niemand ahnte, um welche Fragen es dabei gehen würde. Falls in Zukunft Ähnliches geschehen sollte, wären wir mit einem reinen Praktiker kaum gut beraten.«

»Und es würde alles noch viel länger dauern, weil irgendwer wieder eine neue Diskussion beginnen würde«, entgegnete Pater Schorn unwillig.

»Recht hat er«, tönte es von mehreren Seiten, »wir wollen keine Diskussionen, wir wollen Kirchweihe.«

»Um welche Fragen ging es denn in der Vergangenheit?«, fragte Pater Himmeroth, der noch nie aufgefallen war. »Warum wird nicht wenigstens bei dieser Gelegenheit einmal gesagt, womit sich Johann Münch neben dem Kirchenbau beschäftigt hat? Man kann ja den Eindruck gewinnen, dass der viel berufene Unfall gar keiner war, sondern mit diesen Fragen etwas zu tun hatte ...«

Weiter kam Pater Himmeroth nicht, weil eine solche Vielzahl von Zwischenrufen, Protesten, aber auch beipflichtenden Bemerkungen folgte, dass Regens Kasen zuerst für Ruhe sorgen musste. Da der Redner offensichtlich nur seinen ganz unbestimmten Unmut geäußert hatte und über keinerlei nähere Informationen oder Verdachtsmomente verfügte, verzichtete er auf eine Weiterrede. Stattdessen suchte Regens Kasen die Wogen zu glätten.

»Hochwürdigste Mitbrüder«, begann er, was den meisten zu erkennen gab, dass ihm nicht wohl war, »wer es bis jetzt nicht wusste, soll es hören. Johann Münch arbeitete an der Verbesserung der Akustik in unserer Kirche und machte dazu Experimente.«

»In den Kellern des ehemaligen Achatiusklosters!«, warf jemand in einem Ton dazwischen, dass jeder den Vorwurf heraushörte.

»Ja, auch in den Kellern des ehemaligen Achatiusklosters. Dort konnte man nun einmal am besten experimentieren. Aber Münchs Erkenntnisse lagen zuletzt darin, dass es nichts zu erkennen gibt. Die Hilfsmittel, die bislang vorgeschlagen wurden ...«

»... von Athanasius Kircher in Rom, dem Hans-Dampf-in-allen-Gassen«, hieß es aus einer anderen Richtung.

»Richtig, von Kircher – also die Hilfsmittel, die bislang vorgeschlagen wurden ... Nein, ich muss es anders einfädeln: Die Theorie, auf der die Hilfsmittel beruhten, hat sich leider als falsch herausgestellt. Für uns bedeutet dies: Wir stellen diese Forschungen ein, ja, wir haben sie bereits eingestellt. Johann Münch hat sie selbst eingestellt, ehe er verunglückt ist ...«

»Und was ist mit den Abhörkammern? Funktionieren die auch nicht?«, hieß es.

Regens Kasen, der sich bis zu diesem Zeitpunkt aufs Äußerste zu beherrschen vermocht hatte, verlor nun die Geduld. Wütend blitzte er den Mitbruder an und stellte sich förmlich auf die Zehenspitzen, um seinen Worten Nachdruck zu verleihen: »Es gibt keine Abhörkammern! Wer das Gerücht in die Welt gesetzt hat, wird unseren Konvent verlassen. Ich lasse weder mich noch den verunglückten Architekten noch sonst wen beleidigen. Es gibt akustische Anlagen, alles andere ist üble Verleumdung. Wer etwas anderes behaupten zu können glaubt, soll vortreten.«

Niemand meldete sich, aber es schien auch tatsächlich Beruhigung eingetreten zu sein. Die meisten Patres bedauerten den Zwischenfall. Regens Kasen sank auf seinen Sessel zurück und bemerkte erst allmählich den Vorteil, der sich mittlerweile ergeben hatte. Es würde nach den vielen Attacken zuvor nun wohl keinen weiteren Widerspruch mehr geben. So schlug er vor, den Adlatus, der in einer Ecke dem Streit um seine Person mit gesenktem Blick, aber hochrot im Gesicht gefolgt war, zu fragen, ob er sich die Aufgabe zutraue. Der Vorschlag wurde angenommen.

Der Regens gab dem Adlatus ein Handzeichen, zu ihm vorzutreten. Mit seinem Wams und den Hosen hob sich dieser sehr deutlich ab von den Patres, machte aber mit seinem noch jugendlichen Aussehen eine durchaus gute Figur. Regens Kasen erklärte ihm förmlich, dass man ihm die Fortsetzung der Bauarbeiten antrage, falls er sich dies zutraue. Mit einem Nicken erteilte er ihm das Wort.

»Verehrter Regens, ich danke Euch sehr für das Vertrauen. Ich bin zwar unstudiert, die großen Werke der Baukunst bleiben mir verwehrt, aber ich werde mein Bestes tun und zu Eurer Zufriedenheit arbeiten. Ja, ich traue mir die Aufgabe zu!« Der Adlatus hatte mit leicht zitternder Stimme begonnen, doch den letzen Satz äußerte er mit überraschender Festigkeit.

»Aber wir meinen nur die Kirche«, sagte Pater Nesselrath, »alle anderen Arbeiten von Johann Münch sollen niedergelegt werden.«

Der Adlatus stutzte zunächst, sagte dann aber: »Falls Ihr die Bauten im ehemaligen Achatiuskloster meint, ich bin in diese Dinge ohnehin nicht eingeweiht gewesen. Die Experimente des Herrn Architekten wird es nicht mehr geben.«

Regens Kasen war mit der Entwicklung zufrieden und stellte die Frage, ob es noch Informationen oder Wünsche gebe, die in diesem Zusammenhang von Bedeutung seien.

Da meldete sich Pater Heimbach, der während der letzten Diskussionen vor Unruhe fast vergangen wäre, weil er im allgemeinen Durcheinander Möglichkeit um Möglichkeit schwinden sah, seinen Auftrag zu erledigen: »Ich sollte von Witwe Münch ausrichten, dass ihr verstorbener Mann schriftliche Materialien hinterlassen hat, die sie übergeben werde, falls jemand interessiert sei. Soviel ich weiß, handelt es sich um wichtige Bauzeichnungen.«

Regens Kasen schüttelte den Kopf, sah fragend in die Runde, in der sich niemand regte. Dann ging das Ende der Sitzung im Aufbruch unter. Kasen wollte noch etwas sagen, unterließ es aber und bestellte den Adlatus für den nächsten Vormittag in sein Arbeitszimmer, um alles Nähere zu besprechen. In wenigen Augenblicken verlief sich die Versammlung. Niemand hatte bemerkt, dass einer der Anwesenden auf die Nachricht von Pater Heimbach äußerst irritiert reagiert hatte.

ZWANZIGSTES KAPITEL *In dem Agnes Münch sich auf das erneute Erscheinen des Eindringlings in ihrem Haus vorbereitet und sich dann Schreckliches abspielt.*

Am nächsten Morgen erfuhr Agnes in einem kleinen Brief von Pater Heimbach, dass dieser seinen Auftrag erfüllt hatte. Darauf schickte sie die Magd zu ihrer Schwiegermutter und ließ ihr ankündigen, dass sie im Laufe des Tages die Kinder bringen würde: die Tochter gleich, den Sohn nach Schulschluss. Dann entließ sie die Magd für die nächsten Tage. Als alles gerichtet war, holte sie ihr Nähzeug, zog einen dicken Ballen Stoff aus einer Kiste und begann, einen Vorhang zu nähen. In der großen Eingangshalle des Hauses gab es zur Gartenseite hin, zwischen der Hoftür und der linken Wand, ein großes Regal mit tiefen Böden. In kleinen Kisten und Kästen war Hausrat und sonstiges sperriges Gut untergebracht, auch Stoffballen wie der, den sie gerade verwandte. Agnes wollte sich dort eine Zuflucht schaffen, ein Versteck, das im Dunkel schwer zu entdecken war. Wenn sie das unterste Regal leer räumen, das Ganze mit einem Vorhang abdecken würde, dürfte kaum jemand dort einen Menschen vermuten. Für fast jeden anderen wäre das Regal auch zu klein gewesen.

Am Nachmittag unterbrach Agnes noch einmal ihre Arbeit, weil sie den Sohn zu den Schwiegereltern brachte. Auch von ihm verabschiedete sie sich wie gewöhnlich aufs Herzlichste, dankte der Schwiegermutter und ging eiligst wieder nach Hause. Weil es schon dämmerte, war dort nur noch im Schein der Lampe zu arbeiten. Agnes Münch hatte sich am Küchentisch eingerichtet und nähte unter äußerstem Druck. Endlich war der Vorhang fertig, musste nur noch befestigt werden. Im oberen Saum war ein Band eingenäht mit Ringen am Ende. Agnes holte Hammer und Haken, stellte sich auf einen Küchenstuhl und schlug die Haken in die Wand. Sie hatte den Vorhang richtig bemessen – er hing fest und verdeckte das Regal völlig. Als sie ihn zurückschlug und ihr Versteck in Augenschein nahm, schauderte es sie. Sie legte in die linke Ecke des untersten Bodens noch den dicksten Stoffballen, über den sie verfügte, um ihre Füße dahinter verbergen zu können. Als sie fertig war, kroch sie zur Probe hinein, versuchte verschiedene Stellungen, wobei sie besonders an ihren Kopf dachte, entschied sich, noch rasch eine Kapuze zu nähen, und stand dafür wieder auf. Als sie auch damit fertig war, verstaute sie sorgfältig alles Arbeitsgerät und setzte sich in die Küche. Sie fand ein Stück Brot, wollte zuerst nicht essen, aß dann doch und ruhte sich endlich aus. Der Abend kam und ging allmählich in die Nacht über.

Agnes wurde von einem Geräusch an der Tür wach. Sie war eingeschlafen und schreckte mit Entsetzen hoch, weil sie alles verloren sah. Aber das Geräusch wiederholte sich, jemand machte sich mit dem Schlüssel an der Haustür zu schaffen, kam jedoch nicht herein. Agnes glaubte, durch die geöffnete Küchentür ein leises Fluchen gehört zu haben, dann entfernten sich Schritte. Er wird wiederkommen, dachte sie, und vor allem: Er ist es. Er hat nicht gewusst, dass das Schloss mittlerweile erneuert wurde, jetzt besorgt er sich Werkzeug, um auch ohne Schlüssel einzudringen. Er wird mich nicht noch einmal schlafend antreffen.

Sie hüllte sich in ihren Mantel, den sie dringend nötig hatte, weil das Haus kälter und kälter wurde – den Ofen in der Küche hatte sie ebenso wenig weiter befeuert wie den Kamin im Saal. Er wird wiederkommen und die Papiere suchen. Er wird sie finden und enttäuscht sein, weil sie unbrauchbar sind. Wenn er der ist, den ich erwarte, wird er die Falle erkennen und sich rächen wollen. Er wird das Schlafzimmer aufsuchen. Er wird mich suchen, aber nicht finden. Er wird weitersuchen, vielleicht merken, dass schon lange kein Feuer mehr brennt, dass das Haus verlassen ist. Dann wird er gehen. Oder er wird es nicht beachten und weitersuchen. In jedem Fall werde ich ihn sehen. Möglichst, wenn er hereinkommt, sollte dies geschehen, solange er noch glaubt, der Überraschende und nicht der Überraschte zu sein. Ich muss den Vorhang einen Spalt öffnen und hoffen, dass er eine Kerze entzündet wie beim letzten Mal. Er kennt sich nicht aus im Haus, nicht gut genug, um im Dunkeln die Wendeltreppe und das Arbeitszimmer zu finden. Ein, zwei Augenblicke bleiben mir, dann kann der

Vorhang fallen. Er muss fallen, denn beim zweiten Mal passt er auf. Wenn er herunterkommt, ist es für einen Blick zu spät.

Agnes bezog ihr Versteck, merkte, dass sie vorhin auf der Bank gefroren haben musste, weil ein leichter Husten sie reizte. Sie erschrak zutiefst vor der Gefahr, sich zu verraten. Sollte sie sich etwas Malz aus der Küche holen, das dort für die Kinder bereitlag? Zu spät! Früher als erwartet hörte sie Schritte vor der Haustür. Es waren mehr als zwei Beine. Sollte er mit Helfershelfern zurückgekommen sein? Aber die Schritte verloren sich wieder. Agnes Münch wurde es unbequem, sie versuchte eine andere Lage, wobei der Stoffballen für ihre Füße fast aus dem Regal gefallen wäre. Dann war das Geräusch im Schloss wieder da. Ohne dass sie Schritte gehört hatte, war der Eindringling zurückgekehrt. Diesmal ging die Tür auf. Auch das passte zu ihren Erwartungen: Dieser Eindringling wusste, wie man einen Dietrich herstellt. Agnes schob den Vorhang zur Seite, konnte im fast völligen Dunkel erkennen, dass sich eine Gestalt lautlos hereinschob. Sie hätte schreien mögen, fühlte den Hustenreiz, ließ den Vorhang los, öffnete ihn erst wieder, als sie sicher war, nicht husten zu müssen – und blickte dem Mörder ins Gesicht. Blendend weiß leuchtete sein Antlitz, fast feurig hoben sich die Augen ab, die freilich in diesem Moment herabblickten auf die Flamme, die er soeben entzündet hatte. Er war es, sie hatte richtig geschlossen. Langsam fiel der Vorhang zu. Dann konnte Agnes nur noch hören. Sie schloss die Augen, um die Ohren zusätzlich zu schärfen, so unsinnig es angesichts der völligen Dunkelheit im Regal auch sein mochte.

Der Eindringling ging nach oben. Agnes vernahm keinen einzigen Schritt, aber sie wartete auf die lose Diele und wurde bestätigt. Jetzt also ist er auf der drittletzten Stufe. Die Zimmertür öffnete sich mit einem leisen Knarren. Jetzt steht er vor dem Schreibtisch, öffnet die Schublade. Gleich muss die Enttäuschung kommen, wenn er statt der akustischen Zeichnungen die Kirche von Molsheim findet. Dann hörte sie die Wut. Erst ein Aufstampfen mit dem Fuß, dann stürmte er aus dem Zimmer geradewegs in das Schlafzimmer gegenüber. Er musste sich am Bett zu schaffen machen, die Decken auseinander reißen. Dann krachte eine Schranktür. Wenig später hörte sie wieder die stampfenden Schritte. Sie konnten nur ins Kinderzimmer führen. Auch hier nahm sie wahr, wie er von Bett zu Bett sprang, an allem riss, was er zu fassen bekam. Nach den Geräuschen zu urteilen, schwoll seine Wut an, nahm der Mörder nicht mehr die geringsten Rücksichten darauf, gehört zu werden. Schon stürzte er ins Dach, wo sich das Zimmer der Magd befand. Aber er konnte niemanden entdecken, weil niemand da war – außer ihr hier unten im Regal. Agnes war wie gelähmt. Warum hatte sie nicht die Flucht ergriffen, während er oben beschäftigt war? Aber sie hatte nur mit der Suche gerechnet, nicht mit dieser Wut. Ohnehin war es viel zu spät. Er hätte ihre Flucht bemerkt und sie spätestens auf der Straße ergriffen, selbst wenn sie geschrien hätte. So schnell war Hilfe nicht da. Jetzt nur einigeln, den Kopf unter die Kapuze, falls er den Vorhang zurückschlug.

Der Mörder kam herunter, sprang polternd über mehrere Stufen, glitt aus und verlor offenbar die Kerze. Laut fluchend gab er sie auf, musste sich nun durchs Dunkel den Weg bahnen und drohte mit entstellter, grässlicher Stimme: »Ich werde dich finden, warte nur, ich werde dich finden!«

Dann stand er dicht neben ihr, suchte offenbar nach einer Kerze, fand eine auf einem Podest im Flur, verschwand in der Küche, wo er sich am Schrank zu schaffen machte. Agnes vernahm sein triumphierendes Ausrufen: »Ah, damit geht es besser. Vielleicht steckst du hier irgendwo, verfluchte Hure. Du hast mich hereingelegt, aber du wirst es büßen. Du kennst selbst deine Fleischermesser aus der Küche. Ich habe das schwerste und schärfste gefasst und werde dich abstechen wie eine Sau. Wo bist du?«

Agnes hörte auf zu atmen. Sie war erstarrt. Der Mann befand sich jetzt unmittelbar neben ihr, schaute offenbar in den Saal oder suchte weiter in der Vorhalle. Da merkte sie, wie er erst den Vorhang herabriss, dann eine Kiste aus einem der oberen Regale herauswarf, dass Töpfe krachend zu Bruch gingen. Sie erwartete einen Messerstich und sank in Ohnmacht.

***

Pater Heimbach sprang von seinem Bett auf. Während des letzten Tages bis weit in die Nacht hinein war ihm das Bild von Agnes Münch nicht aus dem Kopf gegangen. Im Unterricht begleitete es ihn, beim Gebet ebenso. Das »Magnificat« am Abend versetzte ihm einen Stich ins Herz, der Jubelgesang der Gottesmutter Maria ließ ihn an diese triumphierende Frau denken, die sich über alle Einwände, über alle Hindernisse hinwegsetzte und ihren Weg ging. Ein unbegreifliches Wesen in dieser Mischung aus Tatkraft und Hilfsbedürftigkeit, aus mangelnder Bildung und überlegener Gabe der Schlussfolgerung. Wie wankelmütig und unstet war er selbst in den letzten Tagen geworden und wie unbeirrt stand sie im Sturm. Wie zart von Gestalt, mit weichem Haar um dieses eigenartig harte Gesicht. Alles an den Bewegungen dieses biegsamen Körpers faszinierte ihn, ließ ihn an zarteste Haut, an ein Weiß denken, das blenden musste.

Und dann kam ihm ein ganz anderer, ein furchtbarer Gedanke: Sie wusste, wer der Mörder war, sie hatte es selbst gesagt! Unfassbar! Welcher Gefahr setzte sich diese Frau nur aus! Pater Heimbach fuhr entschlossen in seine Kleidung. Er musste hin zu ihr. Wenn die Botschaft im Konvent eine Falle war, die Agnes Münch dem Mörder gestellt hatte, würde diese Falle auch zuschnappen. Agnes Münch machte keine Fehler in ihren Planungen. Vielleicht war sie schon zugeschnappt, und er lag hier mit seinen hilflosen Überlegungen. Aber wie hinauskommen? Der Konvent war abgeschlossen, der Pförtner längst zu Bett gegangen. Aus der Pforte gab es kein Entweichen. Durch das Fenster! Vom ersten Stockwerk war es nicht weit bis unten, und er wohnte zur Hofseite hinaus. Zwar war der Boden hier seit der letzten Nacht hart gefroren, aber es lagen allerhand Abfälle unter seinem Fenster. Außerdem konnte er den Weg mit einem Betttuch verkürzen. Im Nu war es verknotet. Am weißen Laken hangelte ein schwarzer Pater herab, hing zuletzt am Zipfel und ließ los. Nur nicht auf die Füße aufkommen, sondern abrollen: Das war sein letzter Gedanke.

Es war gut gegangen. Pater Heimbach lief, so schnell er in der Dunkelheit konnte, über den Hof, erreichte das Tor, überstieg es und war binnen kürzester Zeit in der Marzellenstraße. Kein Mensch war zu sehen, keine Laterne, alle Häuser dunkel. In der sternklaren, aber mondlosen Nacht gab es so gut wie kein Licht. Strauchelnd suchte er sich zurechtzufinden, sah den Turm von Sankt Ursula sich matt gegen den Himmel abzeichnen, bog ein in die Stolkgasse und näherte sich dem Hause Münch.

Als er es nach einigem Suchen und Zweifeln endlich an der Maske über der Tür eindeutig erkannt hatte, hörte er Laute aus dem Inneren.

Pater Heimbach erstarrte, lauschte im Stehenbleiben, ohne selbst das geringste Geräusch zu machen. Irgendetwas musste gerade umgestoßen worden sein, auch Sprechfetzen waren vernehmbar. Ins Haus ist jemand eingedrungen, kämpft mit Agnes Münch, hat sie vielleicht schon ermordet! Oder die Kinder. Pater Heimbach trat noch einmal auf die Straße zurück, stolperte über Unebenheiten und fand endlich einen Stein. Damit bewaffnet ging er zur Haustür, verharrte noch einmal, betrat die Stufen und wollte an der Tür lauschen. Als er sie berührte, merkte er, dass sie nur angelehnt war. Er stieß sie mit der Linken auf und hob den rechten Arm mit dem Stein. Im Inneren erkannte er zuerst Kerzenlicht, dann eine Gestalt, die die Kerze hielt und jäh herumfuhr. In der anderen Hand blitzte kurz ein Messer auf. Dann kam die Gestalt mit kräftigen Schritten auf ihn zu. Fassungslos blieb Pater Heimbach stehen, und fassungslos nahm er wahr, wie der Mann ihn mit einem derben Stoß zurückwarf, sodass er taumelte, um dann im Dunkel zu verschwinden. Das Gesicht hatte er nicht erkannt. Als er wieder zu sich kam, galt sein erster Gedanke Agnes Münch. Er stürzte ins Haus.

Pater Heimbach sah nichts und hörte nichts, aber er fand die Wendeltreppe, sprang die Stufen hinauf, strauchelte, sprang weiter, strauchelte zuletzt, weil er nicht sah, dass er bereits oben war, und stürzte ins Schlafzimmer, so wie er die Lage noch in Erinnerung hatte. Er fand das Bett, warf sich darauf, tastete es ab nach Agnes Münch, entdeckte keinen Körper, wohl aber, dass jemand die Decken durcheinander gebracht haben musste. Voller böser Ahnungen kehrte er um, suchte nach einer Kerze, fand keine und tastete sich auf die Treppe zurück. Mit einem Arm gegen die Wand gelehnt, mit dem anderen auf das Holzgeländer gestützt, ging er vorsichtig von Stufe zu Stufe tiefer. Er erreichte die Eingangshalle, suchte wieder nach einer Kerze, fand sich vor einem Regal und hörte plötzlich unter sich ein Stöhnen, das ins Röcheln überging.

»Seid Ihr es, Agnes?«, flüsterte er.

»O Gott, Pater«, kam es von unten, »ist es vorbei? Ist er weg?«

»Es ist vorbei, Agnes. Seid Ihr unverletzt?«

Agnes Münch zog sich die Kapuze vom Kopf, wälzte sich aus dem Regal und richtete sich auf. Pater Heimbach begriff, woher sie kam, war ihr behilflich, zog sie zu sich hoch und drückte sie an sich.

»Seid Ihr wirklich unverletzt?«

»Ich bin unverletzt. Es ist nur der Schrecken. Es war entsetzlich. Wieso seid Ihr hier? Und wo ist er?«

»Er ist geflohen. Doch sagt, welcher Pater war es? Ich habe nur die Soutane gesehen.«

»Fragt mich nicht nach ihm. Ich sage es Euch später.«

Agnes Münch löste sich allmählich aus der Umarmung, fasste den Pater ihrerseits unter dem Arm und zog ihn in die Küche. Sie zündete eine Kerze an und sackte im Schein des Lichts sogleich wieder zusammen. Pater Heimbach zog sie auf die Ofenbank, lehnte sie an sich und schwieg.

»Der Name würde jetzt nichts nützen«, sagte Agnes Münch nach einer Weile. »Regens Kasen würde es nicht glauben, nicht einer Frau. Ihr wisst das doch. Ich werde auch den letzten Beweis liefern, schon sehr bald.«

Pater Heimbach war unfähig zu antworten. Er fühlte sich dieser Frau gegenüber einfach hilflos. Er wusste, dass Nachfragen zwecklos sein würden.

»Habt Ihr mich etwa gerettet?«, fragte Agnes Münch nach einer Weile, wobei sie sich aufrichtete und ihre Kleider glatt strich. Dann erzählte sie, woran sie sich zuletzt noch erinnern konnte: die Drohungen zum Schluss, das Herunterreißen des Vorhangs.

»Ich muss im richtigen Augenblick gekommen sein«, sagte Pater Heimbach. »Ich glaube, ich habe Euch wirklich gerettet. Nur habe ich nichts getan. Ich habe nicht einmal zugeschlagen, als er neben mir stand. Dabei konnte er nicht wissen, dass ich einen Stein in der Hand hielt.«

»Vielleicht war es besser so«, antwortete Agnes Münch. »Er ist ein Teufel, nichts für einen Pater, der nur studiert hat.«

Pater Heimbach begriff nicht, wie sie dabei lächeln konnte. Aber er war zufrieden, genoss das Schweigen, das stille Atmen dieser Frau neben sich, wollte nichts wissen, nichts erreichen, nur bleiben. Auch Agnes schwieg, obwohl sie hellwach war, mochte ebenfalls nicht von dieser Ofenbank, nicht weg von diesem Pater, an den sie sich weiter anlehnte, obwohl sie sich wieder dessen bewusst war, dass sie den Armen nur verwirrte. Sie dachte an ihren Mann, dessen Mörder sie nun kannte, und ließ schließlich die Gedanken laufen, wohin sie wollten.

Langsam, sehr langsam fiel die Angst von ihr ab. Dann erklang vom Konvent her die Glocke, die leise Mitternacht schlug.

»Ich werde im Haus bleiben«, sagte Pater Heimbach, »hier unten an der Tür. Ihr werdet Euch oben niederlegen. Ihr könnt schlafen, Ihr müsst schlafen. Ich kann ohnehin nicht zurück. Ich bin an einem Bettlaken aus meinem Fenster gestiegen. Hinaus ging es ganz gut, aber hinein komme ich nicht mehr. Am frühen Morgen seid Ihr dann sicher. Ihr könnt vielleicht zu den Schwiegereltern. Wo sind eigentlich die Kinder?«

Als Agnes Münch die Frage beantwortet hatte, fuhr Pater Heimbach fort: »Ich werde am Morgen dann im Konvent einiges erklären. Aber bitte, hört nun auf mich. Dass Ihr mir den Namen nicht preisgebt, mag ja hingehen. Aber Ihr müsst jetzt zur Ruhe kommen. Ich bin so wach wie noch nie in meinem Leben. Ihr könnt Euch auf mich verlassen.«

EINUNDZWANZIGSTES KAPITEL *In dem Pater Heimbach Regens Kasen davon überzeugt, dass im Konvent etwas nicht stimmt, beide nach Beweismitteln suchen und tatsächlich einen Verdächtigen finden.*

Die Nacht war ruhig geblieben, der Eindringling nicht zurückgekehrt. Pater Heimbach hatte am kalten Ofen gesessen, bei geöffneter Küchentür, mit dem Blick in Richtung Eingangshalle. Er brauchte sich nicht anzustrengen, um wach zu bleiben. Während er einerseits nach der Straße lauschte, andererseits auf jede Bewegung im Schlafzimmer achtete, zog sein Leben vor seinem inneren Auge vorüber.

Viel Leid war dabei, der frühe Tod der Eltern bei der großen Kölner Pestepidemie im Jahre 1630, mitten im großen Krieg. Die drei Kinder waren in der Verwandtschaft regelrecht aufgeteilt worden, er selbst zu einem Onkel gekommen, der in der Fleischmengergasse eine Metzgerei betrieb. Die Erziehung war hart gewesen, für das kleinste Vergehen setzte es Schläge, schwere Schläge mit einer kräftigen Hand, die sonst das Beil führte. Aber als er sich als begabt erwies, sich selbst Lesen und Schreiben beibrachte, hatte ihn der Onkel zuerst in die Lateinschule geschickt, dann ins Gymnasium, ins Tricoronatum. Dort hatte er sich bald der Marienkongregation angeschlossen wie die meisten, war unter frömmelnde Altersgenossen geraten, die eine Askese betrieben, bei der einer an Auszehrung starb. Die Bestimmung zum Priester und Ordensmann hatte er früh gespürt, auch jene fatale Sehnsucht nach Missionsarbeit in möglichst gefährlichen Gegenden, wovor Regens Kasen so eindringlich gewarnt hatte. Mit der Priesterweihe war dann mehr Ruhe eingekehrt. Berufen zu sein, in dieser Berufung bestätigt zu werden – dies hatte ihn mit Stolz erfüllt.

Nur das Fleisch wollte nicht immer so, wie er es sich wünschte. Wie sehnte er sich dann nach seiner Mutter zurück, an die er sich kaum noch erinnern konnte: an eine Frau, die seine Ängste nicht anfachte, sondern linderte. Die Frau als Linderin aller Schmerzen: eine merkwürdige Erfahrung, die die Kirche in fast jedem Marienlied ausdrückte, als wolle sie zugleich die Realität zugeben und wegzaubern. Wie war es ihm mit dieser Frau oben gegangen, mit Agnes Münch? Hatte er nicht in ihr beides erlebt: neben dem Gefühl der Geborgenheit die Versuchung, die andere Art menschlicher Existenz mit ihrer Ergänzung, Erfüllung, damit aber auch die Entfernung von einer Bestimmung, die ihn strikt an die Ehelosigkeit band. Kämpfte er damit nicht auf einem Posten, der wichtiger war in diesem Menschheitskampf? Und doch: Welch ein Glück, nicht die Menschheit, sondern gerade diesen Menschen gerettet zu haben, als ein Sankt Georg, auch wenn ihm so gut wie alles zum großartigen Ritter fehlte, so wie die Gerettete statt einer Jungfrau eine Witwe mit zwei Kindern war. Wie er es auch drehte und wendete: Es war eine andere Form von Existenz in sein Leben eingedrungen, hatte es gründlich verändert, alles unverständlicher gemacht, aber auch reizvoller.

Noch ist es nicht vorbei, dachte Pater Heimbach. Im Gegenteil: Die Gefahr wird sich zuspitzen. Er musste handeln, Schlimmes verhindern, auch ohne den Willen von Agnes Münch. Als die Glocke zum ersten Gebet schlug, stand der Pater auf, hörte noch einmal nach oben, nahm ein tiefes Atmen wahr, das ihn beruhigte, und verließ das Haus. In der Dunkelheit suchte er die Nachbarhäuser ab, prüfte jeden Eingang, jedes mögliche Versteck. Als er sicher war, dass sich niemand in der Nähe aufhielt, ging er zum Konvent. Dort überraschte er den noch schläfrigen Pförtner und wurde eingelassen. Statt sich Vorwürfe und Drohungen anzuhören, gab er Bescheid, man möge das Betttuch von seinem Fenster entfernen und ihn nicht suchen, er gehe augenblicklich zum Regens ins Swolgianum. Der Pförtner war so verblüfft, dass er nichts hervorbrachte. Ehe er sich besann, war Pater Heimbach schon wieder auf der Straße.

Zum Swolgianum brauchte er nur um die Ecke zu biegen. Auch hier traf er bereits den Pförtner, der ihn nicht weniger verwundert musterte als sein Kollege im Konvent. Er ließ ihn ein, und Pater Heimbach strebte sogleich in die Privatzimmer des Regens nach oben. Von der Straße her hatte er schon Licht gesehen. Der Regens würde beim Gebet sein.

Als er an die Tür pochte, erfolgte zunächst keine Antwort. Pater Heimbach pochte wieder. Da öffnete sich die Tür, und ein Mann trat heraus, dem man die Erregung ansah. Eine Störung beim Gebet! Noch nie hatte er dies erlebt. Aber Pater Heimbach machte nicht den Eindruck, ohne Grund gekommen zu sein. Übernächtigt und in seinem ganzen Auftreten entschlossen, wirkte er eher wie ein Überbringer schlechtester Nachrichten. Regens Kasen unterdrückte das Aufbrausen und zog seinen Gast ins Zimmer. Der zögerte keinen Augenblick und begann.

»Wir alle haben uns die ganze Zeit geirrt. In unserem Hause läuft tatsächlich ein Mörder herum. Diesmal habe ich ihn *gesehen*. Er ist mit dem Messer auf mich losgegangen und hat mich aus unerfindlichen Gründen am Leben gelassen. Er wollte einen anderen Menschen umbringen, hat ihn nur nicht gefunden – Agnes Münch. Die Witwe lebt noch, ich habe sie durch Zufall gerettet.«

Regens Kasen war kein Mann, den man leicht beeindrucken konnte. Es hätte nicht viel gefehlt, dass er in diesem Fall eine abschätzige Bemerkung über die Phantasie von leicht zu erregenden jugendlichen Patres gemacht hätte. Aber Regens Kasen hatte nun doch die unbestimmte Ahnung, dass der Fall nicht so einfach liege. Vor allem glaubte er nicht, dass Pater Heimbach fähig gewesen wäre, ein Messer frei zu erfinden. Und mit Messern umherlaufende Jesuitenpatres waren etwas, was auch Regens Kasen ernst nahm. Nur die Erwähnung von Agnes Münch störte ihn erheblich. Immer diese Frau im Spiel und nun gar eine Rettung. Ob nicht Pater Heimbach auf Abwege gekommen war?

»Bitte beruhigt Euch zuerst einmal und berichtet etwas ausführlicher und vor allem etwas klarer. Ihr sprecht von einem Mörder bei uns. Wieso kennt Ihr ihn nicht, wenn Ihr ihn gesehen habt?«

Pater Heimbach berichtete nun in allen Einzelheiten von den Ereignissen der vergangenen Nacht, malte vor allem die Situation an der Tür des Hauses Münch aus, hob die Dunkelheit hervor und sprach anschließend davon, dass Agnes Münch den Eindringling erkannt habe, aber seine Identität nicht preisgeben wolle. »Sie nimmt an, dass Ihr es nicht glaubt. Ich verstehe es auch nicht. Aber es deutet doch darauf hin, dass es wirklich ein Pater ist, dem wir die Tat niemals zutrauen würden. Wir müssen ihn trotzdem finden, ehe das nächste Unglück geschieht. Dass er der Mörder von Johann Münch ist, dürfte ja wohl klar sein.«

Regens Kasen brummte, dass er dies keineswegs für klar hielt, brummte auch, dass er nach wie vor nicht glaube, dass es ein Pater aus dem Konvent sei, solange der Eindringling nur an der Kleidung und nicht am Gesicht erkannt sei. Dann kam ihm ein Gedanke.

»Wenn es einer von uns ist, kann er wie Ihr selbst nicht im Konvent zurück sein. Während der Nacht ist die Pforte geschlossen, und seit dem Morgen wacht der Pförtner. Gehen wir also in den Konvent und schauen nach!«

Pater Heimbach war Feuer und Flamme. Regens Kasen brauchte sich nur einen Mantel überzuziehen, dann gingen sie los.

***

Wieder war die Verblüffung beim Pförtner so groß, dass er nichts herausbrachte. Noch größer aber wurde sie, als Regens Kasen ihn aufforderte, Alarm zu schlagen. Der Pförtner fragte noch zweimal nach, bat die Patres, sich lieber etwas zurückzuziehen, und griff dann zum Hammer. Er ging zur Glocke, um sie zu »wiegeln«: Statt am Strang zu ziehen, um die Glocke in schaukelnde Bewegung zu setzen und den Klöppel anschlagen zu lassen, nahm der Pförtner den Hammer und schlug in schnellem Rhythmus gegen den äußeren Rand. Die kurzen, harten Schläge erzeugten ein schrilles Geläut, das jeder kannte und zu deuten wusste: Feuer, Feindeseinbruch oder sonst etwas Fürchterliches. Noch niemals war das Alarmzeichen im neuen Konvent gegeben worden, und die Wirkung war unbeschreiblich. Man hörte augenblicklich Türen schlagen und laute Rufe. In kürzester Zeit waren sämtliche Patres unten und versammelten sich um den Regens. Da sie alle beim Gebet gewesen waren, brauchte niemand erst lange in seine Kleidung zu schlüpfen. Dann bat Regens Kasen um Ruhe, um eine Erklärung abzugeben.

»Meine lieben Mitbrüder«, begann er unter Verzicht auf das »Hochwürdigste«, was jeder als Friedenssignal verstand, »ich bitte Euch alle sehr um Entschuldigung. Aber wir mussten dies einmal üben. Es ist weder Feuer ausgebrochen noch sonst etwas geschehen. Wenn es einmal der Fall sein sollte, was Gott verhüte, wissen wir jetzt alle, wie wir uns verhalten können. Damals beim Brand im Achatiuskloster brach bekanntlich Panik aus, was die Löscharbeiten sehr behinderte. Versammeln wir uns in der Kapelle zu einem Dankgebet, ehe der Tag endgültig beginnt und hoffentlich weniger Unruhe bringt.«

Die Patres äußerten sich erleichtert, nur wenige Stimmen kritisierten den Einfall ausgerechnet zu dieser frühen Stunde. Während sie in der Kapelle verschwanden, ließen Regens Kasen und Pater Heimbach ihre Blicke schweifen und hielten nach einem Fehlenden Ausschau. Aber in der Eile vermissten sie niemanden.

»Gehen wir rasch durch die Zimmer«, sagte Regens Kasen. »Vielleicht finden wir ein Bett unberührt. Ihr fangt oben an, ich unten. Aber beeilt Euch. Wir haben keine Zeit wie Ihr damals bei der Theateraufführung.«

Pater Heimbach sprang die Treppe hinauf, riss die ersten Türen auf, sah aufgeschlagene Betten. Schon wenige Zimmer weiter hörte er aus dem Treppenhaus die kräftige Stimme von Regens Kasen.

»Kommt herunter, es ist Pater Rörich!«

Pater Heimbach war augenblicklich in dessen Zimmer. Beide trauten ihren Augen nicht: Der Boden war übersät mit Papierfetzen. Es fiel nicht schwer herauszufinden, zu welchem Buch diese gehörten. Es handelte sich um Kirchers »Musurgia universalis«. Besonders die Abbildungen mit den Abhöranlagen waren in kleinste Schnitzel gerissen. Auf dem Schreibtisch lag ein angefangener Brief an Regens Kasen, der den gleichen Inhalt hatte wie alle vorhergehenden. Vor allem aber: Das Bett war völlig unberührt.

»Habt Ihr ihn eben unten gesehen?«, fragte Regens Kasen mehr der Form halber.

Pater Heimbach verneinte. Die beiden blickten sich an, verließen augenblicklich das Zimmer und gingen in die Kapelle. Sämtliche Patres knieten in den Bänken, von hinten waren die Einzelnen in ihren gleich aussehenden Soutanen nicht voneinander zu unterscheiden. Regens Kasen ging langsam zum kleinen Altar, drehte sich um, dankte noch einmal allen für ihr Verständnis. Am Ende fügte er hinzu: »Hat jemand Pater Rörich gesehen?«

Als keine Antwort erfolgte, fragte er noch einmal nach: »Ihr vielleicht, Pater Aldenhoven, Ihr seid doch der Zimmernachbar?«

Der Angesprochene verneinte. Pater Rörich war unauffindbar. Da er nicht im Gymnasium unterrichtete, sondern als Prediger wirkte, war das Fehlen nicht aufgefallen. Schon am gestrigen Tag hatte ihn niemand mehr gesehen. Regens Kasen rief sogleich drei Mitbrüder zu sich und gab ihnen den Auftrag, nach Pater Rörich zu suchen. Man sollte in der Stadt in verschiedenen Pfarreien nach ihm fragen, auch die Stadtpolizei informieren. Es könne sein, dass Pater Rörich geistig verwirrt sei. Dann regelte der rasch herbeigerufene Pater Kritsraed den Vertretungsunterricht für die Suchenden im Gymnasium, das gerade seine Pforte öffnete. Pater Heimbach bat den Regens eindringlich, ebenfalls vertreten zu werden, damit er sich an der Suche beteiligen könne. Noch kurz vor dem Aufbruch nahm der Regens ihn beiseite.

»Ich ärgere mich jetzt, dass ich mich nicht gleich um Pater Rörich gekümmert habe, als Ihr die anonymen Briefe fandet. Aber es war kein Schaden entstanden, und ich wollte die Sache nicht an die große Glocke hängen. Wer konnte wissen, wie es um diesen armen Menschen steht? Geht auf jeden Fall pfleglich mit ihm um, wenn Ihr ihn findet – sagt das auch den anderen. Es stimmt etwas nicht mit diesem Mitbruder. Er erinnert mich fatal an diesen anderen Verwirrten, der damals drei Mitbrüder von uns ermordet hat – Ihr wisst schon, wen ich meine. Und der war wie Pater Rörich ebenfalls sonst ein intelligenter, ja sogar ein besonders eifriger Streiter für unsere Sache. Also passt nur auf und achtet mir darauf, dass nicht unbedingt die ganze Stadt davon erfährt – den Dominikanern werden wir es leider nicht verheimlichen können. Die bekommen alles heraus, was bei uns schief geht.«

Damit brachen die Suchenden auf. Um die Mittagszeit kam die Nachricht, dass die Stadtpolizei in der Tat einen geistig Verwirrten aufgegriffen hatte und in den Konvent bringen wollte, weil er die Kleidung eines Jesuitenpaters trug. Er habe viel gedroht, auch mit Mord, wurde berichtet. Aber der Ärmste habe keinen sehr gefährlichen Eindruck gemacht. Er sehe nicht besonders kräftig aus, ein einziger Mann habe genügt, um ihn festzunehmen.

Es war Pater Rörich. Regens Kasen ließ ihn auf sein Zimmer im Swolgianum bringen und begann ihn auszufragen. Kurze Zeit später war Pater Heimbach gefunden worden und ebenfalls beim Verhör. Schon bald wurde klar, dass es sich nicht um den Eindringling bei Witwe Münch und damit auch kaum um den Mörder Johann Münchs handeln konnte. Pater Rörich war von seiner ganzen Gestalt her nicht derjenige, dem Pater Heimbach in der Nacht gegenübergestanden hatte. Überdies redete er wirr. Nur sehr einfühlsam stellte Regens Kasen Fragen, die mehr auf Beruhigung angelegt waren als darauf, einen Mord aufzuklären. Athanasius Kircher war offenbar das Schreckgespenst, das den Ärmsten zu wahnhaften Verfluchungen trieb. Mit diesem Gelehrten in Rom sei der Antichrist erschienen, mit dem das tausendjährige Reich des Schreckens beginne. Von Akustik war die Rede, vom Hereinhören des Teufels in das Reden der Menschen. Als Pater Heimbach vorsichtig fragte, woher er von diesen furchtbaren Dingen wisse, nannte er den Architekten Johann Münch.

»Der hat Kircher früh durchschaut, freilich nur als gescheiterten Wissenschaftler. Er hat Kircher verlacht, statt die Gefahren zu sehen, die mit seinen gottlosen Lehren verbunden sind. Deshalb hasse ich nicht nur Kircher, sondern auch diesen leidigen Johann Münch, der zur Hölle gefahren ist. Da war mir der Adlatus lieber, der von Kircher nichts begriffen hat – ein Unstudierter, der Kircher nicht einmal lesen konnte. Wie oft hat er mich bedrängt, ja geradezu gebettelt, dass ich ihm etwas übersetze, aber ich habe nichts übersetzt. Kirchers Lehren sollten nicht mehr Unheil anrichten, als sie es schon getan hatten.«

Regens Kasen beendete das Gespräch, bat Pater Heimbach, einen Arzt zu holen, der vielleicht wisse, was man machen könne, um Pater Rörich zu beruhigen. Dann bat er den Pförtner, kurz die Aufsicht zu übernehmen.

***

Als Pater Heimbach durch die Stadt eilte, um am Alter Markt den Arzt zu benachrichtigen, der dem Konvent stets zur Verfügung stand, war er niedergeschmettert, weil sich der Verdacht zerstreut hatte. Wieder und wieder ging er die Ereignisse der letzten Tage durch, er spürte eine leise Unstimmigkeit, eine Ahnung, doch eine Lösung fand er nicht. Nachdenklich erreichte er das Haus des Arztes, musste einen Augenblick warten, weil dieser gerade unterwegs war, um einen anderen Patienten zu versorgen. Als der Arzt zurückgekehrt war, ließ er sich die Geschichte der Verwirrung erzählen und nahm eine Flasche mit einer Flüssigkeit aus dem Regal.

»Es beruhigt«, sagte er, indem er auf die Flasche wies. »Wenn nur jemand die Einnahme überwacht! Aber im Konvent müsste doch ein solcher Dienst möglich sein. Ob ein Aderlass notwendig ist, kann ich erst beurteilen, wenn ich den Patienten selbst gesehen habe. Es könnte sein, dass er zu sehr geschwächt ist.«

Pater Heimbach führte den Arzt in den Konvent, wies ihm den Weg zu Pater Rörichs Zimmer und verabschiedete sich umgehend von ihm.

ZWEIUNDZWANZIGSTES KAPITEL *In dem Agnes Münch im ehemaligen Achatiuskloster nach dem letzten Beweis sucht, der den Mörder für jedermann überzeugend entlarven soll, und dabei in große Schwierigkeiten gerät.*

Ratten! Nicht eine oder ein Dutzend, sondern ganze Heere, keine Beine sichtbar, nur Rücken an Rücken in unendlicher Prozession, in fließender Bewegung. Wie wenn ein Eimer mit Wasser ausgegossen wird und das Wasser unbeirrt seinen Weg zu Tal nimmt, sich den Unebenheiten des Weges perfekt anpasst, auf abschüssigem Gelände schneller fließt, an einem Berg zum Halten kommt, den Berg umgeht und sich an seinem Ende wieder vereinigt. Nur bewegten sich diese Heere auch über Höhen hinweg, stiegen an, ihr Tempo nicht verlangsamend, sodass der Strom insgesamt nicht abriss. Und dies genau auf sie zu, auf ihren unbeweglichen Körper, der an einen Pfahl gefesselt schien, wie sie es von Abbildungen von Autodafés her kannte. Nur drohte hier nicht das Feuer, sondern dieses Heer, das Richtung auf sie nahm, sich heranwälzte, von denen die Vorposten bereits die Mäuler aufrissen, dass die Zähne sichtbar wurden, blut- und geifertriefende Gebisse, denen der Unflat rechts und links herabhing. Und sie unbeweglich, nicht fähig zu irgendeiner Bewegung, geschweige denn einer Abwehr, ohnmächtig ausgeliefert den heranschwellenden Fluten. Agnes schrie und erwachte.

Sie lag kraftlos im Bett, während Herz und Lungen jagten, die Brust sich in raschestem Wechsel hob und senkte wie bei einer Schwerstarbeit. Nur langsam kam Agnes zu sich. Als der Atem gleichmäßiger ging, traten ihr die Bilder der Nacht vor Augen, und wieder setzte ein Ringen ein, das den Körper schüttelte. Sie hatte den Eindringling gesehen und erkannt. Sollte sie doch zu Regens Kasen gehen und ihm alles berichten? Aber wie sollte der einer Frau glauben, noch dazu bei einem Täter, der aus dem Konvent kam? Pater Heimbach wäre kein Zeuge gewesen. Er hatte den Eindringling gesehen, aber nicht erkannt. Was hätte sein Zeugnis genutzt? Dann der andere Gedanke: Sollte sie den Eindringling stellen, ihn am helllichten Tag auf offener Straße ansprechen, ihm den Mord an ihrem Mann auf den Kopf zusagen? Aber was, wenn er hohnlachend alles bestreiten würde? Wieder würde am Ende ein ungläubiger Regens stehen. In diesem Fall jedoch dazu ein Rächer, der den Vorwurf nicht auf sich sitzen ließe. Ihr würde ganz zufällig etwas zustoßen. Vielleicht auch den Kindern. Agnes schauderte. Der Weg schied aus.

Da kam ihr ein anderer Gedanke. Es gab die Möglichkeit eines Beweises, die noch nicht ausgeschöpft war – die herausgerissenen Blätter. Pater Heimbach hatte sie nicht gefunden, aber es war mehr als wahrscheinlich, dass er am falschen Ort gesucht hatte. Pater Heimbach kannte den Mörder nicht, sie schon. Und sie war sich sicher, wo die Seiten mit den Abbildungen und die Zeichnungen lagen: im Achatiuskloster, in jenem Arbeitsraum, den einst ihr Mann eingerichtet hatte. Der Adlatus hatte sie nicht hinführen wollen, jedoch gesagt, wo er sich befand: im Keller, an der Stelle der wichtigsten Experimente. Aber in diese Ruine gehen, ins Reich der Ratten? Deshalb hatte sie davon geträumt! Außerdem waren die Kinder längst aus dem Haus. Es war ihr also von Anfang an klar gewesen, sie hatte sich nur innerlich gewehrt! Vielleicht ließ sich die Gefahr mindern, wenn sie den Mörder zuvor beobachtete, ihn an einem anderen Ort wusste, also in Ruhe suchen konnte. Das war es! Agnes triumphierte in ihrer ganzen Angst. Sie würde diesen letzten Beweis finden. Mit den herausgerissenen Seiten und Zeichnungen an *diesem* Ort musste ihr der Regens auch alles andere glauben. Und Pater Heimbach war auch noch da. Er selbst hatte ja alle Hoffnung auf diese Seiten gesetzt. Sollte sie vielleicht besser ihn bitten, danach zu suchen? Agnes verwarf den Gedanken. Sie hatte ihn noch neulich um einen *letzten* Gefallen gebeten. Nein, dieser Pater hatte bereits genug für sie getan. Sie trat zu sehr in sein Leben ein, sie musste Rücksicht auf ihn nehmen. Es ging also kein Weg daran vorbei. Sie würde ins Achatiuskloster gehen.

Agnes erhob sich und kleidete sich ins Witwenschwarz der letzten Wochen. Sie ordnete ihre Sachen, als würde sie eine lange Reise antreten, ging dafür in jedes Zimmer, räumte zuletzt einen sauberen Teller samt Essbesteck in der Küche weg, weil sie doch nichts mehr hatte zu sich nehmen können. Am frühen Nachmittag verließ sie das Haus, verschloss die Tür hinter sich und war mitten im dichten Treiben der Stadt. In der Stolkgasse zogen Männer Karren, der Boden war nicht reinlicher als sonst, aber der Schmutz fest gefroren, sodass man gut vorankam, außer wenn sich einmal ein Rad verkeilte, eine tiefe Furche den Fuß straucheln ließ. Auf der Marzellenstraße strebten Frauen von den Märkten zurück, mit Körben und Taschen bepackt, die sie teils selbst trugen, teils von Dienstmägden vor sich her tragen ließen.

Dann stand sie vor der Kirche Sankt Mariä Himmelfahrt und wartete. Sie schaute an der imposanten Fassade hoch, ließ den Blick einen Augenblick auf der Marienfigur, der Kirchenpatronin, hoch oben in der Nische des Giebels ruhen, als wolle sie Kraft schöpfen. Nach einer Weile erschien ihr dies jedoch zu auffällig. Sie ging unter den vielen Passanten die Straße entlang, ereichte die Kreuzung An den Dominikanern, drehte sich um und lief den Weg zurück. Sie tat es mehrmals hintereinander. Nur jetzt niemandem zweimal begegnen! Als sie wieder einmal auf Konvent und Kirche zuging, sah sie ihn sofort. Mitten in einer kleinen Gruppe von Jesuiten kam ihr der Mörder entgegen, bog im letzten Moment ab in die Kirche. Das Portal öffnete und schloss sich. Die Entfernung schien groß genug gewesen zu sein, dass niemand sie unter den vielen anderen Passanten erkannt hatte. Sollte sie nachprüfen, was er in der Kirche tat? Dann hätte er sie vielleicht gesehen. Nein, jetzt musste es sein. Sie ging zielstrebig zum ehemaligen Achatiuskloster.

Das Gelände war eingezäunt und nur durch eine kleine Pforte zu betreten. Beim letzten Mal war diese nur angelehnt gewesen, und Agnes hoffte, dass es nun genauso sei. Niemand sollte sie beim Eintreten beobachten. Wieder ging sie lange auf und ab. Dann schien ihr die Straße leer genug, sie drückte gegen die Pforte und fand sie zu ihrem Schrecken geschlossen. Nun gab es nur noch eine einzige Möglichkeit: geradewegs durch den verfallenen Eingang der völlig zerstörten Kirche. Agnes legte den kurzen Weg zurück, ging zum Eingang, drückte mit dem Rücken gegen einen Bretterverschlag und war selbst überrascht, als er nachgab und mit lautem Knall umfiel. Dass niemand das Geräusch wahrnahm! Aber Bretter fielen immer einmal zu Boden, und Pferdewagen waren durchaus lauter, wenn die eisenbeschlagenen Räder über Stock und Stein ratterten. Sie hatte jedenfalls ihr erstes Ziel erreicht. Für einen Augenblick blieb sie im Eingangsbereich stehen, suchte sich einen Überblick zu verschaffen und nahm dann einen Weg aus den Trümmern heraus ins Freie. Sie stand auf dem Platz vor der Klosteranlage, fand die Pforte, durch die sie bei ihrem ersten Besuch schon einmal ins Innere der Anlage gelangt war.

Verschlossene Türen waren nun nicht mehr zu erwarten, dafür einsturzgefährdete Räume, Schuttberge, die Abgründe verdeckten, und zwischen allem das, wovon sie des Nachts geträumt hatte: Ratten. Nicht unbedingt diese Heere, aber doch ganze Züge und manchmal auch kranke Einzelgänger, auf die man leicht treten konnte. Agnes bahnte sich einen Weg, fand den Gang, der sie in jenen Raum brachte, der die Abhöranlage besaß. Sie hatten damals eine Kerze benutzt, und Agnes hatte auch jetzt Kerze und Feuerstein bei sich. Der Funke zündete, dann flammte das Licht auf, zuerst blendend wie gewöhnlich, wenn die Augen noch an das Dunkel gewöhnt sind, dann mit viel zu schwachem Schein, um die Tiefe von Räumen und Gängen auszuleuchten.

Die Treppe nach oben ließ sie diesmal links liegen. Sie strebte nach dem hinteren, finstereren Teil, nach dem Raum mit dem Ohr des Dionysios, von dem der Adlatus ihnen damals nur in Andeutungen gesprochen, nur den obersten Teil gezeigt hatte, um dann unter Zeichen der Angst, etwas Verborgenes offenbar werden zu lassen, schließlich zurückzukehren. Sie wusste noch, dass sich dieses Bauwerk am Ende eines sehr langen Ganges befand, dass es eine Treppe zu überwinden galt und der obere Teil in einen Raum mündete, in den Tageslicht eindrang, weil die Decke eingestürzt war.

Agnes schritt den Gang entlang, erreichte den Raum, suchte ihn ab, ging zur Mündung des Trichters, blickte hinein, aber der Blick verlor sich ins Schwarze. Sie hörte Tropfgeräusche, dazwischen hin und wieder ein Rieseln von Sand oder Staub, im Augenblick nicht das gefürchtete Quieken. Sie beugte sich, so weit es ging, über die Mündung und rief ein leichtes »Ha!« hinein. Gespenstisch klang der Ton, schien sich fortzusetzen in endlose Tiefen. Wenn es ein Geheimnis gibt, dann dort unten, dachte Agnes. Bis hierher hat er uns mitgenommen, nach unten nicht. Nur: Wie hinabgelangen? Sie suchte den Raum ab, fand eine Öffnung in einer Wand, in der sich wohl einmal eine Tür befunden hatte, und ging hindurch. Dahinter stieß sie auf eine enge Wendeltreppe. Nach unten gehen? Agnes schauderte und machte sich doch auf den Weg. Die Kerze warf ihren Schein gegen die stets nahe Wand, ein Sturz war weniger zu befürchten, falls nicht eine Stufe lose war oder einbrach. Endlose Windungen führten in eine Tiefe, die längst unter der Erde liegen musste. Dann war der Boden erreicht, ein Gang führte weiter, mündete in einen kleinen Raum, in dem sich eine Öffnung in der Decke befand, ein Trichter wie im Abhörraum im oberen Teil der Anlage. Auch dieser Trichter verjüngte sich rasch und schien in ein Rohr überzugehen. Vor allem aber befand sich in diesem Raum ein Schreibtisch mit einem Stuhl und in der Ecke eine Truhe.

Triumphierend strebte Agnes auf die Truhe zu, als sie über sich einen leisen Ton hörte. Er erfüllte den gesamten Raum, ohne dass sie die Quelle wahrnahm. Der Ton schwoll an, umgab sie, als stünde in jeder Ecke ein summendes Wesen. Sie drückte sich mit dem Rücken an eine der Wände und suchte nach einer Möglichkeit, sich zu verbergen. Nur glatter Stein und die wenigen Möbel. Als der Ton abschwoll und endlich verstummte, glaubte sie, ein Windgeräusch vernommen zu haben, und war erleichtert. Da hörte sie einen ganz anderen Ton, einen Gegenstand, der offenbar durch das Röhrensystem über ihr herabfiel, an irgendwelchen Wänden vorbeischrammte und zuletzt mit lautem Schlag vor ihren Füßen liegen blieb. Als sie sah, dass es ein Paket war, ein verschnürtes Bündel von Blättern, erschrak sie zu Tode. Ihr war sofort klar, wer es hatte herabfallen lassen. Wie zur Bestätigung erscholl aus dem Trichter eine schaurige Stimme und befahl: »Öffne es!«

Agnes wusste, was geschehen war, sie wusste auch, was weiter geschehen würde. Sie war zunächst wie gelähmt, fühlte jedoch die Kräfte allmählich zurückkehren. Falls sie hier sterben sollte, wollte sie es in Würde tun. Der Mörder ihres Mannes würde auch ihr Mörder sein. So blieb sie stehen, sah nur, dass es sich bei dem Paket um die Zeichnungen ihres Mannes handelte, und sagte gefasst ein einziges Wort: »Nein.«

Es war zunächst nichts zu hören, dann quoll ein höhnisches Lachen heraus, bis wieder Stille einkehrte. Dafür kamen Schritte die Wendeltreppe herab. Zuerst vernahm sie es von ferne, war sich nicht sicher, dann wurden die Tritte lauter und lauter, bis endlich ein Mann in der Tür erschien und für einen Augenblick breitbeinig darin stehen blieb. Es war der, den sie erwartet hatte, es war der Adlatus. Er hatte keine

Waffe bei sich, wohl aber einen im Gerüstbau üblichen kräftigen Strick in der Linken, während er mit der Rechten eine Lampe hielt, die sein Gesicht von unten beleuchtete und zu einer Fratze verzerrte.

»Daran wirst du hängen«, sagte er eigentümlich tonlos, indem er den Strick hochhob und in leise schaukelnde Bewegungen versetzte. »Du bist mein letztes Experiment. Weißt du, was ich mit dir machen werde?«

Agnes zitterte am ganzen Körper und antwortete doch mit fester Stimme: »Nein, das nicht. Aber ich weiß, was Ihr gemacht habt. Ihr habt meinen Mann vom Gerüst gestoßen. Ihr seid sein Mörder.«

Der Adlatus war augenscheinlich beeindruckt. Hass stieg in ihm auf, Hass auf ein Geschöpf mit solchen Kräften. Fast wäre wieder diese Wut über ihn gekommen wie in der letzten Nacht, aber er fasste sich. Nicht einfach umbringen. Sie sollte wimmern und Schmerzenslaute von sich geben, und er wollte das Wimmern und die Schmerzenslaute hören, so wie der Tyrann Dionysios vor fast zweitausend Jahren einst das Wimmern und die Schmerzenslaute der griechischen Gefangenen gehört hatte.

»Johann Münch war schon ein tüchtiger Mann, als er das Ohr des Dionysios nachgebaut hat, nachgebaut nach seiner eigenen Anschauung und nach den Plänen von Athanasius Kircher. Nur hat er nicht daran gedacht, wer das edle Opfer sein sollte, wer den Versuch krönen wird. Stattdessen hat er mir gesagt, nur ein Teufel könne ein solches Ohr besitzen. Und deshalb wollte er alle diese Arbeiten vernichten. Da habe ich, der kleine, unbedeutende, unstudierte Adlatus, diesen großen Herrn mit einer einzigen Körperbewegung vom Gerüst gestoßen. Nein, dieses schöne Ohr sollte nicht zerstört werden, im Gegenteil. Ich wollte es mit Leben erfüllen, und nun besitze ich genau die Person, die dazu dienen kann. Ich will gern der Teufel am anderen Ende sein, der Teufel, der das teuflischste Ohr der Welt besitzt.«

Mit zwei, drei Schritten war der Adlatus bei Agnes, schlug sie nieder und drehte sie auf den Rücken. Er fesselte sie mit kleinen Seilen, die er aus der Rocktasche nahm, an Hand- und Fußgelenken, wand dann einen großen Strick um ihre Hände, um sie in jener Haltung aufzuhängen, in der bei der Inquisition die Gefangenen hingen. Die Arme werden hinter dem Rücken nach oben gezogen, sodass sie aus den Gelenken springen: die berüchtigte Wippe, die unerträgliche Folterqualen auslöst, zumal den Delinquenten auch noch Gewichte an die Füße gehängt werden.

Der Adlatus war mit seinen Vorbereitungen fast fertig, da sah er im Kerzenschein noch einmal auf die hilflose Frau herab und erblickte das seidig schimmernde Haar. Die Schönheit raubte ihm fast die Sinne, beinahe hätte er sich viehisch auf diesen Körper gestürzt, aber dann kam ihm ein ganz anderer Gedanke. Er wollte nicht nur diese Frau zerstören, er wollte sie auch in ihrer Schönheit treffen. Er entknotete den Strick und befestigte ihn an ihren Haaren. Es dauerte, bis er Halt gefunden hatte, aber er fand ihn. Dann schleuderte er das andere Ende des Strickes über einen Haken dicht neben dem Trichter in der Decke und zog sein Opfer hoch. Agnes Münch schwebte mit schmerzverzerrtem Gesicht drei, vier Ellen hoch über dem Boden. Als der Adlatus den Strick befestigt hatte, indem er ihn um die schwere Truhe schlang, betrachtete er mit Wohlgefallen sein Werk.

»Schön, diese Haare, sehr gut geeignet zum Hängen, so wie sie auch sehr gut geeignet sind zum Erkennen. Ich habe dich sofort erkannt auf der Marzellenstraße, als du mich offenbar beobachten wolltest. Ich habe auch sofort gewusst, dass du etwas vorhast, ich wusste nur nicht, was. Ich bin mit den Patres direkt hinter der Tür in der Kirche stehen geblieben, habe noch einmal hinausgeschaut und dich gegenüber gesehen. Und dann kam der Knall, als die Bretterwand umfiel. Wie schön das doch ist mit der Akustik: Alles in der Welt ist hörbar, nichts geht über Klänge. Wir wollen doch hören, welche Töne du gleich von dir gibst. Sehen ist ganz unwichtig. Das Hören bietet alles, was man braucht, um zu wissen, was vor sich geht. Das Sehen mindert nur den Genuss, zeigt zu viel Unvollkommenes. Beim Hören wirkt die Phantasie mit – ich werde es gleich erleben und dir gern hinterher erzählen. Nur wirst du es nicht mehr mitbekommen, weil du nicht mehr lebst.«

Agnes, schon benommen in ihrer schweren Kleidung, erwiderte nichts, versuchte nur, den Schmerz zu ertragen, vermochte es auch eine Weile, ehe zunächst ein Wimmern, dann ein lautes Ächzen einsetzte, das sie nicht unterdrücken konnte. Der Adlatus begrüßte es freudig und machte sich auf den Weg nach oben.

Agnes war allein in diesem Raum, der von der Außenwelt so gut abgeschirmt schien, dass Schreien völlig zwecklos war. Für den Bruchteil eines Augenblicks überlegte sie, ob es vielleicht möglich sei, auf irgendeine Weise die Qualen abzukürzen, wenigstens ohnmächtig zu werden. Es gelang ihr, den Körper in eine schwache Pendelbewegung zu versetzen, indem sie die Beine leicht anspannte und vor und zurück bewegte. Aber der Schmerz am Kopf wurde so unerträglich, dass sie die Bemühungen einstellte. Sie blieb bei Bewusstsein, biss sich dann in die Lippen, dass sie das warme Blut am Kinn herabrinnen fühlte. Aber sie fand keine Erlösung, sondern immer nur eine Steigerung der Schmerzen. Als sie schließlich zu schreien begann, vernahm sie über sich ein grässliches Lachen.

»Dein Mann war perfekt«, tönte es aus dem Trichter mit schaurigem Nachhall, »er hat Kircher verstanden, obwohl er ihn verachtet hat. Auch mich hat er verachtet, weil ich diese Experimente wollte. Er hat mir gesagt, dieses Ohr des Dionysios hätten die Nonnen gut dazu gebrauchen können, um ihre schmutzigen Kleider in den Waschraum hinabzuwerfen. Wahrscheinlich sei auch das berühmte Ohr des Dionysios in Syrakus kein Gefängnis, sondern eine Waschküche gewesen. Aber er hätte dich einmal mit deinem Schreien hören sollen. Dionysios war genial oder er hatte einen genialen Architekten wie deinen Mann. Man kann Stimmen verstärken, man kann alles hören, was über und unter der Erde vorgeht. Man braucht nur Wissen von den Klängen, nur Einsicht in das Wesen der Akustik. Dieses Wissen gibt Macht und es gibt vor allem Genuss. Dein Mann hat so etwas freilich nie begriffen, aber er hat die Räume gezeichnet, die Rohre entworfen, die all dies leisten. Schade, dass nicht mehr von diesen Zeichnungen übrig geblieben ist. In diesem einen Punkt habe ich mich von dir täuschen lassen. Aber dafür büßt du in dem besten Experiment, das in der Akustik je angestellt wurde. Du lehrst die Geheimnisse, die das Ohr des Dionysios enthält.«

Die letzten Worte hörte Agnes nur noch undeutlich. Eine Ohnmacht erlöste sie schließlich doch noch von ihren Schmerzen.

DREIUNDZWANZIGSTES KAPITEL *In dem Pater Heimbach ahnt, dass Agnes Münch im Achatiuskloster in der Falle sitzt, und es bei der Suche nach ihr zu einer Auseinandersetzung auf Leben und Tod kommt.*

Nur wenige Stunden, nachdem er den Arzt geholt hatte, hatte sich Pater Heimbach mit schlimmen Vorahnungen auf den Weg zum Hause Münch in der Stolkgasse gemacht. Die Tür war verschlossen, auf sein Klopfen und Rufen hin machte niemand auf. Sie ist nicht da, dachte Pater Heimbach, was ihn zuerst beruhigte, dann aber ängstigte. Und wenn sie nicht bei den Schwiegereltern ist, sondern nach dem Mörder sucht?

Pater Heimbach kannte das Haus der Schwiegereltern, überlegte sich einen Vorwand, dort nach Agnes Münch zu fragen, fand nichts Rechtes und klopfte trotzdem. Die Hausmagd führte ihn zur Schwiegermutter, die mit der Kleinen spielte. Pater Heimbach entschuldigte sein Auftauchen und bat dann in plötzlicher Eingebung, ihm den Schlüssel zum Hause Münch zu geben, weil ein Buch von Johann Münch dringend benötigt würde, die Schwiegertochter jedoch nicht daheim sei.

»Unsere Schwiegertochter ist auf Reisen«, antwortete die Schwiegermutter, »wir erwarten sie vor morgen nicht zurück. Den Schlüssel könnt Ihr gern bekommen. Agnes wird nichts dagegen haben.«

Pater Heimbach bedankte sich, nahm den Schlüssel und machte sich auf den Weg zurück. Doch plötzlich stockte er. Die Witwe befinde sich auf Reisen, hatte die Schwiegermutter gesagt. Doch das war mehr als unwahrscheinlich, sie musste den Mörder suchen, und dies vermutlich ganz in der Nähe, im Konvent. Wenn kein einziger Pater verdächtig war, dann gab es nur noch einen, der den Patres als Laienbruder nahe stand, sich leicht ihre Kleidung besorgen konnte und Interesse an Klangexperimenten hatte: Jacob Boerhave, Münchs eigener

Adlatus. Hatte er auf der Vollversammlung nicht gesagt, er sei nicht eingeweiht gewesen? Im Achatiuskloster hatte das ganz anders geklungen! Hatte er Pater Rörich nicht angefleht, Kircher zu übersetzen? Johann Münch hatte einen Gegner, einen, der ganz anderer Meinung war als er! Niemand hatte je an ihn gedacht. Seine Wohnung lag im Konvent, in einem hinteren Anbau, aber im Konvent. Pater Heimbach schlug sich gegen den Kopf. Dass er nicht schon vorher darauf gekommen war!

Mit schnellen Schritten ging er in die Marzellenstraße und betrat kurz darauf den Konvent. Er ließ sich vom Pförtner die Wohnung des Adlatus zeigen, die er noch nie aufgesucht hatte. Was er befürchtet hatte, bewahrheitete sich: Die Wohnung stand leer. Doch der Adlatus konnte auch woanders sein. In der Kirche Sankt Mariä Himmelfahrt fand der Pater zwei Mitbrüder, die erzählten, dass der Adlatus noch eben bei ihnen gewesen sei, sich dann aber ziemlich überstürzt verabschiedet habe. Wo er jetzt sei, wüssten sie nicht. Pater Heimbach bedankte sich. Er wusste nun, wo der Adlatus war, und machte sich geraden Wegs auf zum Achatiuskloster.

Pater Heimbach fiel sofort auf, dass der Bretterverschlag vor der ehemaligen Kirche fehlte. Als er näher trat, fand er ihn eingedrückt. Die Bretter lagen auf dem Boden, der Eingang der zerstörten Kirche stand offen. Er dachte zuerst an den Sturm der letzten Tage, ging vorüber zur Pforte im Zaun und fand sie verschlossen. Als er überlegte, wie er das Gelände betreten könne, erkannte er, dass jemand vor dem gleichen Problem gestanden haben könnte wie er soeben. In diesem Augenblick war er fest davon überzeugt, dass sich seine Gedanken in die richtige Richtung bewegten. Nicht nur der Adlatus war im Kloster, Agnes war ebenfalls dort.

Er wandte sich wieder der verfallenen Kirche zu, betrat über den eingedrückten Bretterverschlag den Innenraum, durchschritt ihn und erreichte den Klosterhof. Er umging ein Trümmerfeld, das ihm bedrohlich erschien, und stand dann am Eingang zum Kloster, das er vor Tagen schon einmal betreten hatte. Ehe er hineinging, ließ er den Blick über die noch aufragenden Teile des Gebäudes schweifen, sah nach den Fensteröffnungen und sonstigen Löchern, ob er beobachtet wurde. Nur gähnende Leere und Windgeräusch. Von der Marzellenstraße her tönte ein Pferdewagen herüber. Als er zurückblickte, glaubte er einen Augenblick, dass ihm jemand gefolgt sei. Aber seine Schritte mussten verspätet einen Schutthügel ins Rutschen gebracht haben. Nichts sonst war zu sehen.

Pater Heimbach betrat das Kloster und tastete sich durch den Gang. Er hatte keine Zeit und Gelegenheit gehabt, eine Kerze mitzunehmen, wollte schon zurück, merkte aber, dass sich die Augen an die Dunkelheit gewöhnten. Überall fielen feine Lichtstrahlen durch die Ritzen, die ein Weiterkommen durchaus ermöglichten. Er ging den Gang bis zur Abhörkammer, entschied sich dafür, noch einmal den oberen Raum zu betreten, ärgerte sich darüber, weil hier so viel Licht einfiel, dass er eine Weile warten musste, bis seine Augen bei der Rückkehr wieder auf das Dunkel eingestellt waren.

So erreichte er die Abhörkammer und blieb stehen, um zu lauschen. Nichts regte sich, kein Geräusch, nicht einmal von Ratten. Also musste sie weitergegangen sein, zum Raum mit dem Ohr des Dionysios. Von anderen Räumen hatte der Adlatus nicht gesprochen. Auch Agnes konnte also von anderen Räumen nichts wissen. Schon wollte er weitergehen, als ein Laut an sein Ohr drang wie in der Nacht vor dem Hause Münch. Es war kein Wort, es war ein Heulton, der ihn bis ins Innerste traf. Schreckliches musste hier geschehen. Der Ton kam aus der Richtung, wo sich das Ohr des Dionysios befand.

Pater Heimbach nahm alle seine Kräfte zusammen und durchschritt die Tür zum langen Gang. Hier drang kein Licht ein, jetzt konnte er die Richtung nur hören, wenn wieder dieser entsetzliche Heulton gellte. Längst hatte sich Pater Heimbach blutig gestoßen, war mehrfach gestrauchelt und gefallen, einmal in eine Wasserlache, aus der nach allen Seiten Ratten entwichen. Dann sah er einen winzigen Lichtschein. Er musste das Ende des Ganges erreicht haben, den Eingang zum Raum mit dem Ohr des Dionysios. Pater Heimbach war klar, dass die Heultöne genau von dorther kamen, und ihm war vor allem klar, dass sie von dem Mann stammten, dem er in der Nacht gegenübergestanden hatte – vom Adlatus. Wie aber sollte er hinein ohne Waffe, wie sollte er mit jemandem kämpfen, der ihm körperlich weit überlegen war? Ein Stein? Er verwarf den Gedanken. Schon einmal hatte ihm ein Stein nichts genutzt.

Pater Heimbach blickte sich suchend um, spannte alle Sinne an, seine Gedanken überschlugen sich. Da bemerkte er, dass der Raum, in dem sich der Adlatus aufhalten musste, ungewöhnlich hell war. Vor nur einer Woche war es ihm nicht aufgefallen, weil er auf ganz anderes geachtet hatte. Außerdem hatte der Adlatus ihn und Agnes Münch förmlich fortgetrieben. Jetzt, wo er selbst kein Licht besaß, fiel es ihm auf. Von einer Kerze allein konnte der Lichtschein nicht stammen. Wenn aber die Decke nach oben offen war, teilweise wenigstens: Könnte er vielleicht von oben etwas herabwerfen? Er musste versuchen, irgendwie hinaufzukommen. Pater Heimbach tastete sich zurück. Wieder durch das völlige Dunkel, wieder Straucheln, Anrempeln. Am Ende des Ganges fand er eine Tür, die zu einem Treppenhaus führte. Es musste einmal eine breite Treppe gewesen sein, auf der die Nonnen mindestens zu zweit nebeneinander prozessionsartig zum Gebet schritten. Zum Gebet! Und er hier schritt vielleicht zum Mord. Es wurde ihm immer bewusster, dass Agnes Münch in eine Falle getappt war, dass der Adlatus sie gefangen hielt und johlend seinen Fang bejubelte.

Unter diesen Gedanken versuchte er nach oben zu gelangen. Licht war genug vorhanden, über ihm fast nur freier Himmel. Aber die Treppe war eingebrochen, teilweise hingen Stufen frei in der Luft. Er drängte sich an den äußersten Rand der Mauer, musste einmal drei Stufen auf einmal nehmen, weil alles andere weggebrochen war oder aber auf seinen tastenden Tritt hin weiter wegzubrechen drohte. Aber er erreichte das obere Stockwerk, fand einen Gang, der genau über dem unteren lag, also über den Raum mit dem Ohr des Dionysios führen musste. Augenblicke später durcheilte er den Gang, nur behindert von Schuttmassen. Die letzten Schritte ging er vorsichtig, sah den Raum, in den der Gang mündete, und betrat ihn auf Zehenspitzen. Nach oben war er völlig offen, weil die Decke eingestürzt war, nur noch einzelne verkohlte Dachbalken ragten in den Himmel. Der Boden aber zeigte sich löchrig, herabfallende Dachbalken mussten ihn durchschlagen haben. Als er sich vorsichtig weiterbewegte, sah er schräg unter sich den großen Trichter. Und neben ihm eine Gestalt, die ihm den Rücken zukehrte.

Der Adlatus war über den Trichter gebeugt, der das obere Ende jener Konstruktion ausmachte, die insgesamt das Ohr des Dionysios bildete. Soeben schickte er wieder mit heulender Stimme einen Fluch nach unten, und Pater Heimbach wusste augenblicklich, wem er gelten musste: Agnes. Er sah sich um, hielt Ausschau nach lockeren Balken, prüfte mit den Augen die Konstruktion des Bodens. Es handelte sich um einen Holzboden oder noch eher um eine Holzdecke, also um Dielen, die auf Balken gelegt waren. Nur wenig war davon übrig geblieben, nur noch Reste ragten über die Tür hinaus in den Raum über dem Adlatus. Vielleicht ließen sich diese Reste mit einem kräftigen Tritt lösen, sodass sie in die Tiefe stürzten. Damit würde jedenfalls die Tür versperrt, der Rückweg für den Adlatus. Er selbst wäre dann oben sicher. Herauf konnte niemand. Aber wie Agnes befreien? In welcher Lage war sie überhaupt?

Während Pater Heimbach diese Gedanken durch den Kopf jagten, beugte er sich nach vorn, um besser sehen zu können. Da brach ein Balken weg und stürzte in die Tiefe. Der Adlatus erschrak, riss den Kopf hoch und erblickte den Pater. Dann ertönte ein schauderhaftes Lachen.

»Der Bock folgt der Hure«, gellte es herauf. »Ihr kommt gerade recht zu ihrem Ableben. Ich brauche bloß den Strick loszulassen, dann könnt Ihr Euch Gedanken um die Leichenpredigt machen.«

Agnes lebte also. Der Adlatus hielt sie an einem Strick fest – wieso lebte sie dann noch? War die Schlinge etwa nicht um ihren Hals gelegt? Hing sie nur an ihren Armen? Gar hinter dem Rücken hochgezogen wie bei der Folter? War es nicht doch nur eine Lüge, um ihn, den so plötzlich Erschienenen, abzulenken?

Pater Heimbach versuchte diese wirren Gedanken aufzugeben, sich auf lösbare Aufgaben zu konzentrieren. Dass Agnes Münch an einem Strick hing, war wohl die Wahrheit. Die Haltung schien eindeutig. Fast zog es diesen Burschen selbst hinab – die rechte Schulter verschwand im Trichter. Und so schnell wäre ihm beim ersten Schrecken auch nicht diese Lüge eingefallen.

Mittlerweile hatte der Adlatus wohl seine Fassung zurückgewonnen, ließ weitere Verhöhnungen folgen: »Ein Pater, der eine Frau retten will! Und wofür wohl retten? Im tiefen, dunklen Keller. Was dazu nur der Regens sagen wird! Oder ist der Regens wieder nicht eingeweiht?«

Pater Heimbach bemühte sich, Zeit zu gewinnen. Er beschloss, es mit Überredung zu versuchen. »Warum habt Ihr Johann Münch ermordet?«, fragte er in ruhigem Ton.

Der Adlatus wirkte irritiert, sodass Pater Heimbach weitersprechen konnte: »Lasst seine Frau frei. Gott vergibt Euch vielleicht den Tod des Baumeisters. Ihr wart geblendet von Hass. Aber er vergibt Euch kaum den Tod dieser ganz und gar unschuldigen Person.«

Diesmal war die Antwort wieder zuerst dieses schauderhafte Lachen, dann folgte der Hohn: »Unschuldig! Eine Betrügerin, eine Fallenstellerin unschuldig! O ja, ganz unschuldig! Und Euch hat sie auch verführt in ihrer ganzen Unschuld. Wie kommt es nur, dass sie so schwer ist an diesem Strick? Ihre Unschuld müsste sie leicht machen wie eine Feder, aber sie zieht mich noch hinab mit ihrer Schwere.«

Pater Heimbach überhörte auch diesen Hohn. »Der Mord an Johann Münch ist nicht erwiesen. Niemand im Konvent hat Euch in Verdacht! Wenn Ihr seine Frau leben lasst, stehe ich dafür, dass wir schweigen.«

Der Adlatus schien einen Augenblick nachzudenken. Dann antwortete er: »Wenn Ihr sie haben wollt, müsst Ihr herunterkommen. Ich gebe Euch den Strick in die Hand, woran sie zwei Stockwerke tiefer im Keller hängt. Ihr könnt sie damit auf dem Boden absetzen. Beeilt Euch, ehe es zu spät ist.« Gleichzeitig beugte er sich noch tiefer in den Trichter, als müsse er die Last jeden Augenblick loslassen.

In diesem Moment ertönte eine verzweifelte Stimme aus dem Trichter: »Er lügt! Glaubt ihm nicht, ich bin unten und hänge an einem ganz anderen Seil. Beeilt Euch, Pater!«

Für einen Augenblick herrschte Stille. Dann sprang der Adlatus urplötzlich von seinem Platz am Trichter hoch und eilte auf den Gang zu. Pater Heimbach blieb keinerlei Zeit zu irgendeiner Überlegung. Er trat mit aller Kraft auf einige morsche Balken vor sich, die zusammen mit einer größeren Fläche des Bodens donnernd niederkrachten und ihn fast mitgerissen hätten. Eine Staubwolke erhob sich und verdeckte, was die Konstruktion unter sich begraben hatte. Pater Heimbach stand keuchend an der Wand und blickte starr in die Tiefe. Er hörte aus dem Trichter einen Schrei, stellte sich vor, dass Agnes Münch annehmen musste, dass ein Unglück geschehen war und sie gänzlich verloren sei.

Dann löste sich Pater Heimbach aus seiner Erstarrung, trat wieder etwas vor, sodass er besser nach unten blicken konnte, und sah unter der zusammengestürzten Decke ein Bein. Der Adlatus war also wirklich unter den Balken begraben. Pater Heimbach lief den Gang zurück, wieder durchs völlige Dunkel, und näherte sich dem Raum mit dem Ohr des Dionysios. Er musste über Trümmer hinwegsteigen und sah dann die zerschlagene Gestalt des Adlatus. Pater Heimbach fühlte sich in dieser Umgebung des Schreckens wie unbeteiligt, nahm wahr und zog seine Schlüsse aus dem Wahrgenommenen – mehr nicht. Er schritt über die Trümmer hinweg, machte lediglich den größtmöglichen Bogen um den Adlatus und ging zum Trichter.

Pater Heimbach beugte sich darüber, so wie er es zuvor beim Adlatus gesehen hatte, und sprach hinein:

»Könnt Ihr mich hören?«

»Was ist geschehen?«

»Es ist vorbei!«

»Holt mich hier heraus, aber beeilt Euch. Ihr müsst über die Wendeltreppe.«

Pater Heimbach registrierte für einen Moment, wie gut die Verständigung war, dass es sich hier tatsächlich um ein Ohr handelte, mit dem man in tiefste Tiefen hinab hören konnte, brach dann den Gedanken gewaltsam ab, weil er nicht nur die Worte von Agnes Münch gehört hatte, sondern auch den Tonfall, der ins Wimmern überging. Die Wendeltreppe also!

Er erreichte die Treppe, geriet wieder in völlige Dunkelheit, durch die er nur tastend vorankam. Endlos erschienen die Windungen. Dann war der Boden erreicht, der unterste Raum tat sich auf, die Kerze erhellte alles. Im ersten Augenblick begriff er trotzdem nicht, was geschehen war.

»Bitte beeilt Euch«, sagte Agnes Münch mit so verkrampfter Stimme, dass Pater Heimbach wie aus einem bösen Traum gerissen wurde. Er erkannte endlich ihre Lage, folgte dem Strick zur Truhe, löste ihn und ließ Agnes Münch vorsichtig auf den Boden herab.

Es war in wenigen Augenblicken geschehen, aber für Agnes waren es zuletzt Ewigkeiten gewesen. Sie erholte sich nur langsam. Stehen war ihr noch nicht möglich, Pater Heimbach musste sie auf die Truhe legen, um die Fesseln zu lösen. Er brauchte lange, weil das Licht schlecht war. Als Agnes völlig frei war, richtete er sie halb auf und setzte sich neben sie. Er bemerkte das Blut in ihrem Gesicht, wischte es mit der Hand ab, so gut es ging, und blickte sie dann an. Agnes

Münch lächelte. Pater Heimbach begriff nicht, wie sie nach diesen Strapazen lächeln konnte, und schloss selbst die Augen. Dann hörte er sie wie aus weiter Ferne sprechen: »Ist er wirklich tot?«

»Ja«, antwortete Pater Heimbach, »die Decke hat ihn erschlagen.«

»Die Decke?«

»Ich habe einige Balken gelöst und herabstürzen lassen. Ich habe ihn getötet.«

Agnes Münch erwiderte nichts. Nach einer Weile fuhr Pater Heimbach fort: »Es gab keinen anderen Weg, Euch und mich zu retten. Er hätte uns wohl beide umgebracht. Ich habe dabei an nichts gedacht. Wäre er nicht so plötzlich hochgesprungen, hätte ich vielleicht nicht so reagiert. Er hat mich so erschreckt, dass ich einfach etwas tun musste, ohne die Folgen abzuwägen.«

Agnes Münch schwieg weiter, fragte nach keiner Rechtfertigung. Erst nach einer Weile wandte sie sich wieder an den Pater: »Könnt Ihr mir hochhelfen? Ich glaube, ich kann stehen, aber ich schaffe es nicht allein.«

Pater Heimbach griff unter ihren Arm, zog, hielt inne, als er ihr Stöhnen bemerkte, zog weiter und merkte, dass sie mit den Beinen schließlich nachhalf. Agnes Münch stand und versuchte einen Schritt zu gehen. Mit Unterstützung ging es. Pater Heimbach hielt sie mit dem rechten Arm weiter fest, nahm in die linke Hand die Kerze, die Agnes Münch mitgebracht hatte, und wandte sich nach oben. In der engen Wendeltreppe war Stützen schwierig, halb trug er sie, aber sie erreichten den Boden.

»Schaut nicht hin«, sagte Pater Heimbach und führte Agnes in weitem Bogen am Trümmerhaufen vorbei, unter dem der Adlatus lag. Dann kamen sie in den langen Gang, erreichten das Abhörzimmer, schritten immer zügiger weiter und traten endlich ins Freie. Längst war die Dämmerung eingetreten, aber die kühle Luft erfrischte sie.

Agnes Münch konnte allein gehen, Pater Heimbach brachte sie ohne weitere Verständigung zu ihrem Haus. Die Straßen waren leer, niemand nahm das arg verschmutzte Paar wahr. Pater Heimbach wusste, dass er den Konvent ebenso benachrichtigen musste wie die Stadtpolizei. Aber er tat es nicht gleich. An der Schwelle des Hauses, als Pater Heimbach mit dem geliehenen Schlüssel die Tür öffnete, blieb Agnes Münch stehen, als müsse sie sich erst überwinden, das Innere zu betreten. Dann ging sie voran, machte Feuer in der Küche, sank schließlich auf der Ofenbank neben Pater Heimbach zusammen. Lange Zeit sagte keiner ein Wort. Als die Wärme spürbar wurde, war es Pater Heimbach, der zuerst sprach.

»Wie seid Ihr nur auf den Adlatus gekommen?«

»Ach, Pater«, antwortete Agnes Münch, »wie konntet Ihr nicht darauf kommen? Als Ihr mir erzähltet, aus dem Buch von Vitruv seien Blätter herausgerissen worden und enthielten nur Abbildungen, habe ich es bereits geahnt. Und dann noch die gestohlenen Zeichnungen. Der Adlatus hatte dasselbe Problem wie ich. Wir können beide kein Latein. Deshalb war er hinter Abbildungen und Zeichnungen her, die er gut zu studieren wusste. Kein Pater von Euch kam in Frage.«

»Und warum habt Ihr mich dann den Konvent durchsuchen lassen? Ihr wusstet doch, dass ich nichts finden konnte.«

Agnes Münch ergriff wie zur Entschuldigung Pater Heimbachs Hand. »Damals noch nicht. Ihr habt mit der ergebnislosen Durchsuchung meine Zweifel ausgeräumt. Dann musste ich den Adlatus nur noch sehen. Das wäre um ein Haar schief gegangen.«

»Und warum dann dieser Gang ins ehemalige Achatiuskloster?«

»Ich brauchte doch die herausgerissenen Seiten. Ohne diese Seiten hätte mir niemand geglaubt, selbst Ihr habt immer wieder gezweifelt. Ich konnte nicht wissen, dass ich statt der Seiten den Adlatus fände. Sie liegen übrigens ganz sicher in der Kiste unten im Keller. Aber die brauchen wir ja wohl nicht mehr. Die Ereignisse von eben beweisen alles besser, auch wenn Ihr dabei wieder einmal Schwierigkeiten bekommen werdet. Wenn Ihr alles berichtet, steht Ihr als jemand da, der sein Leben aufs Spiel setzte für eine Frau. Ihr werdet kaum als Held von der Bühne gehen. Und ich bin die Verführerin, die einen Pater an den Rand des Verderbens gebracht hat.«

Für einen Augenblick trat Stille ein. Pater Heimbach hatte beim letzten Satz von Agnes Münch kurz gelächelt, war jedoch sogleich wieder ernst geworden, nickte mehrmals zustimmend. Ihm war ein Gedanke gekommen, den er nicht sogleich ausdrücken konnte, bis Agnes Münch ihn ermunterte: »Ihr wollt etwas sagen.«

»Ja, etwas noch. Was Ihr getan habt, geht über alles hinaus, was man Frauen im Allgemeinen zutraut. Ihr habt viel gewagt und musstet doch nicht nur an Euch selbst, sondern auch an die Kinder denken. Sagt mir nur noch eines. Habt Ihr es für Euren Mann getan?«

»Ihr meint, ob ich es aus Liebe getan habe«, antworte Agnes Münch. »Ihr kennt die Liebe nicht, nicht diese Art von Liebe. Aber es ist einfacher. Ja, ich habe Johann geliebt. Aber ich habe es nicht aus Liebe getan. Ich habe es getan, weil er zu weit weg lag vom Gerüst. Ich wollte zunächst auch nicht wissen, wer der Mörder war. Ich wollte nur sagen, dass es Mord war. Niemand hat es verstanden, meine Familie nicht, Regens Kasen nicht, Ihr eigentlich auch nicht. So musste ich den Mörder finden. Wenn ich es jetzt bedenke, wäre ich lieber im Zweifel geblieben, wer es war, als *diesen* zu finden. Wir wissen, dass mein Mann von einem Teufel umgebracht worden ist. Mein Mann war wohl ein guter Baumeister, und er war auf jeden Fall ein guter Mensch. Er ist zu Tode gekommen, weil ein kleiner Geist, ein ganz und gar verkommenes Geschöpf, sein Wissen missbrauchen wollte.«

»Aber eines vergesst Ihr dabei: Kirchers Theorie und vor allem seine merkwürdige Praxis sind nun erledigt. Niemand, wenigstens hier bei uns, wird Abhöranlagen und dergleichen bauen oder Stadtherren schmackhaft machen wollen.«

»Ja, und ich als das lebendige Experiment dabei! Wo wir mit unserer Verständigung im Ohr des Dionysios alles eigentlich nur bestätigt haben.«

»Im Ohr des Teufels«, verbesserte Pater Heimbach. »Bestätigt wurde eigentlich nur, dass man durch Röhren sprechen kann, was jedes Kind weiß. Und bestätigt wurde vor allem, dass diese Art von Anlagen lediglich gut ist für Folterkeller, wo grausame Tyrannen sich an den Qualen ihrer Opfer berauschen. Ihr hattet noch Glück gehabt, dass Ihr ohnmächtig wurdet und erst aufwachtet, als es wirklich wichtig war.«

Agnes Münch drehte ihren Kopf, sodass sie Pater Heimbach ins Gesicht sehen konnte, lächelte wieder einmal und sagte: »Wisst Ihr eigentlich, weshalb ich ohnmächtig geworden bin?«

»Doch der Schmerzen wegen.«

»Ja, die Schmerzen waren schlimm. Aber zur Ohnmacht hätte es zu dieser Zeit wohl nicht gereicht. Nein, ich habe mich immer wieder gefragt, ob Ratten an Stricken herabklettern können. Das hat mir die Sinne geraubt. Wäre mir der Gedanke nur kurze Zeit später gekommen, säßen wir jetzt nicht hier.«

Agnes Münch hatte sich während der letzten Bemerkungen aufgerichtet, gestreckt, aber dann wieder zusammensinken lassen. Eine längere Stille trat ein. Pater Heimbach rückte näher, weil er ahnte, was nun geschehen würde. Tatsächlich fühlte er bald Agnes' Kopf gegen seine Schulter sinken. Sie war eingeschlafen. Das Feuer im Ofen begann schon, seine Kraft zu verlieren. Pater Heimbach überlegte, ob er aufstehen und Agnes wie schon einmal zu Bett tragen sollte. Aber er blieb sitzen. Er wollte nicht weg, nicht jetzt gleich.

EPILOG

Pater Kritsraed ordnete am frühen Morgen die Post. Ihm fiel ein Brief auf, der in Rom abgeschickt worden war, aber kein Anzeichen enthielt, dass er aus der Ordenszentrale stammte. So blickte er neugierig nach dem Absender. Als er den Namen von Pater Heimbach las, machte er den Regens aufmerksam, der am Fenster stand und zusah, wie die Schüler ins Gymnasium strömten.

»Pater Heimbach schreibt Euch. Was kann er nach all den Jahren seit seinem Abschied von uns wollen?«

Regens Kasen kam vom Fenster zum Schreibtisch, nahm den Brief, brach ihn auf und las.

Hochwürdigster Regens Kasen!

Wie Pater Kritsraed Euch zweifellos informiert haben wird, schreibe ich aus Rom, der heiligen Stadt, der Mutter aller Städte. Mein Trierer Konvent hat mich mit einem Auftrag hierher gesandt – halb ist meine Zeit schon abgelaufen. Ich war gestern im Collegio Romano bei unserem Mitbruder Athanasius Kircher, womit alle Erinnerungen an die Ereignisse vor drei Jahren wieder wach geworden sind. Ihr habt mich damals väterlich behandelt, obwohl ich Euch eine der schwersten Sünden gebeichtet hatte, die ein Mensch begehen kann. Ich hatte einen Menschen getötet, auch wenn ich keinen anderen Ausweg sah. Ihr habt mich nicht nur von dieser offenkundigen Schuld freigesprochen, sondern auch von der verborgenen, von der Liebe zu einer Frau, die mir mein Gelübde verbietet. Ihr habt die Strafe milde bemessen, mir mit der Verbannung von Köln und den besonderen Exerzitien die Rückkehr in die Gemeinschaft unseres Ordens ermöglicht. Ihr habt mich nicht verstoßen, sondern mir einen Neuanfang gewährt. Ich kann Euch nicht genug dafür danken.

Als ich gestern bei Pater Kircher war, hat mich dieser freundlich empfangen, auch als er hörte, dass ich bis vor drei Jahren in Köln war. Pater Kircher hat wohl vage davon erfahren, dass es bei uns Diskussionen um seine Schalltheorie gegeben hat, aber er ist nicht näher darauf eingegangen. Er hat mir sein Museum gezeigt, in das er wohl jeden Besucher führt. Es ist wirklich eine wahre Wunderkammer, wie es immer berichtet wurde. Apparate aller Art zeugen von den mechanischen Künsten. Kostbarkeiten und Raritäten aus allen Ländern der Erde sind vertreten, wobei Pater Kircher zu jedem Ausstellungsstück eine Geschichte zu erzählen weiß. Mir wurde angst und bange, als ich beim Rundgang sah, dass wir uns seinen Schalltrichtern näherten. Aber es gab kein Ausweichen, und so erklärte er mir die Gesetze der Reflexion als Grundlage der Verstärkung, wie es in seiner »Musurgia universalis« steht. Als ich ihn fragte, ob er die neueren Theorien zur Akustik kenne, zeigte er sich keineswegs abweisend oder mürrisch, sondern durchaus wissbegierig. Er versprach sogar, die Theorie der Verstärkung durch Bündelung untersuchen zu wollen, entschuldigte sich aber mit seiner zeitlichen Überlastung. Tatsächlich liegt seine ganze Aufmerksamkeit immer noch bei der Entzifferung der Hieroglyphen.

Mittlerweile hat er auch die chinesischen Schriftzeichen einbezogen und will den Nachweis führen, dass die Menschheit am Anfang alle Weisheit besaß, um diese Welt zu beherrschen. Das Studium der ältesten Schriften dient eigentlich nur dem Nachweis unserer einstigen Größe als Grundlage der Rückkehr, statt uns in Kriegen zu zerfleischen und Naturkatastrophen hilflos ausgeliefert zu sein. Wir sollten zurückkehren zum Ursprung, ist seine Idee – Genaueres habe ich nicht wirklich verstanden.

Aber mich hat all dies zu einem anderen Gedanken angeregt, dessentwegen ich diesen Brief schreibe. Pater Kircher will zurück zum Ursprung. Das gilt wohl für das »Wissen« der Menschheit. Aber es gibt doch auch das »Handeln«: Haben wir nicht gelernt, dass das wichtigste Prinzip dieses Handelns die Liebe ist? Ich weiß, was damit gemeint ist: die Liebe zu Gott, zum Nächsten und zu sich selbst. Wo genau aber ist dabei diese andere Liebe angesiedelt? Ich hatte damals, als mich die Gedanken an Agnes Münch nicht losließen, Trost in Spees »Trutz-Nachtigall« gesucht. Aber ich war immer wieder irritiert, als ich in den Gedichten Formulierungen über die Liebe fand, die auf die Liebe zu Gott genauso passten wie auf die Liebe zwischen Mann und Frau. Seht Euch doch einmal das siebente Gedicht an, den »Liebesgesang der Braut JESU, worin die Eigenschaften einer vollkommenen begierlichen Liebe abge-

malt sind«. Dort heißt es in der einundzwanzigsten und zweiundzwanzigsten Strophe:

Wenn ich zur Nacht
Von dir betracht,
Mit Lieb und Last beladen,
Mein Augen beid'
Für Freud und Leid
In warmen Tränen baden.

O starke Lieb!
O Herzen Dieb!
Was willst mit mir viel pochen?
Kann wider dich
Doch nichtes ich,
Mein Seel' hast du durchstochen.

Wie ist diese Ähnlichkeit möglich? Wieso ist das nicht Gotteslästerung? Wenn Ihr einmal die Zeit finden solltet, mir etwas dazu zu schreiben, würde ich mich sehr freuen. Der Brief müsste freilich nach Trier gehen, schon im nächsten Monat kehre ich dorthin zurück.

Mit Zittern, verehrter Regens, trage ich Euch noch eine allerletzte Bitte vor. Ich weiß nichts von Witwe Münch und ihren Kindern, wage es auch nicht, einen Brief zu schreiben. Aber könnt Ihr mir nicht berichten, wie es steht in der Stolkgasse? Kommt der kleine Johann mit dem Latein vorwärts, dessen Unkenntnis seiner Mutter einmal einen Mord aufzuklären half? Geht sie selbst noch immer ins Gymnasium, um sich beim Lateinlehrer ihres Sohnes über allzu große Strenge zu beschweren? Hat Agnes ihre sonstigen Aufgaben im Griff? Hat sie die Alpträume überwunden, die sie damals plagten? Und sind ihre Haare wieder so lang wie früher, nachdem sie diese abgeschnitten hatte, weil der Adlatus sie berührt hatte? Von diesem Brief werdet Ihr sicher nichts sagen. Aber könnt Ihr die Fragen nicht so stellen, dass sie errät, wer dahinter steckt? Ach, verehrter Pater, könnt Ihr sie nicht doch einmal von mir grüßen?

In tiefster Hochachtung

Euer sehr ergebener einstiger Mitbruder
Pater Felix Heimbach

NACHWORT

Historische Romane leben vom Authentischen, jedenfalls von der Mischung des Erfundenen mit authentischem Material. Auch in diesem Roman gibt es diese Form der Mischung.

Sie beginnt bei den Personen. Am besten stimmen die Daten bei Adam Kasen, dem Regens (in der Literatur auch: Regent) des Gymnasiums Tricoronatum. Zu verdanken ist dies der umfangreichen Darstellung zur Geschichte des Gymnasiums aus der Feder eines ehemaligen Lehrers, nämlich von Josef Kuckhoff: »Die Geschichte des Gymnasium Tricoronatum. Ein Querschnitt durch die Geschichte der Jugenderziehung in Köln vom 15. bis zum 18. Jahrhundert«, Köln 1931.

Leider gibt es eine Ungenauigkeit beim Architekten von Sankt Mariä Himmelfahrt. Johann Münch war zwar als Baumeister an der Kirche tätig, aber einige Jahrzehnte früher. Seine Nachfolger sind entweder nicht genau überliefert, oder sie waren unverheiratete Laienbrüder, was ich nicht gebrauchen konnte. Denn Agnes Münch, die Frau des Architekten, gehört nun einmal zu den Hauptpersonen – ohne sie wäre gar nichts gegangen. Auch die Patres, besonders Pater Heimbach, musste ich mir weitgehend (Ausnahme: der Sekretär Pater Kritsraed) ausdenken. Dafür stimmen viele Einzelheiten zum Ordensleben und Schulbetrieb an der Kölner Niederlassung, was wiederum Kuckhoff zu verdanken ist, der sich sogar getraut hat, die ziemlich ordinäre Beschimpfung mitzuteilen, die sich die Schüler damals geleistet haben. Als Ergänzung sei empfohlen: »Das Marzellen Gymnasium in Köln 1450–1911. Bilder aus seiner Geschichte«. Festschrift, hg. von Josef Klinkenberg, Köln 1911.

Zur Geschichte des Jesuitenordens, deren Darstellung heikel ist, weil sich Gegner und Freunde manche Schlacht geliefert haben, ist heute immer noch die ältere, aber an Materialreichtum unübertroffene Darstellung von Bernhard Duhr heranzuziehen: »Geschichte der Jesuiten in den Ländern deutscher Zunge«, 4 Bde., Freiburg i.Br. 1907 bis 1928. Eine Präsentation aus heutiger Zeit bieten etwa Michael Sievernich und Günter Switek (Hgg.): »Ignatianisch. Eigenart und Methode der Gesellschaft Jesu«, Freiburg/Basel/Wien 1990.

Auch zu spezielleren Themen oder Problemen habe ich Literatur gefunden und benutzt. Dies betrifft besonders die Geschichte der Inquisition, zu der etwa zu lesen ist: Miroslav Hroch und Anna Skýbová: »Die Inquisition im Zeitalter der Gegenreformation«, Leipzig 1985, und Robert Lemm: »Die spanische Inquisition. Geschichte und Legende«, München 1996.

Zur Kirche Sankt Mariä Himmelfahrt gibt es die Darstellung von Udo Mainzer (Hg.): »Die Jesuitenkirche St. Mariae Himmelfahrt in Köln. Dokumentation und Beiträge zum Abschluß ihrer Wiederherstellung 1980«, Düsseldorf 1982. Vielleicht will sich jemand aufgrund der Beschreibungen von Architektur und Ausstattung einmal das Original ansehen. Dies gilt auch für Sankt Severin, besonders für ein im Roman wichtiges Detail, das anscheinend wenig bekannt ist. Hinweisen möchte ich auch noch auf »Das Kölner Wohnhaus bis zum Anfang des 19. Jahrhunderts«, Köln 1914.

Eine Hauptrolle im Roman spielen die akustischen Diskussionen. Sie sind das Authentischste überhaupt, denn jede zitierte Zeile stammt aus Werken der damaligen Zeit (von denen ich zwei lediglich zeitlich etwas vorverlegt habe). Wenn der Inhalt wenig bekannt ist, liegt dies daran, dass diese Werke schwer zugänglich sind, die meisten zudem nur auf Latein, und das bei Folianten, die teilweise über tausend Seiten Umfang haben. Wer sich trotzdem heranwagen will, sei auf folgende Texte verwiesen (die ich in chronologischer Reihenfolge und an dieser Stelle ohne sprachliche Glättung zitiere):

Vitruv: »Zehn Bücher über Architektur«, übers. und mit Anm. hg. von Curt Fensterbusch, Darmstadt 1991.

Daniel Schwenter: »Deliciae physico-mathematicae oder Mathematische und philosophische Erquickstunden; darinnen 663 Kunststücklein, Auffgaben und Fragen auß der Rechenkunst, Landtmessen, Perspectiv, Naturkündigung und anderen Wissenschafften«, Nürnberg 1651 [zuerst 1636].

Athanasius Kircher: »Musurgia Universalis sive Ars Magna Consoni et Dissoni, Rom 1650; die akustischen Passagen auch in der Phonurgia Nova sive Conjugium Mechanico-Physicum Artis et Naturae«, Kempten 1673, von der eine zeitgenössische Übersetzung von Agathus Carion [d.i. Tobias Nißlen] existiert: »Neue Hall- und Thon-Kunst oder Mechanische Gehaim-Verbindung der Kunst und Natur durch Stimme und Hall-Wissenschafft gestifftet«, Nördlingen 1684 (die Übersetzungen im Text entstammen – bei leichter sprachlicher Anpassung – dieser Ausgabe).

Georg Philipp Harsdörffer: »Delitiae mathematicae et physicae. Der Mathematischen und Philosophischen Erquickstunden«, Nürnberg 1651.

Samuel Moreland: »Tuba Stentoro-Phonica, an instrument of excellent use, as well at sea, as at land«, London 1671.

Johann Christoph Sturm: »Collegium experimentale sive curiosum«, Norimbergae [d.i. Nürnberg] 1676–85, darin als »Pars secunda, Tentamen VIII: De tubis Stentoreo-phonicis sive Acusticis«, S. 142 bis 164 (die Übersetzung im Text stammt von Barbara Kierdorf).

An Forschung zu den akustischen Problemen im 17. Jahrhundert kann ich mein eigenes Buch nennen, ohne das der Roman nicht denkbar gewesen wäre: »Geschichte der Stimme«, München 1998. Ich verweise weiterhin etwa auf Hellmut Ludwig: »Marin Mersenne und seine Musiklehre«, Berlin 1935; Norbert Miller: »Das Ohr des Dionysios. Akustische Verkehrungen und Vorkehrungen«, in: Daidalos. Berlin Architectural Journal 5, 1985/86, Nr. 17, 1985, S. 74–83.

Speziell zu Athanasius Kircher, der mir in der Forschung allgemein zu günstig dargestellt zu werden scheint, vgl. Horst-Ulf Scharlau: »Athanasius Kircher (1601–1680) als Musikschriftsteller. Ein Beitrag zur Musikanschauung des Barock«, Frankfurt/M. 1869, Joscelyn Godwin: »Athanasius Kircher. Ein Mann der Renaissance und die Suche nach verlorenem Wissen«, Berlin 1994, und nicht zuletzt Umberto Eco: »Die Suche nach der vollkommenen Sprache«, München 1994.

Da Friedrich Spee (eigentlich: Spee von Langenfeld, aber die Jesuiten ignorierten den Adelstitel; auch Adam Schall war eigentlich Adam Schall von Bell) eine wichtige Rolle im Roman spielt, sei auf zwei seiner Werke hingewiesen: die »Trvtz-Nachtigall«, hg. von Theo G.M. van Oorschot, Ditzingen 1985, und die »Cautio criminalis oder Rechtliches Bedenken wegen der Hexenprozesse«. Deutsche Ausgabe von Joachim-Friedrich Ritter, Köln/Graz 1967 (jeweils mit umfangreichen Einführungen). Die Erläuterung zum Lied »Meerstern, ich dich grüße« aus dem »Geistlichen Psälterlein« (dessen Text sehr abweicht von heutigen Ausgaben) verdanke ich Pfarrer Ruprecht-Eugen Vollmer. Die Zitate aus der »Trvtz-Nachtigall« sowie aus dem »Geistlichen Psälterlein« habe ich vorsichtig verändert, da das Deutsch des 17. Jahrhunderts doch recht gewöhnungsbedürftig ist.

Die Komödie »Rusticus imperans« von Jacob Masen existiert in einer Übersetzung und Bearbeitung von Otto Leisner, Nürnberg 1948. Vgl. dazu auch N. Scheid: »Der Jesuit Jakob Masen, ein Schulmann und Schriftsteller des 17. Jahrhunderts«, Köln 1898, und Harald Burger: »Jacob Masens ›Rusticus imperans‹. Kritische Edition«, in: Literaturwissenschaftliches Jahrbuch der Görres-Gesellschaft, N.F. 10, 1969.

Zuletzt sei noch einer Person gedankt, die mit ihrem scharfen Auge manche Unstimmigkeit entdeckt und zu ihrer Beseitigung beigetragen hat: der Lektorin Elvira Topalović. Zusammen mit ihrer Kollegin Stefanie Rahnfeld und der Cheflektorin Dr. Christel Steinmetz bildet sie ein wahres Schutzschild, hinter dem man sich als Autor zwar nicht verstecken, aber doch sicher fühlen darf.

Karl-Heinz Göttert

Abbildungsnachweis

Die Abbildungen aus Kirchers »Musurgia universalis« entstammen dem Exemplar aus der Kölner Universitäts- und Stadtbibliothek. Ich danke Herrn Bibliotheksdirektor Prof. Dr. Wolfgang Schmitz für die freundliche Genehmigung zur Ablichtung.